시간의 수사학

- 정지용 시 연구

시간의 수사학

- 정지용 시 연구

윤의섭 著

한국학술정보㈜

책 머리에

시를 연구하기 위해 들이대는 해부용 칼이 있다. 식물성 칼과 금속성 칼 두 가지가 그것이다. 이 칼이라는 방법론은 어느 것을 선택하는가에 따라 같은 시를 대하더라도 결과적으로 서로 다른 해부결과 보고서를 내놓게 된다. 식물성 칼은 해부 도중 뿌리를 내리기도 하고 말라 죽기도 한다. 금속성 칼은 절단된 면에 녹을 남기기도 하고 아무 것도 남는 것 없이 깔끔하게 시를 통과해 버리기도 한다. 그러나 우리가 어떤 칼을 사용하든 시는 변함없이 살아남아 다음 연구자의 칼날을 받아낸다. 그렇긴 해도 그때 시는 이미 식물성과 금속성의 성질을 함께 지닌 또 다른 의미체로 대해진다. 시에 대한 연구가 다년간 지속될수록 시의 성격은 복잡해지고 질겨지고 더더욱 의문시된다. 다시 무디어진 칼을 들고 초심으로 돌아가는 수밖에 없다.

바야흐로 시간에 대한 성찰이 전에 없이 절실하게 요구되는 시대이다. 밀레니엄 시대로 접어들고도 벌써 수년이 흘러 동시다발적 정보 공유 체계를 경험하고 있는 우리는 어쩌면 공간화의 시대에 놓여있을지도 모른다. 그러나 우주엔 위성이 떠돌고, 하늘에선 비행기가 날고, 땅위에선 자동차가 달리는 가운데 동시에 자전거와 수레와 마차와 들것과 썰매가 공존하는 시간 진화의 다층성 속에서 우리의 현재가 흘러가고 있다. 이동수단뿐만이 아니다. 최첨

단 티타늄이 우주선과 골프채 재료로 쓰이고, 첨단 소재 플라스틱이 옷으로 탄생하고 있지만 한쪽에선 누에의 비단실로 천을 짜고 돌로 집을 짓고 나무로 배를 만든다. 석기시대, 청동기시대, 철기시대가 함께 존재하는 이 시대야말로 시간의 공간화가 실현되고 있는 인류사회 진보의 한 끝자락이자 시작인 지점이 아닐까. 곳곳에 계열적 질서가 자리 잡고 있으면서도 카오스의 양상을 드러내며 거대한 시간의 물결이 흘러가고 있다. 시간은 우리의 존재를 구성하는 가장 본질적인 질료이다. 시간이라는 해부용 칼은 시라는 존재가 갖고 있는 비의를 근원부터 밝혀 낼 수 있는 연구의 초심을 가능하게 한다. 시간이라는 해부용 칼은 식물성과 금속성이 혼융된 원초적 질료이다.

정지용의 시를 이 시간이라는 해부용 칼로 해부하면서 알게 된 것은 그리 놀라울 만한 것도 아니었다. 시란 원래 삶을 따라가고 시 창작에 소용되는 장치와 방법론은 시를 따라가고 시인의 삶은 또한 시를 따라간다는 사실은 당연한 이치인 것이다. 그래서 현재의 시간에서 영원의 시간으로, 더 나아가 무시간의 시간으로 옮겨간 정지용의 시 세계는 정지용의 사상적 사유를 따라 자연스럽게 형성된 흐름이다. 현재적 현실이 현존재를 구성하는 토대라고 볼때 시간성을 초월하여 영원을 꿈꾼다는 것은 정지용의 현재적 현실이 무시간성의 초월적 현재라는 것을 의미한다. 1930년대에서 1940년대 초에 이르도록 정지용이 추구한 것은 바로 현재를 초월로 바꾸어 놓으려는 이상이었다.

당연하게도 그러한 시간의식을 드러내기 위해 시에 동원될 수밖에 없는 장치가 바로 수사학적 인식인 것이다. 수사학은 세계를 드러내고 구성하고 인식하는 데 있어 가장 기초적이고도 근본적인 철학이다. 아리스토텔레스에서 니체, 프로이트, 데리다 등에 이르기까지 수사학은 철저히 존재와 시간과 관계하는 본질적인 인식체계이다.

정지용 시 연구에 있어서 시간의식과 수사학과의 연결 가능성을 내보이는 것은 시 연구 방법론의 다양성에 일조할 수 있을 것이라는 기대를 갖게 한다. 획일적이고도 고답적인 시 연구의 방법론을 지양하고 좀 더 시의 본질에 접근할 수 있는 진검에 대한 고민이 선행될 때 진정으로 시와 시인의 세계를 대하는 태도가 생길 것이라고 믿는다.

결국 이번 연구를 통해 시도한 시간의식과 수사학의 관계 규명 작업은 시인이 시를 창작하는 태도와 세계를 대하는 사유 방식을 알게 되고 재기술하는 과정이기도 하다. 현재적 시간은 은유를 통해 발현되며 은유는 현재적 시간을 재현해내는 데 있어 효과적인 인식론적 장치이다. 또한 종교적 시간으로서의 영원성의 시간은 상징화를 통해 드러나는데 신성한 신의 시간이 상징을 통해 형상화되는 것은 많은 경우에서 확인되는 현상이다. 또한 무시간의 세계를 표출하려는 시의 경우 제유는 필연적으로 시간의 공간화를 유도하며 무시간적 세계에 대한 수사학적 인식틀로 작용한다는 것을 알 수 있다. 정지용의 시가 초기시·중기시·후기시로의 변화 과정을 거치면서 추구한 시간의식의 세계는 수사학적 인식의 변화를 수반하며 이루어진, 결코 손쉽게 이루어진 것만은 아닌 예술적 고뇌의 결과인 것이다.

한 시인의 시에 대한 총체적 접근 방법은 그 시인의 시에 묻어 있는 때를 벗겨내고 빛을 발휘하게 하는 길이다. 본 연구가 앞으로도 미진한 부분들을 보완할 책무를 안겨주고 있긴 하지만 정지용 시, 더 나아가 한국 현대시의 진정한 가치를 밝혀내는 데 있어 또 하나의 작은 초석이 되기를 바란다.

2006년 정월

차 례

I. 서 론

1. 연구 목적

정지용 시에 나타난 시간의식에 대한 논의는 1930년대 전후[1]의 근대 세계에 대한 인식이 그의 시에서 어떻게 이루어지고 있는가에 대한 논의이기도 하다. 시간은 실존의 토대이며 존재에 대해 근원적인 질서를 부여하는 구조로 작용한다.[2] 따라서 세계에 대한 인식·존재에 대한 인식은 시간에 대한 인식과 관련된다. 시에 있어서 시간에 대한 인식을 통해 형성된 시간의식은 시인이 현실을 대하는 방식을 드러내며 동시에 시적 지향의 양상을 보여 준다.

1930년대를 전후하여 한국시는 세계에 대한 새로운 인식의 양상을 보여준다. 이러한 인식의 변화는 다음과 같은 점에 의해 점차 형성되었다. 우선 일제의 악랄한 식민지 정책에 대응할 수 있는

---

1) 본고에서 말하는 1930년대 전후는 정지용이 주로 활동하던 시기인 1926년에서 1941년까지를 가리킨다. 이에 따라 뒤에 언급되는 1920년대의 낭만주의 시와 카프시는 1930년대 전후 이전의 시적 경향을 보이는 대상으로 규정하고자 한다. 모더니즘의 경향을 보이는 정지용의 시가 1926년에 발표된 점을 감안해야겠지만 1920년대의 대체적인 시적 경향을 1930년대와 크게 대별하여 시기를 구분하고자 한다.(모더니즘 시 기점론에 대해서는 송현호, 『한국현대문학론』, 관동출판사, 1993, pp.386~412 참고.)

2) 이승훈, 『文學과 時間』, 이우출판사, 1983, p.10.

예술적 구조를 획득하는 문제와 부딪치면서 현실을 대하는 다양한 접근 방식이 이루어져야 했다.3) 또한 1920년대 중반 이후에 펼쳐졌던 카프시 운동의 도식성・정치성・이념 지향성에서 벗어나 순수문학을 지향하는 시의 예술성이 강조되면서 한국시는 좀 더 자유로운 형식과 새로운 감수성, 보다 다양한 철학성을 추구하게 되었다.4) 이외에도 다른 요인이 더 작용했겠지만, 중요한 것은 시대적으로나 문학사의 내적 흐름에 있어서 더 이상 세계를 편협한 시각으로 인식하지 않게 되었다는 점이다. 그것은 1930년대 전후의 한국시가 근대적 자아의 다양한 개성을 표출하면서 이전의 시와는 다른 근대적 인식과 개성적 시간의식을 보여주고 있다는 점에서 확인된다.

논의에 앞서 1920년대 시의 시간의식을 낭만주의 시와 카프시를 중심으로 제시하면 다음과 같다. 낭만주의 시는 현실에 대한 감상적・병적 인식을 통해 미래에 대한 동경을 노래하고 있는바 현재 시간에 대한 부정성과 초월적 시간의식을 드러낸다. 반대로 카프시는 현재 시간을 극명하게 드러내는 가운데 현실에 대한 부정과 극복 의지를 지향하는 역사적 시 간의식을 보이고 있다.5) 요컨대

---

3) 김윤식・김현, 『韓國文學史』, 민음사, 1973, p.202.

4) 오세영, 『20세기 한국시 연구』, 새문사, 1989, p.108.

5) 1920년대의 낭만주의 시와 카프시의 시간의식은 Ⅴ장 2절에서 살펴보고자 한다. 이는 정지용이 주로 활동하던 1930년대 전후의 시에 나타난 시간의식과의 차이를 밝혀 정지용 시의 주관적 시간의식이 어떠한 변별적 의의를 가지는지를 규명하기 위해서이다.

1920년대 시의 시간의식은 초월성과 역사성이라는 선명한 대조를 보이고 있다. 그러나 1930년대 전후에는 순수시 운동과 모더니즘 의 영향, 그리고 근대에 대한 자아의 정체성 고민 등 여러 요인이 복합되면서 좀 더 다양한 시적 세계인식과 시간의식을 보여주고 있다. 즉 1930년대 전후 한국시의 시간의식은 세계에 대한 근대적 자아의 주체적·창조적 인식을 수반하고 있다고 할 수 있다.6) 근

---

6) 1920년대 시의 시간의식과 그 후의 시에 나타난 시간의식이 다르다
는 것은 결코 1930년대 전후의 시가 1920년대의 시 경향에 대한 전
면적 부정에서 출발하고 있다는 것을 의미하는 것은 아니다. 그것은
두 시기의 시에 나타난 시간의식의 차이와 변화로 이해되어야 할 것
이다. 마찬가지로 1930년대 전후에 이루어지고 있는 모더니즘 수용
과정에는 다양한 방식에 의해 이전 시의 경향을 변형·수용하는 과
정도 함께 이루어지고 있었다고 보아야 한다. 이에 대해선 다음 글
을 참고할 수 있다. "근대 자유시형의 정착과 모색을 위한 실험 단
계에서 전통시가→창가→신체시→자유시의 단선적인 도식은 재고되
어야 한다. 우리의 자유시형이 정착되기 위해서는 산문적 문체에서
의 행구분에 의한 혼란과 모색의 과도기 형태를 거친 것과(『學之光』
3호에 실린 「제야말로」, 「離別」 등의 시 - 인용자) 창가·신체시의
리듬이나 형태적 골격에서 이의 변형·파괴에 의한 절충적 형태의
것(『學之光』 15호의 「푸레스코후스카야」 등의 시 - 인용자)이 있음을
보았다. 전자가 자연발생적인 口語體 문체의 산문율의 내면 과정을
통해 특히 의미나 이미지 쪽으로의 언어적 세련 과정을 지향하면서
자유시로 이행했다면, 후자는 전통 시가의 리듬이나 개화시기의 특
수한 형식인 신체시류의 형태적 특성의 골간에 뿌리박고 주로 리듬
이나 율격 면에서 세련·발전 과정을 지향하면서 근대적 자유시에로
이행한 것이었다."(조창환, 『韓國現代詩의 韻律論的 硏究』, 一志社,
1986, p.139.) 이 연구에 따르면 특히 김소월 시의 경우 '두 율도막
형식 속의 불균등 세 마디 율격'이라고 분석하고 있는데 이는 전통
적인 속요, 시조, 가사의 율격인 '균등 율마디와 불균등 율마디'의 율

대화가 진행되면서 근대적인 정신은 삶의 보편적인 조건으로서, 또한 세계에 대한 우리의 인식에 뿌리 깊은 요인으로서 시간을 더욱 깊이 의식하게 된다.[7]

본고는 1930년대의 대표적 시인들 중 정지용의 시가 근대 세계에 대한 주체적·창조적 인식을 통해 시간에 대한 새로운 인식을 드러냈다고 본다. 특히 그의 시에서는 시간을 단순히 직선적 흐름으로만 바라보지 않고 주관적으로 인식하고자 하는 시간의식이 포착되는데 그러한 시간의식이 세계를 형상화하는 방식으로 작용하고 있는 것으로 보인다. 정지용의 시는 초기시, 중기시, 후기시로 구분할 수 있는데 시간의식이 획일적이지는 않겠지만, 시기별로 시간의식은 각각 다르게 나타나고 있다.

본고는 정지용 시에 나타난 시간의식의 변모 과정과 양상을 밝히고 동시에 그 변모 과정이 갖는 의의가 무엇인지를 살펴보려 한다. 그의 시에 나타나는 시간의식의 변모 과정은 시간에 대한 수

격을 계승한 것으로 보고 있다. "이른바 7·5조로 불리었던 소월시의 율격적 기층 구조는 전통의 양식이 근대적 모습으로 개화된 가장 전형적인 보기가 되며, 이후의 자유시의 리듬의 골격을 은연중에 형성한 길잡이 역할을 하였다."(p.11.) 이처럼 전통적 시의 형태적, 운율적인 측면에서 볼 때 초기 모더니즘 자유시의 양상은 모더니즘 시론의 다양한 시도에 의해 변형, 발전되었음을 알 수 있다. 이 밖에 1920년대와 1930년대의 시사적 관계와 계승에 대해선 한계전, 「일제강점기 시사의 전개」, 김은전·김용직 외, 『한국 현대시사의 쟁점』, 시와 시학사, 1991. p.73~97을 참고할 수 있다.

7) Hans Meyerhoff, *Time in Literature*, University of California Press, 1955, p.3.

사학적 인식의 변화에 따라 이루어지고 있다. 즉, 수사학적 인식은 시간의식 변화에 動因으로 작용하고 있다. 현대의 수사학은 세계를 인식하는 방법으로 이해된다.[8] 수사학적 담론으로서 시는 자율성에 의거해 규정되는 이데올로기적 실천의 특수한 사례이기 때문에[9] 은유적 인식, 환유적 인식, 상징화, 제유적 인식 등을 통해 세계를 이해하고 드러내는 방식에 따라 시 양상의 차이가 발생한다. 정지용 시에 나타난 시간의식이 이러한 수사학적인 인식의 변화 과정과 궤를 같이 하는데 이 점에 대해 보다 면밀히 살펴보고 변화 이유를 밝히는 것도 중요한 의미를 갖는다고 본다. 이를 토대로 정지용 시의 변모 양상이 갖는 의의를 보다 분명히 알 수 있고 세 시기의 시 양상이 갖는 각각의 의미와 가치를 심도 있게 분석할 수 있을 것이다.

정지용 시의 시간의식은 그가 세계에 대한 부단한 관심과 친화적 자세를 견지하고 있음을 보여준다. 모더니즘의 영향을 보이는 초기시부터 가톨릭 신앙의 시 세계를 보이는 중기시와 동양적 자연에 관심을 보이는 후기시에 이르기까지 지속적인 변화를 추구한 정지용은 자신이 살고 있는 현실 상황을 투철하게 의식하고 형상화하려는 의지를 드러낸 것이다. 이는 과거·현재·미래라는 지속적인 시간의 흐름을 공간적으로 투시해 보는 것과 다름없다.[10] 시

---

8) 김욱동, 『은유와 환유』, 민음사, 1999, pp.82~90; 금동철, 『한국 현대 시의 수사학』, 국학자료원, 2001, p.32.

9) 진순애, 「한국 현대시의 모더니티 연구 -30년대와 50년대 시를 중심 으로-」, 성균관대 박사논문, 1996, p.25.

를 통해 현실을 파악하고 새롭게 재구성·재창조하고자 하는 의지는 곧 시간에 대한 새로운 질서 부여를 통해 좀 더 주관적인 시 세계를 펼치려는 시간의식을 보여주는 것이기 때문이다. 여기서 시간의식은 인간의식의 문제로 귀착하게 된다.[11] 정지용의 시에 나타난 시간의식의 의미와 그것의 변모 과정이 갖는 문학사적 의의를 밝히려는 목적은 당대의 현실 세계를 어떻게 인식하는가와 관련되며 동시에 근대적 주체가 바라본 1930년대 전후의 풍경에 대한 존재론적인 인식과도 관련된다.

이러한 연구 목적을 통해 본고는 다음과 같은 결과와 의의를 기대할 수 있다. 우선 정지용 시에 대한 다양한 논의 가운데 가장 본질적이라 할 수 있는 세계인식, 즉 시간의식의 양상과 특징에 대한 분석이 이루어질 것이다. 또한 정지용 시의 시간에 대한 수사학적 인식의 변화가 시간의식의 변모를 이끌었다는 점, 그것이 근대시간을 살아간 정지용이 선택한 필연적인 방법론적 귀결이라는 것이 밝혀질 것이다. 그리고 시간의식에 대한 형상화가 은유와 상징만이 아닌, 제유적 인식을 통해서도 이루어지고 있음도 알 수 있을 것이다. 이 과정에서 정지용 시의 시간의식이 시간의 감각적 재현에 대한 의도에 있음을 알게 될 것이다. 이에 따라 정지용 시에 대한 다양한 연구에 의해 밝혀진 특징들이 시간의식에 의해 유기적으로 연관되어 있다는 것도 밝혀질 것이다. 이러한 연구를 통

---

10) 오세영, 『문학연구방법론』, 시와 시학사, 1993, p.107.
11) 위의 책, p.106.

해 정지용 시의 시간의식과 수사학적 인식의 변모 과정이 문학사
적으로 어떠한 의의가 있는지도 밝힐 것이다. 한편 이 연구가 시
간에 대한 수사학적 의미 분석이라는 시 연구 방법론의 가능성을
타진하는 기회도 되리라 기대한다.

2. 연구사 및 문제 제기

정지용 시의 시간의식은 근대화를 경험하며 시에 대한 예술적 정
신으로 살아갔던 한 지식인의 세계인식을 보여준다. 그에게 있어 시
간이란 현실 속에서의 존재 위치를 규정해 주는 본질적인 인식 구
조로 작용한다. 정지용 시의 시간의식에 대한 지금까지의 연구는 과
거와 현재의 형상화 양상에 대한 논의, 무시간성에 대한 논의 등으
로 구분될 수 있다. 시간의식에 대한 연구 외에도 정지용 시에 대한
연구는 모더니즘이나 은유적 재현, 감각 혹은 이미지에 대한 논의
등으로 다양하게 이루어지고 있고 그만큼 다양한 견해를 보이고 있
다. 그러나 이러한 정지용 시의 특징들은 시간의식의 관점에서 보면
결국 유기적인 연관성을 드러낸다. 그간 밝혀진 정지용 시의 다양한
특징들은 시간의식의 형상화 과정에서 이루어진 방법적 장치로 볼
수 있다. 요컨대 정지용 시에 대한 다양한 논의들은 시간의식의 관
점에서 통합적으로 이해될 수 있다고 본다.
시간의식을 살펴보기 위해 정지용 시에 대한 연구사는 단지 시
간과 관련된 연구만이 아니라 전반적으로 검토되어야 할 것이다.

따라서 시간에 대한 논의, 모더니즘과 감각에 대한 논의, 수사학적 인식에 대한 논의를 살펴보고 시간의식의 관점에서 이들 논의가 간과했을지도 모를 부분에 대한 문제를 제기하고자 한다.

김현은 시간에 대한 정지용의 부정적 인식에 주목하여 "그의 완벽한 것에 대한 취향과 음험한 현실파악은 日常的인 것의 한 상징인 時間에 대한 공포와 죽음에 대한 공포를 낳는다."[12]라고 말하고 있다. 이는 일상적 시간을 거부하고자 했던 정지용의 의식을 지적한 것으로 현실에 대한 부정적 인식이 시간에 대한 부정적 인식으로 나타나고 있음을 보여준다.

김학동은 정지용이 시간의 공포에서 벗어나고 시간관념을 부정함으로써 세속성을 벗어난 세계로 나아갔는데 그것이 곧 '無時間'의 '虛靜無爲'의 세계라고 말하고 있다.[13] 김학동은 같은 책에서 정지용의 시가 '바다'에서 '산'으로 옮겨간 계기가 여기에 있다고 말하고 있다. 이는 정지용의 시간의식에 대한 변화에 따라 시의 양상과 세계가 변모하고 있다는 것을 알게 해주는 부분이다.

김신정은 정지용 시의 시간의식이 근대 식민지의 시간에 대한 부정에서 출발, 과거·현재·미래가 통합된 순수한 시간을 복원하려는 특징을 보이며 이러한 시간의식을 통해 정지용이 현실과 거리를 두면서 식민지적 근대의 부정성을 인식하고 그것에 대응하려 했다고 말한다.[14] 이 논의는 시간의식과 역사의식의 관계를 밝힌

---

12) 김윤식·김현, 앞의 책, p.205.

13) 김학동, 『정지용 연구』, 민음사, 1987, pp.69~71.

14) 김신정, 「완벽한 시간의 꿈과 아름다움의 추구」, 『정지용 문학의 현

점에 의의가 있지만 정지용의 후기시에서 보이는 시간의식이 식민지 현실에서 부재하는 것들을 추구하며 미래의 시간을 향하고 있다고 본 것은 재고의 여지가 있다. 뒤에 자세히 논의되겠지만 정지용의 후기시는 오히려 현재 시간에 대한 다른 차원의 '현재 시간', 즉 시간의 無化를 추구하고 있기 때문이다.

엄성원은 철학적, 인식론적 측면의 변화가 선행했기에 한국시의 모더니즘 양상이 출현 가능했다고 보고, 특히 시간의식의 변화로 모더니즘 시가 이루어졌다고 말하고 있다.15) 엄성원은 베르자예프의 시간론을 수용하여 정지용의 시가 순환적 시간관을 드러내고 있다고 분석하고 있다. 이 연구는 시간에 대한 인식론적 변화가 선행했기에 모더니즘 시가 가능하다고 본 점에서 수동적인 모더니즘 수용론의 한계를 극복하는 계기를 마련하고 있으며, 동시에 시간의식이 시적 인식의 근본이라는 점을 밝혔다는 의의를 갖는다. 그러나 베르자예프의 시간론을 그대로 수용하여 획일적이고 도식적인 시간의식으로 일관하고 있는 점은 이 연구의 한계라고 할 수 있다.16) 정지용 시의 시간의식은 다양한 양상으로 나타나고 있기

대성』, 소명, 2000, pp.209~232.

15) 엄성원, 「1930년대 한국 모더니즘 시에 나타난 시간의식 연구 - 김기림, 이상, 정지용의 시를 대상으로」, 서강대 석사논문, 1996, pp.7~10.

16) 베르자예프는 시간을 우주적 시간, 역사적 시간, 실존적 시간으로 구분하는데 이는 각각 순환적 시간, 수평적 시간, 수직적 시간으로 상징된다.(Berdjajev, 이신 역, 『노예냐 자유냐』, 도서출판 인간, 1979를 참고.) 엄성원은 위의 논문에서 순환적 시간을 보이는 정지용의 시 외에 김기림의 시가 수평적 시간을, 이상의 시가 수직적 시간을 보

때문이다.

한편 정지용 시의 시간의식에 대한 일부 연구는 공간의식과 관련지어 논의된 경우가 있는데 이는 시간의식과 공간의식의 개념 차이를 간과하고 있는 것이다.

김기림은 "상징주의 시의 시간적 單調에 불만을 품고 시 속에 공간성을 넣었다"[17]고 말하고 있으며 이명찬은 시에 나타난 고향과 관련된 시·공간 체험이 어떤 근대적 특성을 갖는지에 주목하면서 정지용의 경우 고향과 근대의 충돌이 빚는 갈등을 내재화하거나 극복하지 못하고 확장된 공간으로 도피했다고 밝힌 바 있다.[18] 그러나 고향의식을 정지용 시 변모 과정의 바탕으로 본 부분이나, 시간의식을 도피적 공간의식과 같은 차원으로 본 부분은 정지용의 시간의식과 세계인식의 양상을 폭넓게 고찰할 기회를 빼앗고 있다.

정끝별은 시간과 공간구조를 통해 작가 의식의 지향성과 상상력의 구조를 밝히고 있다.[19] 그는 불안의 현재적 인식에서 출발, 동일성을 회복하려는 현재적 기억의 시간의식과 영원에의 지속성, 특히 무시간적인 공간화된 현재화가 상상력의 구조적 특성을 이룬다고 보고 있다. 이 연구는 시·공간의식을 상상력의 구조로 본

인다고 말하고 있다.

17) 김기림, 『김기림 전집』 2, 심설당, 1988, p.62.

18) 이명찬, 『1930년대 한국시의 근대성』, 소명출판, 2000.

19) 정끝별, 「정지용 시의 상상력 연구 -시간과 공간을 중심으로-」, 이화여대 석사논문, 1989.

것에 의의가 있으나 그러한 시·공간의식을 이루게 한 부정적 현실인식 속에 자리 잡은, 보다 근본적인 시인의 세계인식 태도를 고찰할 필요가 있다고 본다.

정지용 시에 등장하는 시계의 이미지를 분석하여 근대적 시간관념으로 인해 미분적 시간감각을 얻었다고 밝힌 논의가 있다.[20] 부정적 근대성의 은유를 갖게 한 계기적 역할의 요인으로 본 미분적 시간감각이 시계라는 기계적 질서에 근거한 시간의식에서 비롯된 것이며, 이것이 병적 자아의 예민한 감각을 형성했다는 것이다. 그러나 이 논의는 보다 본질적인 문제, 즉 근대적 시간을 어떻게 바라보고 인식하였는가에 대한 설명이 부족하다. 정지용 시에 있어서 시간의식은 보다 철저한 현실인식 속에서 감각적으로 지각되었다고 보기 때문이다.

김종태는 정지용이 세속적인 외부 세계와 차단된 정적인 내면 공간을 지향한다고 밝히고 있다. 이 공간에서 직선적인 시간의 흐름을 거역하는 무시간성을 추구하였다고 보고 정지용이 자연 공간 속에서 무시간성의 공간을 창출한 것은 세속적 공간을 초월하기 위해서였으며 결국 영원 회귀의 공간을 창조하기에 이르렀다고 말한다.[21] 이 논의는 무시간성을 공간의식의 특징으로 말하고 있지만 공간의식과 시간의식이 서로 섞여 논의되면서 그 의미가 명확

---

20) 이수정, 「정지용 시에서 '시계'의 의미와 '감각'」, 『한국현대문학연구』 제12집, 2002. 12.

21) 김종태, 「정지용 《백록담》의 공간의식」, 『한국현대문예비평연구』 제10집, 2002. 6.

하게 설명되고 있지 않다. 특히 무시간성의 의미는 보다 분명히 밝혀져야 한다.

정지용 시에 대한 연구는 주로 모더니즘과 관련되어 이루어졌다고 보인다. 다시 말해 모더니즘 수용의 성공 여부나 그것으로부터의 변모가 어떻게 이루어지고 있는가에 치중하고 있는 것이다. 물론 중기시의 종교적 시나 후기시의 동양 사상적 시에 대한 논의도 이루어지고 있지만 이 역시 모더니즘의 영향에서 벗어나려 한 시적 모색이라는 관점에서 출발하고 있기 때문에 모더니즘과 관련된 논의라고 할 수 있다. 당연히 모더니즘의 영향을 부정할 수 없다. 정지용 역시 근대화 과정 속에서 시를 썼고 모더니즘은 시의 방법론과 세계관을 형성하는 데에 중요한 역할을 했을 것이다. 그러나 동시에 모더니즘은 정지용이 시 세계를 구축해 가는 전체 과정 중 일부분으로 작용하고 있는 것이다.

이에 따라 정지용의 시간의식을 어떻게 파악해야 할지에 대한 시사점을 얻기 위해 정지용 시의 모더니즘 특성에 대한 연구를 살필 필요 있다. 정지용 시의 시간의식은 과거·현재의 재현 가능성과 시간 질서의 재창조 의지에 근거를 두고 있다. 이는 모더니즘의 시간관과 관련이 깊다.22) 정지용이 초기시 시기에 모더니즘의

---

22) 모더니즘의 시간관은 일상적 시간에 대한 부정, 다시 말해 주관적이고 창조적인 시간을 통해 형성된다. 따라서 베르그송이 말한 지속적 시간, 커모드가 말한 신화적 시간이나 영원한 시간 등은 근대의 시간을 파편적이고 불연속적인 것으로 바라보는 주관적 시간관이라 할 수 있다. 모더니즘이 세계에 대한 재인식을 통해 새로운 질서를 부여하려는 세계 재편의 기획으로 출발했다면 이러한 시간관은 새로운 질서 부여, 재현

영향을 받으면서 근대 세계에 대해 인식하게 되었고 이에 따라 세계에 대한 시간의식도 형성되었다고 본다면, 초기시의 시간의식은 모더니즘의 시간관을 반영한 것이라고 할 수 있다. 또한 정지용 시에 나타난 시간의식이 모더니즘의 감각에 의한 재현과 어떤 관계가 있는지도 알아 볼 필요가 있다.

정지용 시의 모더니즘 특성은 이양하가 '感覺의 詩人'[23]이라고 평한 데에서 알 수 있듯이 주로 이미지에 대한 감각 논의와 주지주의에 대한 논의로 이루어졌다. 김기림이 정지용의 시에 대해 "청신하고 원시적인 시각적 이미지"를 고려하여 "문명 속에서 형성되어 가는 새로운 감각, 정서, 사고"[24]를 드러냈다고 하는 말한 것은 모더니즘의 한 특성인 회화성에 근거한 평가이다. 김기림은 정지용의 시가 세계를 주로 시각적인 감각으로 형상화하고 있다고 본 것이다. 그러나 시를 형상화하는 과정에서 세계를 어떻게 바라보고 어떻게 드러내야 하는가에 대한 고민이 우선적으로 선결되어야 한다고 볼 때, 세계를 '어떻게' 감각하고 있는가보다는 '왜' 그러

가능성을 믿는 창조적 형상화를 가능하게 한다. 이는 시에 있어서 근대에 대한 역사적 인식과 이상적 세계의 동경이라는 특성과 연관된다. 정지용 시의 모더니즘 시간관은 세계에 대한 주관적·창조적 인식에 의해 형성된 재현 가능성의 시간의식이며, 이는 시의 감각적 형상화를 통해 이루어지고 있다. 이에 대해선 김진성, 『베르그송 硏究』, 문학과 지성사, 1985; Frank Kemode, 조초희 역, 『종말의식과 인간적 시간』, 1993; Paul Ricoeur, 김한식·이경래 역, 『시간과 이야기』 2, 문학과 지성사, 2000 등을 참고할 수 있다.

23) 이양하, 「바라든 지용詩集」, 김은자 편, 『정지용』, 새미, 1996, p.80.

24) 김기림, 앞의 책, pp.56~57.

한 감각으로 세계를 지각하려 했는가에 더 중점을 두어야 한다고 본다. 정지용은 현재 시간 속에 존재하거나 과거 시간의 기억으로 회상되는 세계를 재현하고자 한 것이며, 그것을 형상화하기 위해 선택한 방식이 시각적 감각이었던 것이다.

정지용 시의 모더니즘 특성에 대해서는 긍정적인 평가도 있지만 비판적인 평가도 동시에 이루어지고 있다. 정지용이 모더니스트로서 실패했다는 논의는 "感覺的印象만을 노렸기 때문에 그는 짤막한 散文을 모아 놓을 수밖에 없었다"25)는 송욱의 언급에서 알 수 있듯이 서구 모더니즘 수용의 성공 여부를 기준으로 하여 이루어진 것이다. 송욱은 정지용이 초기시에서 종교적 세계를 거쳐 후기시로 나아간 이유를 모더니즘 계열의 시에 대한 한계 때문이었다고 지적하면서 "異國風만으로 모더니즘이 이룩될 수 없듯이 바다의 視覺的印象만으로 現代詩가 뻗어나갈 수는 없다"26)고 비판하고 있다. 결국 송욱은 후기시조차 한정된 주제로 인해 현대시의 세계에서 멀어지는 모순에 빠지고 있다고 말한다.

그러나 모더니즘이 실현되지 않았다고 해서, 혹은 주제가 좁혀져 자연에 대한 묘사를 중심으로 시를 썼다고 해서 그것이 현대시와 동떨어졌다는 말은 자신이 처한 현실 세계를 인식하고 현재 시간을 살아가는 모습을 詩化하려는 행위가 현대적이지 않다는 말과 같은 것이다. 모더니즘 시를 제대로 이루어내지 못했다고 해서 정

---

25) 송욱, 「鄭芝溶 즉 모더니즘의 自己否定」, 김은자 편, 앞의 책, p.101.
26) 위의 논문, pp.106~107.

지용의 시가 '현대시'가 아닐 수는 없다. 송욱은 '모더니즘'과 '현대시'의 개념을 혼동하고 있는 것이다. '현대시'의 특성 중에 '모더니즘'의 영향이 포함된다고 보아야 한다.

김환태는 정지용의 천재성이 "感覺과 이지의 그 神秘한 결합에 있다"고 말하면서 지성, 감각, 감정이 시에서 조화를 이루고 있다고 지적한다.[27] 지성에 의한 감각적 형상화는 곧 세계를 인식하고자 하는 방식이 감각적 재현에 있음을 말해준다. 문덕수는 시간과 공간을 사물의 인식 형식으로 보고 정지용 시의 공간구조의 변천 과정을 밝히고 있다.[28] 문덕수는 정지용의 시를 주지주의 시로 파악하고 모더니즘의 불연속적 세계관을 보여주며 고정된 현재를 중시하고 있다고 말한다. 또한 낭만주의 시는 시간의식이 강하고 고전주의 시는 공간의식이 강하므로, 고전주의와 모더니즘의 특성이 같다는 전제하에 정지용의 시는 공간의식이 강하다고 말하고 있다. 결국 공간성과 한계성은 事物의 細部를 묘사하게 하고 이로써 추상적 언어보다는 감각어가 더 중시되고 있다고 말하고 있다. 감각어를 중시하게 된 이유를 밝힌 점은 시간의 재현성과 관련하여 중요한 시사점을 제공한다. 그러나 정지용 시가 고전주의·모더니즘의 특징을 보인다고 해서 처음부터 공간의식으로 분석의 범위를 고정시킨 것은 시간의식의 다양한 표출 양상을 고정된 현재의 시간·공간으로만 파악하는 한계를 드러낸다. 현재 시간에 대한 시

---

27) 김환태, 「정지용론」, 김은자 편, 앞의 책, p.93.
28) 문덕수, 『한국 모더니즘 시 연구』, 시문학사, 1981, pp.114~117.

적 인식과 형상화 과정에서 공간에 대한 지각이 뒤따른다고 보면, 정지용 시의 공간에는 시간의식이 내재되어 있는 것이다.

모더니즘과 관련한 이러한 논의[29]를 통해 확인할 수 있는 것은 정지용 시의 두드러진 특징인 감각에 의한 형상화가 근대의 시간을 재창조적으로 드러내기 위한 장치로 작용하고 있다는 점이다. 감각의 의한 형상화는 모더니즘 시의 특징인 주지주의, 이미지즘과 관련되기 때문에 정지용의 초기시는 모더니즘의 시간관에 영향을 받았다고 할 수 있다. 그러나 정지용의 시는 초기시 이후에 계속적인 현실인식의 변화를 보이며 시간의식 역시 변모하게 된다. 물론 그것은 모더니즘의 시간관을 기저로 하지만 정지용만의 특징적 시간의식, 혹은 개성적 시간의식으로 나아간 것이다. 따라서 모더니즘 수용의 성공 여부나 그것으로부터의 탈피 과정으로 시에 접근하기보다는 자체적인 시 형상화의 특성이나 변모 과정에 주목하여 모더니즘의 어떤 측면이 유지되고 수정되었는지 거꾸로 되짚어 봐야 할 것이다. 서구 모더니즘과의 비교적 고찰이나 모더니즘 방법론의 집요한 적용은 정지용 시의 본질적인 의미와 특성을 한

---

29) 모더니즘과 관련된 연구사 검토는 본고의 목적에 따라 선택적으로 이루어졌다. 이 밖에 모더니즘과 관련한 정지용 시 연구는 다음을 참고할 수 있다. 김기림, 「모더니즘의 역사적 위치」, 인문평론, 1939. 10.; 김재근, 『이미지즘 연구』, 정음사, 1973; 김윤식, 『韓國近代作家論攷』, 일지사, 1978; 양왕용, 『한국근대시연구』, 삼영사, 1982; 이숭원, 「정지용 시 연구」, 서울대 석사논문, 1980; 박인기, 「한국현대시의 모더니즘 수용 연구」, 서울대 박사논문, 1987; 서준섭, 『한국 모더니즘 문학 연구』, 일지사, 1988; 최혜실, 「모더니즘의 의미와 한계」, 김은전·김용직 외, 앞의 책; 이미순, 『한국문학과 모더니즘』, 한양출판사, 1994.

쪽으로만 바라볼 가능성이 있다. 시 창작에 있어서 시인의 부단한 자기 계발은 다양한 시적 방법론을 수용하면서 변증적으로 이루어 지는 것이다. 그러므로 세계에 대한 근대적 인식으로서의 시간의 식은 모더니즘을 포함한 다양한 시적 세계관과 방법론으로 형성된 다고 할 수 있다. 이러한 접근 방식을 통해 모더니즘 영향의 긍정 성과 한계를 분명히 알 수 있고 정지용의 시가 갖는 특징과 의미 를 보다 면밀히 살펴볼 수 있을 것이다.

시간의식을 보다 폭넓은 관점에서 연구하기 위해선 정지용의 시 분석에 대한 다른 시각의 연구들을 검토해야 할 것이다. 수사학적 인식에 대한 연구나 후기시에 대한 동양 사상적 측면의 연구는 정 지용 시의 시간의식을 살피는 데 있어 중요한 방향을 제시한다.

정지용 시에 대한 수사학적 연구는 주로 은유에 대한 고찰로 이 루어지고 있다. 은유적 세계관에서 비롯된 모더니즘 시의 이미지 즘에 대한 논의,[30] 은유, 상징에 대한 분석으로 시의 구조, 모더니 티, 전통 지향을 밝힌 연구,[31] 정지용 시를 세 단계의 시기로 구 분하고 각각의 단계가 기본 개념적 은유, 심상 은유 등의 양상을 보인다고 밝힌 논문,[32] 은유에 대한 의지를 확고히 함으로써 자아

---

30) 금동철, 「1930년대 한국 모더니즘 시의 수사학적 연구」, 『우리말글』 제24집, 우리말글학회, 2002. 4.

31) 진순애, 앞의 논문: 신진, 「정지용 시의 상징성 연구」, 성균관대 박사 논문, 1992.

32) 권오만, 「정지용 시의 은유 검토」, 김은전·이숭원 편저, 『한국현대시 인론』, 시와 시학사, 1995: 진수미, 「정지용 시의 은유 연구」, 서울시 립대 석사논문, 1994.

와 세계가 만나는 서정시를 이루었다고 본 연구[33] 등이 그것이다.
그런데 은유에 대한 분석을 통해 정지용 시의 의미와 모더니즘적
성격이 상당 부분 규명되었지만 그러한 은유적 인식의 토대가 세
계에 대한 인식으로 작용할 경우 시 전반에 걸친 형상화 과정에
어떤 영향을 미쳤는지 더 자세히 살펴볼 필요가 있다. 특히 은유
적 인식은 시간의식의 형성과 밀접한 관계가 있는데, 그것은 과거
와 현재에 대한 재현, 혹은 영원의 시간에 대한 은유적 형상화와
그것의 상징화를 이끌어 내는 데 있어 직접적인 방법적 장치로 작
용한다. 또한 후기시에는 제유적 인식이 시간의식의 動因으로 작
용하고 있다고 보므로 그 수사학적 논의의 범위를 확대할 필요도
있다. 그러므로 정지용 시에 대한 수사학적 인식에 대한 위 연구
들의 결과를 토대로 본고에서는 수사학적 인식이 시간의식을 이루
어내는 데에 어떻게 관여하고 있는가를 밝히려 한다.

한편 정지용의 시가 바다에서 산으로, 감각에서 정신에로의 변
전이라 말하며 후기시를 동양적 은일 정신의 세계로 변화한 것이
라고 분석한 최동호의 연구[34]나 후기시를 유교적 性情을 탐색한
결과인 정신주의 시라고 보는 오세영의 연구[35]도 후기시의 시간
의식을 밝히는 데 있어 참고할 필요가 있다.[36] 정지용의 후기시는

33) 최승호, 『서정시의 이데올로기와 수사학』, 국학자료원, 2002.

34) 최동호, 「鄭芝溶의 山水詩와 隱逸의 精神」, 『민족문화연구』 제19집,
    고려대학교 민족문화연구소, 1986.

35) 오세영, 「지용의 자연시와 성정(性情)의 탐구」, 『한국현대문학연구』
    12집, 한국현대문학회, 2002. 12.

초기시나 중기시와는 다른, 세계에 대한 수사학적 인식 태도를 보여주기 때문이다.

이 밖에 정지용 시의 초기시에서 후기시에 이르기까지의 변모 과정에서 보이는 일관된 모티프나 정신을 통일적 관점으로 보려는 시도도 있다.[37] 그러나 그보다는 정지용이 어떠한 인식 태도로 세계를 대했는지를 살펴봐야 할 것이다. 그 과정 속에서 시간의식이 어떻게 변모했고 어떠한 세계를 지속적으로 추구했는지를 알 수 있을 것이다. 처음부터 고정된 사상의 흐름이 이어졌다기보다는 지향하는 세계에 대한 시적 형상화의 과정에 따라 시간의식이나 세계에 대한 인식이 변모했다고 봐야 한다.

이상의 연구사를 통해 나타난 문제의식에 의해 다음과 같은 논점을 제기할 수 있다.

정지용 시의 시간의식은 과거·현재의 재현 가능성과 시간 질서의 재창조 의지에 기초한다. 시간의 가시적 재현을 위해 은유, 상징화, 감각, 특히 시각적 감각의 장치가 전개되고 있는데 이는 시간의식의 변모 과정에서 인식의 변화에 따라 다르게 나타난다. 본

---

36) 이 밖에 후기시의 동양 사상적 측면에 대한 연구로는 다음을 참고할 수 있다. 황종연, 「한국문학의 근대와 반근대-1930년대 후반기 문학의 전통주의 연구」, 동국대 박사논문, 1992; 최승호, 「1930년대 후반기 시의 전통주의적 미의식 연구-문장파 자연시를 중심으로」, 서울대 박사논문, 1993.

37) 신범순, 『한국 현대시의 퇴폐와 작은 주체』, 신구문화사, 1998; 전미정, 「이미지즘의 동양 시학적 가능성 고찰-언어관과 자연관을 중심으로」, 『우리말글』 제28집, 우리말글학회 2003. 8.

고는 기존 연구의 다양한 논의를 연관지어 설명하는 동시에 각 시기의 특징적 차이를 무시하지 않고자 한다. 또한 본고는 정지용 시의 시간에 대한 그간의 연구가 각 시기별로 시간의식의 차이점이 생기게 된 근본적 이유를 피상적으로 파악하고 있다고 본다. 그러므로 각 시기별로 나타나는 시간의식의 양상과 그 변모를 이끈 근본적인 動因을 함께 알아볼 것이다.

정지용 시의 시간의식이 모더니즘과 관련하여 과연 어떠한 방식으로 형상화되고 있는가를 밝혀야 한다. 정지용의 시의 모더니즘 성격에 대한 그간의 연구는 감각적 형상화의 특징을 밝히고 있다. 감각적 형상화를 본고에서는 시간의식을 드러내기 위한 하나의 방법론으로 보고자 한다. 시각적 이미지를 통해 현실을 재현하고 있다면 시간의식은 재현 가능성에 기반을 두고 있는 것이다.

다음으로 시간에 대한 수사학적 인식이 어떻게 이루어지고 있는가를 살펴볼 필요가 있다. 지금까지의 수사학적 연구는 주로 은유를 중심으로 다루어지고 있었다. 그것은 유사성으로 연결되는 은유의 원관념과 보조관념을 통해 과거와 현재를 드러내는 방식이라고 볼 수 있다. 은유적 인식에 대한 연구는 주로 사물의 형상화 방법에 집중되고 있는데, 여기서 더 나아가 시간에 대한 은유적 인식으로 인해 과거와 현재가 재현되고 있다는 사실에 주목해야 한다. 또한 중기시에 나타난 은유적 인식과 상징화의 양상이 시간의식을 어떻게 드러내고 그것이 어떠한 이유에서 다른 양상으로 변모해 갔는지도 살펴져야 한다.

정지용의 후기시에 드러나는 시간의식은 동양적 자연과 관계된다. 그 동양적 자연의 사상적 실체를 은일 정신이나 성정의 사상 등으로 보고 있는 지금까지의 연구를 토대로 그것이 어떠한 세계 인식을 통해 이루어진 것이고, 그 가운데 형성된 시간의식이 과연 동양적 자연의 세계와 어떠한 관계가 있는지를 살펴보아야 한다. 특히 후기시의 주된 특징은 제유적 인식을 통해 현재 시간을 형상화하고 있으며 이를 통한 새로운 동양적 자연 세계의 창조는 시간의 無化를 추구하는 가운데에서 이루어지고 있다고 본다.

정지용 시의 시간의식은 근대를 살아가는 근대적 자아의 의식을 반영하고 있다. 따라서 정지용 시가 모더니즘의 특징을 보인다는 것 외에도, 시의 시간의식이 어떤 의의가 있는가, 어떠한 방식으로 근대 시간을 인식하고 있는가를 전체적으로 되짚어볼 필요가 있다. 정지용 시의 시간의식은 근대를 인식하는 방식이며 그 자체로서 근대적 특성을 보여주고 있다.

3. 연구 방법

정지용 시에 나타난 시간의식의 양상과 특징적 의미를 알아보기 위해 우선 시간의식에 대한 개념을 명확히 할 필요가 있다. 시간의식을 논하는 과정에서 주로 쓰이는 용어는 시간, 시간성, 시간의식이다. 시간은 우리가 알고 있는 일상적 시간과 초월적 시간, 순환적 시간 등 문학적 주체가 개별적으로 인식하는 주관적 시간으로 구분된다. 시간은 과거·현재·미래라는 구체적인 양상으로 나타는데 주관적 시간은 이를 통합적으로 보거나 그 계기적 질서를 무시하는 태도를 보이기도 한다. 시에 있어서 시간은, 시에서 드러나는 과거·현재·미래의 양상을 말한다. 시간은 시간성을 기초로 성립되며 시간성을 전제로 함으로써 그 논리적 구조가 획득된다.[38] 즉, 시간은 시간을 인식하고 시간을 반성적으로 대하려는 자아에 의해 존재의 의미를 부여받게 되는데 이때 시간에 대해 갖고 있는 인식의 태도가 곧 시간성을 생성하게 하는 것이다. 시간성은 시간의 성격, 시간의 의미, 시간의 본질적 구조 등으로 말할 수 있다. 시에 있어서 시간성이란 과거·현재·미래의 시간이 시로 형상화 될 때의 성격과 특징적 의미를 일컫는다. 이러한 시간성은 그것을 대하는 시인의 인식 태도와 결부되어 시인이 시간을 어떠한 방식으로 인식하고 대하는가에 따라 그 성격을 드러내는데 이때 시간의식이 나타난다고 할 수 있다. 시간의식이란 시간성에 대한 의식, 또는 시간성을 대하는 인식의 양상이라고 할 수 있다. 시에 있어서 시간의식은 시간성을 대하는 방식과 시간 자체에 대한 시적 의도, 시간성에 대해 주관적으로 파악하는 시인의 의식을 총체적으로 일컫는다.

본고에서 살피고자 하는 시간의식이란 시에 나타난 시간과 시간성의 특징을 통해 드러나는 시인의 의식을 말한다. 즉, 시간과 시간성에 대한 시인의 주관적 인식과 판단, 그리고 결정되거나 의도

---

38) 이승훈, 앞의 책, p.12.

된 시간관을 말한다. 이는 "자아인식의 시간적 형식이라고도 말할 수 있다."[39] 시간의식은 곧 시인이 지향하는 의식을 드러낸다. 그러므로 시인이 지향하는 시간의식은 시에 드러난 세계인식·현실 파악의 양상을 보여준다.

본고는 정지용의 시가 주관적 시간의식을 통해 지속적 시간성을 드러내고 있다고 보므로 이에 대한 이론적 근거를 제시고 있는 베르그송의 이론과 메이어홉의 문학과 시간에 대한 논의를 토대로 하고자 한다. 다만 이들의 이론을 적용하고 증명하는 데에 목적을 두기보다는 그러한 시간성이 정지용의 시에서 어떤 특징을 갖는지에 대해 초점을 맞추고자 한다. 베르그송은 시간을 자연과학적 시간인 동질적 시간과 의식이 침투되어 있는 참다운 시간인 순수 지속으로 구분한다.[40] 순수 지속의 시간은 직관으로 파악되는데 직관이란 "사람들이, 대상이 지니고 있는 유일하고, 따라서 표현하기 어려운 것과 일치하기 위하여 대상의 내면으로 스스로를 옮기려 할 때 생기는 共感"[41]으로 현실과 내부를 직접 파악하는 인간의 인식 능력을 말한다. 직관에 의해 파악된 시간의 순수 지속이란 "우리의 의식 상태가 취하는 모습이며 현재의 상태와 그 이전의 상태 사이의 분리가 더 이상 존재하지 않는 것으로 의식사실들이 실로 연속적이며 서로서로 침투하는 가운데 그 사실 중의 가장

---

39) 심재휘, 『한국 현대시와 시간』, 월인, 1998, p.48.

40) 김진성, 앞의 책, p.124.

41) H. Bergson, *La Pensée et Le Mouvant*, p.18, P. U. F.(김형효, 『베르그송의 철학』, 민음사, 1991, p.16에서 재인용.)

단순한 것에서도 영혼 전체가 반영"[42]되는 시간성을 갖는다. 본고는 정지용 시가 순수 지속의 시간을 세계와 자아에 대한 직관을 통해 표출하고 있다고 보고자 한다.

본고는 순수 지속의 시간이 직관을 통해 주관적으로 파악된 시간의식이라는 점에 주목하고 이를 주관적 시간의식으로 보고자 한다. 이때 직관에 의해 파악된 시간의 순수 지속은 자아의 의식과 내적 동일성을 이루는 주관적 시간이다. 메이어홉은 시간적인 지속의 경험 속에서, 그리고 그것을 통해서 지속적이고 동일적인 자아라는 관념을 획득한다고 보았다. 자아 내부에서 이루어지는 모든 문학적 재구성의 연속성에 대한 자각은 시간 속에서의 연속성이나 지속의 측면과 상관적이라는 것이다. 이에 따라 문학작품은 언제나 시간과 자아라는 두 통일체들의 상호 의존성을 인식하고 있다고 보고, 문학작품 속에서 지속에 대한 시간의식은 곧 자아가 추구하는 의식과 동일성을 이루게 된다고 말한다.[43] 정지용 시의 시적 자아가 인식하는 세계는 시간적으로 재구성되거나 재창조될 수 있다는 시간의식에 의해 표출되고 있으며 이때 자아와 시간은 내적인 동일성을 이루며 시 세계를 형성한다.

본고는 정지용의 시가 이러한 주관적 시간의식을 표출하는 과정에서 시간의 감각적 재현을 이룰 수 있다는 의식을 드러내고 있다고 본다. 정지용 시는 단지 현존하는 세계뿐만이 아니라 자아와

---

42) 조경옥, 「시간에 관한 연구-베르그송의 시간관을 중심으로」, 고려대 석사논문, 1991, p.53.

43) Hans Meyerhoff, 앞의 책, pp.35~37.

내적 동일성을 이루는 시간을 표출하는 방식에 있어서도 감각적 재현의 방식을 택하고 있는 것이다. 이러한 관점에서 본고는 그간의 정지용 시에 대한 연구들이 밝힌 정지용 시의 특징들 즉, 시각적 이미지, 은유에 의한 재현, 가톨릭 신앙의 형상화, 동양 사상적 세계의 창출 등을 시간의 감각적 재현 의지라는 시간의식과 관련지어 살펴보고 그 양상의 특징을 분석해 보고자 한다.

또한 정지용 시의 시간의식은 시기에 따라 변화하고 있다고 보고 그 변모의 動因을 밝히기 위해 정지용 시의 변모 과정을 세 시기로 구분하여 각 시기의 특징을 살펴보고자 한다. 시기는 기존의 연구를 토대로 삼되 본고의 목적에 의해 시간의식의 변화 양상에 따라 구분 짓고자 한다.

본고에서 논의할 정지용 시는 시집 『鄭芝溶詩集』과 『白鹿潭』44)에 실린 시들로 여기에 수록된 시들의 발표 연도와 시간의식의 표출 양상을 기준으로 시기를 구분하고자 한다. 우선 과거와 현재 시간에 대한 재현 의지를 은유적 인식을 통해 드러내고 있는 초기시 시기는 1926에서 1933년까지로 정한다. 중기시 시기는 대체로 종교적 시간과 관련되므로 《가톨릭 靑年》지에 발표된 시를 중심으로 1933년에서 1935년까지로 규정하고자 한다. 이 시기에는 종교적 신앙을 내용으로 하지 않는 시들도 있으나 시간의식의 지배적 경향이 종교적 신앙을 바탕으로 형성되고 있다고 보았다. 따라서 은유

---

44) 본고에서는 『鄭芝溶 全集』 1, 민음사, 1988에 수록된 시와 이숭원 주해, 『원본 정지용 시집』, 깊은샘, 2003에 실린 두 시집의 시들을 텍스트로 한다.

적 인식과 상징을 통해 가톨릭 신앙을 드러내며 영원성의 시간을 추구하는 시간의식을 중기시의 주된 경향으로 삼아 논의하고자 한다. 후기시 시기는 주로 시간의 無化에 대한 제유적 인식을 보이는 시기로 1936년에서 1941년까지로 볼 수 있다.45) 본고에서 사용하는 시기 구별 용어인 초기시 · 중기시 · 후기시는 시에 나타난 시간의식의 지배적 경향을 시기별 특징으로 설정하기 위한 것이다. 따라서 각 시기의 시 전체를 대상으로 논의하기보다는 각 시기의 시간의식의 특징을 드러내는 시를 대상으로 논의하는 방식을 택하고자 한다. 이는 시기에 따른 시간의식 규정이라는 도식성을 피하고

---

45) 초기시 시기와 중기시 시기 연도가 겹치는 부분이 있으나 이는 같은 연도라도 시간의식의 차이를 보이며 시가 발표되고 있고 시간의식도 서서히 변화했을 것이기 때문에 세밀한 구분은 피했다. 정지용 시의 각 시기별 양상에 따른 시기 구분은 다음을 참고 할 수 있다. 김용직은 제1단계를 1920년대 중반부터 1930년대 전반까지, 제2단계를 1933년부터, 그리고 1930년대 후반을 제3단계로 보고 있다.(김용직, 「鄭芝溶論-純粹와 技法」, 『한국 현대시 해석 · 비판』, 시와 시학사, 1993.) 양왕용은 중기시를 1930년부터, 후기시는 1936년부터 1943년까지 보고 있어 중기시 이전을 모두 초기시로 보고 있다고 할 수 있다.(양왕용, 『정지용 시 연구』, 삼지원, 1988, p.95.) 최동호는 1925~1933, 1933~1935, 1936~1941로 시기를 구분한다.(최동호, 앞의 논문, p.79.) 이숭원은 초기시는 1922~1928, 중기시는 1929~1935, 후기시는 1936년에서 이후 모든 시기로 시기를 구분한다.(이숭원, 『정지용 시의 심층적 탐구』, 태학사, 1999, p.63.) 권오만은 1926~1932, 1933~1935, 1936~1941로 시기를 구분한다.(권오만, 앞의 논문, p.127.) 오세영은 습작기에서 1925년까지의 민요풍시, 1926에서 1932년까지의 모더니즘 계열의 시, 1933년에서 1935년까지의 가톨릭 신앙시, 1936년에서 1945년까지의 자연시, 1945년 이후부터 1950년까지의 문학적 혼란기로 시기를 구분하고 있다.(오세영, 앞의 논문, pp.252~253.)

각 시기의 전반적 경향을 포괄적으로 논의하기 위한 것이다.

한편 정지용의 시는 시간 재현 양상의 변화나 현재 세계의 형상화 방식이 각 시기의 수사학적 인식의 변화에 맞춰 움직이고 있다. 바꿔 말하면 세계에 대한 수사학적 인식의 변화에 따라 시간에 대한 의식도 다르게 나타난다. 수사학은 결코 비유적 개념만을 의미하는 것이 아니며 인식론적 성격을 갖는 것이다.[46] 정지용의 시는 특히 은유적 인식과 상징, 그리고 제유적 인식을 통해 근대 세계를 형상화하려는 시간의식을 드러낸다.

야콥슨은 유사성이 은유의 중요한 성격임을 밝히고 있다.[47] 기호 체계의 발화 양상은 소쉬르가 밝힌 바 있는 선택과 결합이라는 축으로 이루어지는데, 이때 선택의 축은 "대체군을 이루는 여러 양태의 유사성 similarity, 보다 구체적으로 말하면, 동의어로서의 등가성 혹은 반의어로서의 공통성을 공유하는 유사성에 의해 연관을 맺고 있는 것이다."[48] 이는 은유의 성격과 같은 것으로, 유사성에 의해 나타나는 은유는 곧 선택의 축을 따른 대체군의 표현 양상을 보인다. 은유와 언어학적 성격은 세계에 대한 인식, 주체와 타자에 대한 정신분석학적 해석 등과 관련되어 고찰되고 있다. 라캉은 무의식의 구조를 언어 구조로 보고, 선택의 축인 은유를 프

---

46) 김현, 「序: 수사학 연구의 방향」, 김현 편, 『수사학』, 문학과 지성사, 1985, p.16.

47) Roman Jakobson, 신문수 편역, 「언어의 두 양상과 실어증의 두 유형」, 『문학 속의 언어학』, 문학과 지성사, 1989.

48) 위의 책, p.97.(강조점은 원문의 표기임.)

로이트가 말하는 꿈의 압축으로 설명한다.[49] 라캉에 의하면 자아는 반영된 대상을 통해 자신의 등가물을 찾아내는 단계를 거치는데 이 단계가 상상 단계, 혹은 거울 단계이다.[50] 이 단계에서는 은유의 성격과 마찬가지로 자아와 타자가 서로간의 행복한 지시 관계를 통해 등가성을 이루게 된다. 다시 말해 자아는 자신의 등가물을 통해 내적 동일성을 이루며 재현된다. 라캉에게 있어서 은유는 무의식의 한 구조를 이루는 방식으로 동일화와 상징화를 동반하며 재현 가능성을 욕망하는 작용이다.[51]

상징은 은유가 고착화되고 결정화된 순간 이루어지는 관습적 의미 기호로 이해할 수 있다. 우리는 "라캉에게 있어서 은유란 주체의 동일화에 의한 상징적 범주의 구성이라는"[52] 암시를 얻을 수 있는데, 상징은 결국 은유의 유사성, 혹은 등가성이 전이된 가운데 구성된 의미 체계라고 할 수 있다. 사실 상징과 실재 사이의 관계는 문화를 통해 확립된다.[53] 그러므로 상징은 인식론적 차원에서

---

49) Jacques Lacan, 권택영 엮음, 『욕망 이론』, 문예출판사, 1994.

50) 라캉이 말하는 거울 단계란 유아기의 아이가 최초로 자신의 모습이 비친 거울을 통해 자신을 발견하고 환호하는 단계로 거울 속의 자신이 주체인 자신과 동일하다고 믿는 때를 의미한다. 그러므로 이 단계는 지시 기호와 의미 사이의 동일시, 혹은 재현 가능성을 믿는 은유의 성격과 닮아 있다.(위의 책, p.15 참고.)

51) 정과리, 「정신 분석에서의 은유와 환유」, 한국기호학회 엮음, 『은유와 환유』, 문학과 지성사, 1999, p.16 참고.

52) 위의 논문, p.17.

53) O. Reboul, 박인철 역, 『수사학』, 한길사, 1999, pp.65~66.

볼 때 그 문화 혹은 사회의 구성원 사이에 암묵적으로 약속된 은유의 확장 체계라고 할 수 있다. 따라서 상징은 넓은 의미의 은유적 인식에 포함될 수 있다.

본고에서는 제유를 지시 대상의 부분으로 지시 대상 전체를 의미하거나 지시하는 비유법으로 이해하고자 한다.[54] 토도로프에 의하면 제유는 대상을 일반화하며 분해하는 제유와 특수화하며 분해하는 제유가 있다. 제유 작용은 일반화와 특수화의 두 방향 중 어느 하나를 따르면서 대상의 일부인 단어를 그 단어의 또 다른 의미들의 일부 의미로 사용하는 데에서 이루어진다.[55] 인식론적 차원에서 볼 때 제유는 세계를 재현하는 과정에서 그 세계를 구성하는 요소를 통해 세계를 인식하고 형상화하고자 하는 의지에서 비롯된다. 특히 정지용의 후기시는 이러한 제유의 성격이 특징적으로 나타나고 있다.

제유를 환유와 혼동하는 경우가 있으나[56] 오히려 대상과 유사

---

54) 위의 책, pp.66~67 참고. 이 책에서는 제유의 개념을 폭넓게 규정하고 있으나 본고에서는 정지용의 후기시에서 드러나는 제유의 특성에 따라 '부분으로 전체를 지시'하는 것이라는 개념을 적용하고자 한다.

55) Tzvetan Todorov, 「提喩」, 김현 편, 앞의 책, p.169. 토도로프는 일반화하는 제유의 예로 사람을 지시하는 손을, 특수화하는 제유의 예로 배를 지시하는 돛을 들고 있다.

56) 야콥슨은 환유를 이루는 근본 작동 원리인 인접성을 제유에도 적용하여 제유를 은유와 대립되는 것으로 간주한다.(박성창, 「수사학의 뜨거운 감자, 제유와 환유」, 『한국프랑스학논집』36호, 한국프랑스학회, 2001 참고.) 제유를 환유의 일부로 혼동할 수 없는 이유에 대해서는 O. Reboul, 앞의 책, p.67 참고.

한 속성을 가진 대상의 일부나 대상의 속성을 내재한 대상의 특징적 일부를 통해 대상 전체를 지시하는 행위라는 점에서 은유에 가깝다. 또한 은유가 유사성에 의한 유추 관계를 형성한다고 보면 제유도 유추적 성격을 지니므로 은유와 가까운 것으로 보는 것이 타당하다.[57] 인식론적 차원에서 볼 때 제유적 인식은 은유적 인식과 분명 다른 점이 있지만 세계에 대한 인식 방식의 연관성은 부인할 수 없다. 따라서 정지용의 후기시에서 보이는 시간에 대한 제유적 인식은 은유와 상징의 단계를 거치면서 형성될 수밖에 없었던 인식 방식으로 볼 수 있다. 본고는 이러한 형성 과정의 이유를 함께 고찰해 나갈 것이다.

은유와 상징, 그리고 제유는 단순히 비유 방식으로서만이 아닌 세계인식의 방식으로 작용한다. 비유 방식으로서의 은유·상징·제유는 인식론적 관점에서의 은유적 인식·제유적 인식의 개념과 구분되지만 서로 밀접한 관계를 형성하고 있다. 본고에서는 은유·상징·제유를 수사학적 측면만이 아니라 인식론적 측면으로도 보고자 한다. 이에 따라 본고는 정지용 시의 초기시에 나타나는 시간의 재현 양상이 과거와 현재에 대한 은유적 인식의 결과라고 보고자 한다. 또한 중기시, 특히 가톨릭 신앙시에 있어서는 주로 관념적인 은유적 인식과 상징을 통해 영원성의 시간을 드러냈다고 본다. 그리고 후기시의 시간의 無化 의지와 동양 사상적 세계는 제유적 인식을 통해 형성된 것으로, 제유를 이루는 특성인 내재성 내지 통합성[58]

---

57) 최승호, 「제유적 세계인식과 서정적 대응 방식」, 앞의 책, p.243.

의 원리에 따라 전개되고 있다고 본다. 이로써 시간에 대한 은유적 인식이 현실 세계와 시간의식에 대한 지속적인 성찰을 통해 제유적 인식으로 나아갔다고 볼 수 있다.

이러한 연구 방법을 토대로 Ⅱ장에서는 일반적으로 시에 나타난 시간의식의 의미를 살펴볼 것이다. 시간의 철학적·인식론적 성격 과 근대 이후 시간에 대한 인식이 어떻게 전개되어 왔는지를 미리 알아볼 필요가 있다. 특히 시간의 감각적 재현이 갖는 의미와 무시 간성의 의미, 그리고 본고에서 다룰 시간의 無化 의지에 대한 의미 를 알아보고자 하는데 이를 통해 정지용 시의 시간의식을 살펴보 기에 앞서 전반적인 연구 방향과 성격을 가늠할 수 있을 것이다.

Ⅲ장에서는 정지용 시의 각 시기별 구분에 따라 시간의식이 어떻 게 표출되고 있는지 그 양상을 살펴보고자 한다. 시기에 따라 다르 게 나타나는 시간의식의 양상을 통해 정지용이 어떠한 세계를 지향 하고 있는지를 알 수 있을 것이다. 또한 시간의식의 양상을 미리 살 펴봄으로써 다음 장의 논의에 대한 분석 기초로 삼을 것이다.

Ⅳ장에서는 앞 장의 시간의식 양상을 토대로 시간의식이 수사학 적 인식의 변화에 따라 변모하고 있다는 점을 밝힐 것이다. 먼저 시간의식과 수사학적 인식의 관계를 알아보고 이에 따라 수사학적 인식의 변화가 왜 이루어졌는지, 그리고 그 변화와 시간의식의 재 현이 시에서 어떤 양상으로 관계를 맺고 형상화되는지를 알아 볼 것이다. 이를 통해 각 시기의 시간의식과 수사학적 인식과의 관계

---

58) 구모룡, 「한국문학비평과 유기론적 전통」, 『한국문학논총』 20집, 한국 문학회, 1997, p.269. 특히 주 16을 참고.

가 어떤 특징과 의미를 갖고 있는지, 그리고 어떠한 한계를 노정하고 있는지를 분석할 것이다.

V장에서는 정지용 시의 시간의식이 갖는 문학사적 의의를 논할 것이다. 기존의 통사적인 관점에서 드러난 문학사적 논의의 한계를 지적하고 모더니즘 수용과 영향의 의미를 전환적으로 검토하고자 한다. 특히 시간의식의 변모 과정이 갖는 의의를 살펴보아 정지용의 시가 지속적으로 현실 세계를 성찰하고 예술적 세계를 창조해 나갔다는 점을 밝힐 수 있을 것이다. 또한 근대 시기에 형성된 정지용 시의 주관적 시간의식이 어떠한 의의가 있는지를 1920년대의 낭만주의 시·카프시와의 차이를 통해 논의할 것이다.

결론에서는 본 연구를 전반적으로 정리하고 정지용 시에 나타난 시간의식의 의미가 갖는 중요성을 강조하고자 한다. 또한 본고의 연구 내용을 통해 지속적으로 연구되어야 할, 시간의식에 대한 다른 논점을 제기하고자 한다.

Ⅱ. 시에 나타난 시간의식의 의미

1. 시간의 감각적 재현

기억을 회상하는 내용의 시나 현재의 심정을 다루는 시, 또는 미래에 대한 예감이나 추측 등을 노래하는 시에서 보이는 시간은 그것을 어떠한 태도로 대하고 어떠한 의미로 받아들이는가하는 주체적 자아의 인식 방식에 의해 다양한 양상으로 재현된다. 현실 세계에 대한 시간적 표출 방식, 혹은 대응 방식은 곧 시인의 시간 의식을 나타낸다. 이때 눈으로 보이지 않는 시간에 대한 지각은 주체적 자아의 인식이 선행되어야 가능하다. 즉, 주체적 자아의 시간을 파악하려는 의지, 또는 대상 파악으로서의 인식 작용을 거쳐 야만 시간이 파악되는 것이다. 순수 지속의 양상을 보이는 주관적 시간 역시 직관이라는 방식에 의해 인식된 것이다. 이렇게 볼 때 시간을 포함한 세계를 감각적으로 드러낸다는 것은 그것을 감각적으로 드러낼 수 있다고 인식한 것이라고 볼 수 있다. 物 자체로부터 감각의 기원을 찾고자 했던 칸트의 인식론[59]을 수정하고 있는

---

59) 칸트는 대상을 산출하는 작용으로서의 인식 작용을 펼쳤다. 그리하여 "칸트의 인식론 전체는 어떤 한정된 대상의 부문, 공간과 시간 속에 주어진 실재적 자연 현실을 위하여 편성된 것이다."(Johannes Hessen, 이강조 역, 『인식론(수정판)』, 서광사, 1994, p.67.) 대상을 산출하는 작용으로서의 인식 방식은 이념적 대상, 보이지 않는 대상

현대의 인식론은 "사물이 우리에게 사물 자체로가 아니라, 즉 직접적이며 있는 그대로가 아니라, 항상 지각 속에서만 주어진다"[60]고 말한다. 우리에게 "직접적으로 주어지는 것은 실재적 사물이 아니고 지각 내용이다. 따라서 지각은 지각하는 자아로부터만 설명될 수 있는 것이 아니고, 의식을 초월해 있는 현실성을 가정함으로써 비로소 이해된다."[61] 결국 감각의 기원은 지각하고자 하는 인식 작용으로부터 시작되며 현실성에 대한 전제는 현실 세계에 대한 인식의 타당성을 제공하는 것이다. 이는 주관적 시간에 대한 재현 가능성을 타당하게 해준다. 여기서 강조하고 싶은 것은 감각에 의해 세계나 시간이 파악되는 것이 아니라 인식에 의해 감각이 결정되고 형상화된다는 점이다.[62]

시간의식은 일종의 인식 작용이다. 시간을 파악하는 인식 작용으로서의 시간의식은 정지용 시의 경우 주로 시각적 감각에 의한

에 대해서는 불합리한 것이다. 우리는 감각적 소여에 의해 지각을 하는 것이 아니라 대상을 파악해 내고자 하는 인식 작용으로 지각한다고 보아야 한다.

60) 위의 책, p.74.

61) 위의 책, 같은 면.

62) 김신정은 정지용 시의 감각에 대한 의미를 분석하고 정지용 시의 감각은 세계를 느끼는 고유한 방법으로 자아와 타자, 타자와 타자가 감각을 통해 관계를 이루며 감각이 '시적 방법'과 '정신'을 함께 아우르는 근원적 동력이자 미적 형식의 원리로 작용한다고 말한다.(김신정, 「정지용 시에서 '감각'의 의미」, 앞의 책.) 이에 대해 본고는 감각으로 세계를 느끼기에 앞서 세계에 대한 인식 작용을 통해 감각이 지각 방법으로 채택되었다고 본다.

시간의 재현 의지로 나타난다. 물론 다른 감각에 의한 형상화도 있지만 대체적으로 시각적 감각을 중심으로 전개된다고 볼 수 있다. 시각적 감각에 대한 인식은 근대의 철학적·예술적 발달 과정에 의해 강조되어 왔다. 즉, 데카르트에 의해 근대 이성에 대한 중요성이 강조되고 이성 중심주의가 부각되면서 주체적 자아의 자율적 세계인식이 근대 이후 계속 확산되었고 근대 예술 역시 미적 자율성을 강조하면서 세계에 대한 개별적 재창조나 재구성을 시도하게 된다. 또한 르네상스 이후 회화에서 투시법에 의한 "정확하고 과학적인 재현(representation), 그것은 서구의 근대 회화를 특징짓는 가장 중요한 특징이 되었다."[63] 이와 함께 인쇄술의 발달로 인한 활자의 보급은 인간의 감각 활용도가 청각에서 시각으로 더 많이 기울게 되는 계기가 되었다. 한편 모더니즘 시 운동의 선언은 시의 시각화를 강조하고 있는데 이러한 시각적 감각에 대한 관심과 중요성은 결국 근대의 시에 있어서도 시각적 형상화라는 방식으로 나타난다.

시에서 시간, 즉 과거·현재·미래를 시각적으로 재현하고자 하는 시도는 주관적 시간의식에 의해 가능하다. 엄밀히 말하면 시간은 보이지 않는 실체이며 따라서 재현은 불가능하다. 그렇기 때문에 시간을 재현한다는 것은 주관적 시간의식에 의해 형성된 작가의식의 의지이다. 또한 시인이 시간을 인식하고자 할 때 시각적 감각으로 지각하는 방식을 택했다는 것은 시간에 대한 주관적 의

---

63) 이진경, 『근대적 시·공간의 탄생』, 푸른숲, 1997, p.56.

식이 작용했기 때문이라고 할 수 있다. 따라서 시에서의 시간 재현은 사실주의적 재현이 아닌 채택되고 再構된 허구적 창조의 양상을 보인다. 기억을 재현하고자 할 때조차 "하나의 사태를 기억한다는 것은 그 사태를 다시 경험하는 것이지만, 최초에 경험했던 방식과는 다르게 경험한다."[64] 기억은 선택된 인상들을 통해 구성되기 때문이다. "만일 시적 사건들이 예술가의 기억에서 빌려온 것이라면, 그는 화가가 일상적 공간지각에 나타나는 비시각적 인자를 순수한 시각적 외양으로 대치하는 것과 아주 똑같이, 그의 현실적 〈과거〉 속에 나타나는 모든 비경험적 요소를 순수한 경험적 특성을 지니는 요소들로 대치해야 한다."[65] 이 경우 시의 자아는 시간과의 내적 동일성을 추구하며 시의 시간의식은 주체적 재현 의지를 보이는 것이다. 시간에 대한 주관적 인식은 곧 자아가 원하는 욕망의 구조와 동일성을 이루는 시간의식을 형성하려는 양상을 보인다. 그리고 시간 또는 세계를 시각적으로 감각한다는 것은 이미 시인의 내부에서 대상을 시각적으로 그려놓고 그것에 의해 시각적 감각으로 나타내는 것이다. 시에 있어서 현실 세계의 현존물이든 보이지 않는 시간이든 시인의 의지에 의해 이미 시각적 감각에 대한 인식이 작용하기 때문이다. 이때 시각적 감각은 주로 은유의 방식으로 형상화된다. "무엇보다 정지용 시에서의 은유는 현대적 미학성을 특징짓는 근거로 새로운 변형과 의미를 드

---

64) Susanne K. Langer, 이승훈 역, 『예술이란 무엇인가』, 고려원, 1982, p.238.

65) 위의 책, p.241.

러내는 시각적 제시로 나타난다."[66] 은유는 시간을 시각적 감각으로 표현하는 데 있어서 효과적인 인식 방식이다. 일반적으로 '무엇은 무엇이다'로 설명되는 은유는 원관념과 결합하는 보조관념을 시각적 감각으로 제시할 때 보다 선명하고 극적인 재현을 이루어 낸다. 베르그송의 견해에 의하면 "기억에 대한 회상은 실제로는 개입을 한다. 왜냐하면 회상-이미지가 현실적 지각과 유사한 한, 회상-이미지는 지각에 상응하고 지각에 의해 "채택"되는 운동 속으로 필연적으로 연장되기 때문이다."[67] 이는 기억에 대한 회상이 은유의 속성인 유사성의 원리에 따라 '채택'되어 이미지, 즉 시각적 감각으로 재현되고 있음을 말해 준다. 시각적 감각이 제유로 제시될 수도 있는데 이 경우는 유사성의 원리보다는 부분을 통해 전체를 드러내려는 통합성의 원리를 통해 재현하고자 하는 것이다. 또한 제유는 은유의 일반적 방식인 '무엇은 무엇이다'가 아닌 '부분'으로 '전체'를 지시하려는 방식이기 때문에 비유 대상인 원관념이 갖고 있는 성격이 좀 더 세분화되어 표현되거나 실재적, 구체적 감각으로 제시된다. 따라서 시간을 은유적 방식을 통해 감각적으로 재현하는 것보다 제유적 방식으로 제시하는 것이 보다 더 수월하고 긍정적일 수 있다. 은유는 비가시적인 것을 포함한 모든 세계를 주체적 자아의 의지로 재현할 수 있다는 믿음, 기표를 통해 기의를 나타낼 수 있다는 행복한 지시의 가능성을 전제로 하면

---

66) 김용희, 「정지용 시에서 은유와 미적 현대성」, 『한국문학논총』 제35
   집, 2003. 12, pp.213~214.

67) Gilles Deleuze, 김재인 역, 『베르그송주의』, 문학과 지성사, 1996, p.92.

서 동시에 재현 대상을 이상적인 것으로 승화시키려는 경향을 보인다. 제유는 일반적으로 부분을 통해 전체를 재현하고자 하는 작업이기 때문에 재현에 대한 신뢰도는 이미 전체에 대한 부분의 등가적 유기성을 전제하고 있는 것이다.[68] 즉 재현 의지에 있어서 은유에 비해 제유가 좀 더 확고한 태도를 견지한다.

본고에서 다룰 정지용 시, 특히 초기시의 시간의식을 이루는 중요한 요소가 이 시간의 시각적 감각에 의한 재현 의지이다. 시에 나타난 시간의식은 시간을 대하는 방식, 시간에 대한 인식 태도 등에 의해 형성되는데 이는 결국 시로 형상화하고자 하는 인간의 총체적 의식 세계와 인간을 둘러싼 모든 세계에 대한 시인의 의식을 보여주는 것이다. 근대에 이르러 근대인들이 자아의 실현과 인간적 가치를 구현하고자 하는 갈망을 품고 있었다고 볼 때, 그들이 기억, 현재 시간에 대한 부정, 미래에 대한 불안과 확신의 교차 등을 주관적 시간의식으로 인식하고 표출하고자 한 것은 당연한 과정이다. 특히 한국의 모더니즘 수용은 세계에 대한 새로운 인식과 부정성을 드러내며 근대 지식인들의 개별적 자아실현과 자율적 시각에 의한 세계 재구성을 가속화 시켰다. 이런 점에서 개개의 시인이 펼친 세계는 제각각 또 다른 이상향의 구현을 위한 것이었으며 근대의 역사적 흐름을 바라보는 그들의 이데올로기가 투사된 양상을 드러낸다. 이에 대해 우리는 다음과 같은 견해를 참고할 수 있다.

---

68) 제유의 유기론적 성격에 대해서는 최승호, 「박용래론: 근원의식과 제유의 수사학」, 앞의 책, p.209를 참고할 것.

시학에서 시간과 공간의 문제들에 대한 집중적인 관심이 일어나게 된 다른 이유는 19세기와 비교해서 20세기의 문학에서는 시간과 공간을 지각하고 경험하는 내적, 주관-심리적인 형식들에 대한 관심이 보다 더 증대되었기 때문이다. 이러한 관심은 20세기 부르즈와 철학의 이데올로기적이고 주관적이며 다양한 시간에 대한 해석에 특별한 관심을 보였던 20세기 모더니즘 문학 속에서 독특하고 특수한 표현의 형식을 띠었다. 그러나 이러한 관심은 현실(삶) 자체 속에서 일정하고 현실적이며 사회-역사적이고 인식론적인 원천을 갖고 있었다.[69]

근대 이후 주관적 시간의식으로 창조된 시 세계에 의해 우리는 세계와 시간에 대한 인식을 새롭게 할 수 있으며 어떤 경우 자아의 의식 구조와 일치하지 않는 물리적 시간[70]의 한계를 극복하고 자아와 동일성을 이루는 시간을 경험하게 된다.

정지용 시의 경우 시간의 시각적 감각에 의한 재현 의지라는 시간의식은 초기시부터 후기시에 이르기까지 전반적으로 나타나고 있다. 이 재현 의지는 정지용의 시에서 채택된 중요한 방식이며 동시

---

69) Georgii Fridlender, 이항재 역, 『리얼리즘의 詩學』, 열린 책들, 1986, p.143.

70) 본고에서는 물리적 시간의 개념을 일반적으로 지각하는 시간인 계기적 질서의 시간으로 한정하여 사용하고자 한다. 직관에 의해 파악되는 주관적 시간과는 대조적으로 물리적 시간은 측정될 수 있거나 가시적이라고 믿는 객관적 시간인 것이다. 따라서 물리적 시간은, 그것과 자아 내의 내적 시간과의 동일성을 이루려는 주관적 시간의식에 있어서는 변형되고 재구성되어야 할 대상이 된다.

에 정지용 시인의 예술적 지향점을 보인다는 점에 그 의미가 있다.

2. 무시간성과 시간의 無化 의지

문학의 시간성을 논의하는 연구에서 무시간성은 중요한 비중을 차지하며 시의 시간의식을 알 수 있게 해 준다. 특히 본고가 알아볼 정지용 시의 시간의식에서 무시간성은 주로 후기시와 관련되기 때문에 그 개념과 특징을 알아볼 필요가 있다. 이에 따라 현대시에 나타난 무시간성의 의미를 살펴보고 정지용 시의 경우 그것이 어떤 의미가 있는지를 알아보고자 한다. 또한 무시간성의 개념과 함께 본고는 시간의 無化 의지에 대해서도 살펴볼 계획인데 이것이 무시간성과 어떤 차이가 있는지 알아보고 정지용 시 분석에 적용하고자 한다.

현대시의 시간에 대한 그간의 연구에서 무시간성은 크게 두 가지로 설명되고 있는데 그 한 가지는 현실 시간의 계기적 질서를 초월하여 원형적 시간을 지향하고자 하는 시간성을 의미하는 것이고 다른 한 가지는 시간의 흐름이 정지한 채 계기적 시간관념이 보이지 않는 상태를 의미하는 것이다. 이에 대해 본고에서는 전자를 '원형적 무시간성'으로 후자를 '시간의 無化 의지에 의한 무시간성'으로 지칭하고자 한다.

우선 '원형적 무시간성'에 대해 알아보고자 한다. 조신권은 문학에 있어서의 주관적 시간의식을 논하면서 "소위 「無時間의 詩」라고 할 수 있는 〈四重奏〉에서 엘리어트는 이런 무시간성을 「정지점(still point)」이라 했고, 그것을 전통론과 연결시켜 말하고 있다."[71]고 설명하면서 역사 문제의 중심 문제가 지속의 관념이니만큼 무시간성과 역사의식을 관련지어 생각하는 것은 당연한 결과라고 말한다. 같은 논문에서 조신권은 "시인에 의해 체험되는 영원은 무한의 시간, 영원의 생명이 아니라 지상의 한 순간 속에서 파악되는 「영원의 지금」, 즉 무시간성의 체험"[72]으로 이것이 현실성을 갖도록 표현되면 연대기적 질서로부터 해방된 것 같은 무시간적 체험으로 나타날 것이라고 말한다. 이러한 무시간성은 신화적 시간과 관계가 있다. "왜냐하면 신화세계에는 역사로서의 시간은 존재하지 않고 오직 영원한 원형(prototype)만이 존재하기 때문이다."[73] 신화가 지닌 과거·현재·미래의 동시성, 혹은 그 영원한 시간의 지속과 반복이라는 시간성은 결국 무시간성을 의미한다. 서구 모더니즘 문학은 시간의 반복, 지속, 신화의 引喩 등을 통해 원형적 무시간성을 드러내기도 한다. 신덕룡은 이상화의 〈나의 寢室로〉에 나타난 시간성을 분석하면서 "현실로부터의 해방감과 아울러 〈復活의 洞窟〉인 신화적인 세계로 자신을 전이시키고 있다. 이는 현실적 가치의 완전 부정·완전 거부의 신화적 세계, 즉 〈復活의 洞窟〉을 통한 새로운 차원에서의 존재양식을 전제로 하고 있는 것이다."[74]라고 말한다. 이 논문에

---

71) 조신권, 「文學에 있어서의 時間問題」, 『문학사상』, 1976. 1., p.344.

72) 위의 논문, p.345.

73) 오세영, 『문학연구방법론』, p.152.

74) 신덕룡, 「詩에 나타난 時間과 意味-李相和의 〈나의 寢室로〉를 중심

서 지적한 '신화에서 보이는 우주적 차원의 시간성'은 현실적 시간
이 아닌 신화적 시간이라는 의미에서 이 시가 원형적 무시간의 시
간을 현실 초월적으로 지향하고 있다고 볼 수 있다.

　다음은 '시간의 無化 의지에 의한 무시간성'에 대해 알아보고자
한다. 이승훈은 무시간성을 다음과 같이 설명한다.

　　무시간성이란 한마디로 어떤 원리에 따르는 질서의 부재를 의미
　한다. 그것은 꿈의 현시적 내용 같은 것으로서, 질서의 부재는 지각
　의 전인과적 상태를 반영한다. 그러한 시간적 경험의 여러 모습들은
　상대적으로 개별적 동일성의 상실과, 전능 omnipotence 감각에 의하
　여 현시되는 '무분별적인 자아'로의 퇴각을 나타낸다.[75]

　이승훈은 같은 책에서 이상의 시 〈오감도〉를 분석하고 있는데
시에서 "시간이 정지하고 있으며, 랭거식으로는 무시간으로서의
시제인 순수 현재가 사용되고 있다."[76]고 말하고 있다. 이승훈은
서정시의 무시간을 시간이 정지된 상태로 과거·현재·미래가 분
별되지 않는 시간 개념이 배제된 것으로 보고 있다. 여기서 랭거
가 말하고 있는 순수 현재 시제에 의한 무시간은 시간이 어떤 상
관성도 띠지 않는 곳, 곧 추상적 실체들과 관계되고, 일반적 진리
들이 표현되거나, 몽상 속에서처럼 어떤 현실적 상황과도 단절된

　　으로」, 『현대문학』, 1981. 3., p.325.
75) 이승훈, 앞의 책, p.266.
76) 위의 책, p.268.

채 순수한 관념들이 예상되는 자리에서 사용된다.[77] 랭거에 의하
면 문학의 경우 순수 현재는 한 행동에 대한 인상을 창조할 수 있
으나, 그 행동과 상관되는 시간감각은 포기된다는 것이다.

서정시는 하나의 주관적 경험에 대한 자각을 총체적으로 자각하
며 주관성의 시제는 〈무시간적 현재 timeless present〉이다. 이러한
유형의 시는 외적 사건들에 현실적 기억을 부여하는 소위 역사적
고착이 없는, 기억의 〈폐쇄적 closed〉인 양상을 나타낸다. 말하자면
그것은 연대기가 없는 〈역사적 투사〉 속에 존재하는 것이다. 서정적
기술 writing은 하나의 관념이나 인상을 경험된 어떤 것으로, 일종
의 영원한 현재 속에서 구성하는 특수한 기법이다. 이러한 방법으로
시간과 인과성이 단순하게 드러나지 않은 추상적 명제들을 제시하
는 대신, 서정 시인은 플라톤적 〈영원성〉의 의미에서 떠나 시간적
요소가 폐기된 구체적 현실에 대한 하나의 감각을 창조한다.[78]

랭거가 말하는 무시간이란 결국 서정시의 기본적 특징으로 현재
시제를 통해 과거 기억이나 현재, 미래의 시간을 제시할 때 물리
적 시간의 흐름은 사라지고 대신 허구적인 시간이 창조되는 것을
말하는 것이다. 이러한 무시간은 시적 자아의 의식과 동일성을 이
룬다. 한마디로 말해 순수 현재 시제로 제시되는 무시간의 시간은
우리가 일반적 진리를 말할 때 - 예를 들어 '지구는 태양의 주위를
돈다' - 처럼 언제나 현재 상황, 현재 진행으로 여겨지는 시간 개념

---

77) Susanne K. Langer, 앞의 책, p.243.

78) 위의 책, p.245.

의 無化 상태를 말하는 것이다. 따라서 시 내용 속에서 시간은 존재하고 있지만 연대기적 시간과는 무관한 영원한 지속의 시간이 무시간의 의미라고 할 수 있다. 김준오는 문학작품에서의 현재는 "우리의 물리적 시간으로서의 현재가 아니라 假想的 現在, 곧 허구적 현재다."[79]라고 말하면서 시간의 연속적 흐름은 '假現在'의 경험을 구성한다고 보았다. "가현재란 과거와 미래가 현재라는 순간 속에 통합되어진 것을 의미하며 곧 현재를 통해 지속되는 시간의 범위는 기억과 기대를 다 포함한다는 것이다."[80] 다시 말해 가현재란 시간의 흐름이 정지된 채 현재에 통합되어 그것이 지속되는 무시간의 상태를 의미한다. 무시간성에 대한 시간의식을 지닌 시인이 "순수관념의 표백으로서 순수현재를 드러내는"[81] 방식을 사용할 경우 시간의 "예술의 대상은 예술 작품 속에 구현된 성질들이 지속하듯, 예술 작품을 통해서 또한 그 속에서 재구성된 자아들이 무시간적 성질을 지니고 있듯, 시간이 없이도 지속한다"[82]고 볼 수 있다. 이때 시간은 '영원성'을 띠게 되는데 메이어홉은 시간의 '영원성'을 논하면서 이는 무한한 시간이 아니라 무시간성을 의미한다고 했다.[83]

---

79) 김준오, 『詩論』, 문장, 1987, p.167.

80) 위의 책, p.175.

81) 심재휘, 앞의 책, p.200.

82) Hans Meyerhoff, 앞의 책, p.57.

83) 메이어홉이 말한 영원성은 본고에서 앞으로 논의할 종교적 시간으로서의 영원성을 의미하는 것이 아니다. 여기서 말하는 영원성은 시간

그런데 손진은은 메이어홉의 영원과 무시간성을 언급하면서 "이렇게 삶을 과거와의 연속 및 지속적인 창조과정으로 보는 것은 베르그송의 지속과 변화의 개념과 상통한다."[84]고 말해 무시간성을 순수 지속의 개념과 같은 의미로 보고 있다. 그러나 이 둘은 개념의 층위가 다르기 때문에 비교 대상이 될 수 없다. 순수 지속은 직관으로 파악된 시간으로 자아가 의식적으로 보고자 하는 동일성의 시간을 의미한다. 그리고 무시간은 시간의 계기적 질서가 없는 상태, 즉 순수 현재로 나타나는 절대적 개념의 시간성이다. 이들은 같은 차원으로 볼 수 없으며 다만 직관으로 파악된 순수 지속에 의해 나타난 시간이 문학에서 시간의 계기적 질서를 떠나 현재 시간에 영원히 정지한 채 그것이 지속·유지될 경우, 그 시간의 성격을 무시간성으로 볼 수 있는 것이다. 요컨대 무시간성은 순수 지속으로 인식되는 다양한 시간성의 한 부분일 뿐이다.[85]

이 無化된 상태로 영원히 지속되는 상태를 말한다.

84) 손진은, 「서정주 시의 시간성 연구」, 경북대 박사논문, 1995, p.79.

85) 서정시의 무시간성은 의도하지 않아도 기본적으로 전제된 특징이거나 주제의식을 드러내려는 시적 방법에 의해 형성된 것으로도 볼 수 있다. 그러나 어떤 경우든 무시간성은 다양한 방식을 통해 이루어지고 있는데 이는 시간을 순수 지속으로 파악하고자 하는 의식이 이미 선행하고 있기 때문이다. 한편 소설의 경우는 무시간성이 본질적인 특징으로 나타나는 것이 아니라 의도적 장치에 의해 나타나므로 그 성격이 다르다고 할 수 있다. 소설의 경우 사건이 날짜도 연도도 없이 서술되거나 "서술의 독립성, 즉 다른 사건들과 얽히지 않고 시간의 흐름 속에 전혀 얽매이지 않는 경우"(Gerard Genette, 권택영 역, 『서사담론』, 교보문고, 1992, p.72.)를 무시간성이라고 할 수 있다. 그

본고에서 살펴보려는 무시간성은 시인에 의해 의도되고 추구된 시간이다. 사실 무시간성은 대개의 서정시에 나타날 수 있는 일반적인 '시간성'이다. 왜냐하면 서정시의 시간은 모든 시간을 현재에 다시 재현하여 연대기적 시간 질서로부터 독립적인 현재성을 유지하기 때문이다. 그러나 본고가 강조하는 것은 물리적 시간 질서에 대한 반성적 인식에 의해 무시간성을 지향하고 그로써 시의 주제의식을 더욱 강화시키고자 하는 시간의식이다. 본고는 정지용 시에 나타난 무시간성을 정지용의 주관적 시간의식, 혹은 순수 지속의 시간의식에 의해 추구된 현실인식의 방식으로 보고자 한다. 또한 본고는 '시간의 無化 의지에 의한 무시간성'에 더 관심을 두고자 한다. 한편 '원형적 무시간성'은 현실의 시간을 뛰어넘어 신화적 원형으로의 시간을 지향하는 것이기 때문에 서정시에서 영원한 현재로 나타나는 본질적인 의미의 무시간성과는 차이가 있다.

본고에서는 서정시의 현재적 성격에 의해 나타나는 무시간성보다는 영원히 정지한 채 흐르는, 시간 개념이 무의미한 상태에 의해 나타나는 무시간성에 주목하고자 한다. 정지용 시의 경우, 특히 후기시에는 무시간성의 세계를 지향하는 것으로 보인다. 그렇다면 무시간성을 지향하는 시간의식이 근본적으로 갖고 있는 인식 태도는 무엇인가에 초점을 맞추어야 할 것이다. 이에 대해 본고는 '시간의 無化 의지'라는 개념을 도입하고자 한다. 무시간성이 순수 현재로 나타나는 물리적 시간 질서의 제거 상태, 즉 '영원한 현재'라

러나 이 경우에 있어서도 무시간성은 순수 지속의 시간성에 의해 형상화된 것이다.

면 '시간의 無化 의지'는 물리적 시간 질서를 부정하고 지우려는 노력과 의지를 의미한다. 정지용의 후기시는 이 의지에 의해 창조된 새로운 시간성의 세계를 형상화하려는 시간의식을 드러낸다. 이때 새로운 시간성의 세계란 역시 과거·현재·미래라는 시간 개념에서 벗어나 독립적 체계로 구조화된 무시간성의 법칙을 따르지만 이조차 '시간의 無化 의지'에 의해 지속적으로 시간이 해체되는 시 세계를 의미한다.

결국 본고가 중점에 두는 것은 무시간성의 양상과 함께 그것이 형상화될 때까지 시인이 추구하는 시간의식의 성격인 것이다. 이러한 '시간의 無化 의지'는 무시간성에 대한 인식 작용이며 동시에 시의 무시간성 가운데에서도 작용하는 시인의 의지라고 정의할 수 있다.

Ⅲ. 정지용 시의 시간의식 표출 양상

1. 초기시의 재현 가능성의 시간

정지용의 초기시에 나타나는 시간의식은 과거와 현재에 대한 재현의 의지에 있다. 시에서 재현 가능성에 대한 신뢰를 바탕으로 현실 세계를 재현하고자 한다. 이때 재현 대상은 시인에 의해 다른 대상들 가운데에서 어떠한 의도를 가지고 선택된 것이다. 우리가 실재 세계에 대해서 사유하고 언급할 때에는 항상 어느 특정한 전망을 지향하기 마련이다.[86] 그리고 전망은 시인의 의식이 지향하는 세계이다. 그렇기 때문에 재현이란 작가의식이 지향하는 전망에 의해 의도적으로 선택된 실재 세계를 대상으로 한다.

이러한 관점에서 우선 정지용의 초기시에 나타난 현재 시간의 재현 양상을 살펴보기로 한다. 초기시는 전반적으로 1930년대 전후의 식민지 상태에 있는 근대 세계에 대한 인식을 통해 고향 상실 의식, 근대 문명에 대한 날카로운 인식[87]을 드러내는데 이는 그리움과 헤매임, 상실감과 폐쇄성 등의 시적 구조로 나타난다.[88]

---

86) Philp E. Wheelwright, *Metaphor and Reality*, Indiana University Press, 1962, p.170.

87) 서준섭, 「1930년대 한국 모더니즘 문학 연구」, 서울대 박사논문, 1988, p.109.

88) 강현국, 「현대시에 나타난 『바다』 연구 - 정지용의 초기시를 중심으

바꿔 말하면 정지용의 초기시는 당대의 상황에 대한 인식의 결과물인 것이다. 당면한 현재 시간의 세계를 나름의 시간의식으로 재현하고자 할 때 그것은 은유나 시각적 감각 등의 방식을 통해 새롭게 재인식되고 재구성고 있다.[89]

먼저 근대 세계에 대한 부정적 인식으로 현재 시간을 재현하고 있는 양상을 살펴보기로 한다.

아아, 항안에 든 金붕어처럼 갑갑하다.
별도 없다. 물도 없다. 쉬파람 부는 밤.
小蒸氣船처럼 흔들리는 窓.
透明한 보라ㅅ빛 누리알 아,
이 알몸을 끄집어내라, 때려라, 부릇내라.
나는 熱이 오른다.
뺌은 차라리 戀情스레히
유리에 부빈다. 차디찬 입마춤을 마신다.
쓰라리, 알연히, 그싯는 音響 —
머언 꽃!
都會에는 고흔 火災가 오른다.

— 〈琉璃窓 2〉 부분

로—」, 『문학과 언어』 제4집, 1984. 7., p.149.

89) 초기시의 시간 재현은 전반적으로 은유적 인식에 의해 이루어지고 그것이 실제로 은유의 방식으로 나타난다. 시간에 대한 은유적 인식은 세계에 대한 수사학적 인식 태도이므로 재현 양상을 다루는 본 장에서는 거론하지 않고 Ⅳ장에서 자세히 다룰 것이다.

화자는 자신이 처한 현재 시간의 폐쇄적 상황을 '항안'이라고 은유하고 자신을 '金붕어'에 빗대고 있다. 갑갑한 현실 시간의 자아의식이 은유와 시각적 감각을 통해 재현되고 있는 것이다. 이숭원은 위 시의 화자 심리가 불안하고 공허한 상태라고 보고 "불길한 세계 속에서 자아는 자폐의 괴로움과 자학의 몸부림을 보일 뿐이다."라고 분석한 바 있다.[90] 어둡고 불길한 세계에 대한 인식을 통해 곧바로 '별'도 '불'도 없는 삭막한 공간을 지각하고, 그것은 물이 있어야 할 어항에 물도 없다는 비극적인 존재의 시간을 재현하고 있다. 또한 '窓'은 '小燕氣船'처럼 흔들린다. 이는 평범한 우박도 아닌 '透明한 보라ㅅ빛 누뤼알'이 부딪치면서 일어나는 현상이다. 이렇게 화자의 불안하고 공포스런 자아의식은 현실 세계의 절망적이고 위태로운 상황을 '흔들리는 窓'으로 인식하여 자아의 현재 시간과 현실 세계와의 동일성을 획득하고 있다. 그렇기 때문에 '都會'는 '머언 꽃!'으로 은유화되어 있으면서도 '고흔 火災'가 일어나고 있다는 역설적이며 모순적인 현실 세계에 대한 인식이 가능한 것이다. 위 시에서 화자가 바라보는 유리창 밖의 현재 시간은 결코 가닿고 싶지 않은 부정적인 세계로 파악되고 있다. 뺨을 유리에 대며 '차디찬 입마춤을' 하는 행위는 바깥세상과 감각적으로 소통하고자 하는 행위[91]가 아니라 오히려 '차디찬' 감각으로 느껴지는 단절의 절망감

---

90) 이숭원, 앞의 책, pp.98~103.

91) 이 시에서 '유리창'은 바깥세상과의 소통을 가능케 하는 매개 기능을 하고 있지 않다. 즉, "유리창은 현실과 환상을 이어주는 매개의 공간이 아니라 자아를 유폐시키는 격절(隔絶)의 공간으로 인식된다."(위

을 확인하는 과정인 것이다. 근대 문명을 상징하는 도회를 바라보는 화자의 상황은 엄연히 현재 시간에 대한 부정적 인식에 의해 선택된 시간과 공간으로 이루어진 것이며, 그것은 직접적이라기보다는 내면의 시각을 통해 반영되고 있다. 결국 위 시는 부정적 현실의 현재 시간을 재현하려는 시간의식을 드러내고 있다.

> 산꽁이 알을 품고
> 뻐꾹이 제철에 울건만,
>
> 마음은 제고향 진히지 않고
> 머언 港口로 떠도는 구름.

-〈故鄕〉 부분

위 시에서 화자가 그리워하던 고향은 외형적으로는 계속 유지되고 있는 듯이 보인다. 즉 알을 품는 '산꽁'과 제철에 우는 '뻐꾹이'는 여전히 화자가 알고 있는 고향의 한 풍경을 보여주고 있는 것이다. 다시 말해 화자가 익히 알고 있는 고향의 현재 시간은 '산꽁'과 '뻐꾹이'로 재현되어 있다. 또한 이 두 가지 고향의 모습은 각각 시각적 감각과 청각적 감각으로 제시되고 있다. 물론 '산꽁'과 '뻐꾹이'는 변함없는 고향을 나타내기 위해 의도적으로 선택된 소재들

의 책, p.100.) 한편 이어령과 김신정은 '유리창'을 탈출의 이미지나 소통의 매개 기능을 하는 것으로 파악하고 있다. 이에 대해선 이어령, 『詩 다시 읽기』, 문학사상사, 1995, pp.116~123: 김신정, 「정지용 시에서 '감각'의 의미」, pp.70~74를 참고.

이다. 그런데 사실 '제철에 울건만'이라는 표현에서 알 수 있듯이 이 재현된 고향의 모습은 이미 화자가 진정으로 그리워하던 고향의 모습을 간직하고 있는 것이 아니라는 것을 예고하고 있다. 이는 고향 상실의 아픔을 강조하려는 일종의 억양법으로 볼 수 있는데, 다시 말해 '겉모양은 고향이지만 사실은 아니다'라는 방식의 화법이라고 할 수 있다. 이에 따라 다음 연에서 고향을 잃어버린 화자의 심리가 더욱 부각되는 것이다. 겉으로 볼 때 고향은 크게 변하지 않았다. 그러므로 고향에 대한 상실감은 어린 시절에 떠나 오랜만에 찾은 고향의 모습이 변해서가 아니라 화자 스스로의 마음이 고향에서 멀어졌기 때문에 생긴 것이다. 자연 역시 크게 변하지 않는다. 즉 고향의 외형적인 것은 변함없이 유지된다. 그러나 화자가 느끼는 내면적인 고향, 성인이 되어 찾은 어린 시절의 고향은 실재할 수가 없는 것이다. 그래서 마음은 구름으로 겉도는 것이다. 받아들일 수 없는 고향 부재의 현실에 대한 부정성은 곧 현재 시간에 대한 부정적 시간의식으로 이어진다. 이러한 상실감과 부정성을 느끼는 화자의 현재 시간은 '떠도는 구름'으로 은유화되어 있다.[92] 실제의 물리적 시간은 변함없이 펼쳐져 있지만 주관적 시간의식 속에서 시적 자아가 바라본 고향은 제 모습이 아니다. 그리하여 화자가 인식한 현재 시간은 부정적 인식을 통해 재현되고 있다.

현실 세계에 대한 부정성으로 현재 시간을 재현하고자 하는 시

---

92) 권오만은 이 시를 '마음은 방랑자' 유형의 은유로 보고 이는 기본 개념적 은유로서 작품 전체의 의미 구조에 관여하는 '통어적 기능'을 한다고 설명하고 있다.(권오만, 앞의 논문, pp.132~135.)

간의식은 그러한 현재 시간에서 꿈꿀 수 있는 다른 세계, 또는 다른 면모를 찾아 나서게 된다. 그런데 그 세계란 여전히 현재 시간을 벗어나지 못하므로 시의 재현 양상은 재창조와 재구성의 과정을 거칠 수밖에 없다. 이러한 과정은 현재 시간의 감각화로 이루어지는데 여기에 은유화의 방식이 수반되기도 한다.

간 밤에 잠 살포시
머언 뇌성이 울더니,

오늘 아침 바다는
포도빛으로 부풀어졌다.

-⟨바다 1⟩ 부분

睡蓮이 花瓣을 폈다.
옴으라첫던 잎새. 잎새. 잎새.
방울 방울 水銀을 바쳤다.
아아 乳房처럼 솟아오른 水面!
바람이 굴고 게우가 미끄러지고 하늘이 돈다.

좋은 아츰-
나는 탐하듯이 呼吸하다.
때는 구김살 없는 흰돛을 달다.

-⟨아츰⟩ 부분

인용한 시 〈바다1〉에서는 '머언 뇌성'으로 상징되는 현재 시간의 시련, 혹은 고뇌로 인하여 잠을 설친 화자가 아침이 되어 '포도빛'으로 부푼 바다를 보고 있다. 이 부분에서 바다에 대한 화자의 놀라움이나 감탄은 절제되어 있지만 우리는 화자가 이러저러한 불안과 기대가 섞여있던 상태에서 눈앞에 펼쳐진 바다를 보는 순간 크게 감동했으리라는 것을 충분히 알 수 있다. 특히 바다가 '부풀어졌다'라는 시각적 재현은 들뜨고 부푼 화자의 심리를 그대로 보여준다. 현실 세계의 갑갑함에서 벗어나 화자가 바라보고 싶었던 세계는 바다의 생동감이었을 것이다. 화자가 선택한 바다의 이상적인 풍경은 현재 시간을 아름답고 생동감 넘치는 세계로 재창조하여 시각적 감각으로 재현하고자 한 시간의식에서 비롯된 것이다.

시 〈아츰〉에서도 역시 화자는 아침에 펼쳐진 생명력 넘치고 싱그러운 풍경에 감탄하고 있다. 화자가 바라보는 현재 시간인 아침은 시각적 감각과 은유를 통하여 재현되고 있다. 수련의 잎새가 받치고 있는 이슬이 '水銀'으로, 수련이 떠 있는 연못이 '乳房'으로, 아침이라는 좋은 '때'가 '힌돛'을 단 것으로 재현되고 있는 것이다. 앞서 살펴본 시 〈琉璃窓 2〉의 부정적인 현재 시간인 밤과는 대조적으로 이 시의 아침은 긍정적이고 이상적인 현재 시간으로 인식되고 있다. 이는 시적 자아의 다양한 내면의식에 따라 현실 세계가 다양하게 투영되고 있다는 것을 보여주는 것으로 이 시기에 현재 시간에 대한 부정성과 동경의식이 혼재하는 경우가 있음을 보여준다.

고래가 이제 橫斷 한뒤
海峽이 天幕처럼 퍼덕이오.

······힌물결 피여오르는 아래로 바둑돌 자꼬 자꼬 나려가고,

銀방울 날리듯 떠오르는 바다종달새······

한나잘 노려보오 훔켜잡어 고 뾺안살 빼스랴고.

미억닢새 향기한 바위틈에
진달레꽃빛 조개가 해ㅅ살 쪼이고,
청제비 제날개에 미끄러저 도-네
유리판 같은 하늘에.
바다는-속속 드리 보이오.
청대ㅅ닢처럼 푸른
바다
봄

꽃봉오리 줄등 켜듯한
조그만 산으로-하고 있을까요.

솔나무 대나무
다옥한 수풀로-하고 있을까요.

노랑 검정 알롱 달롱한
블랑키드 두르고 쪼그린 호랑이로-하고 있을까요.

당신은 〈이러한風景〉을 데불고
힌 연기 같은
바다
멀리 멀리 航海합쇼.

-〈바다 6〉 전문

위 시에서 화자는 바다로의 항해를 권유하고 있다. 바다는 화자
가 동경하는 이상 세계인 것이다. 현재 시간에 화자가 재현하고자
한 바다는 감각과 은유의 방식으로 제시되고 있다. 여기엔 현재
시간이라는 기의를 언어 기표로 재현할 수 있다고 확신하는, 재현
가능성에 대한 믿음에서 비롯된 시간의식이 전제되어 있다. 그 재
현 양상을 살펴보면, '海峽'은 '天幕'으로, '바다종달새'는 '銀방울'로,
'하늘'은 '유리판'으로, '바다'는 '청대ㅅ닢', '봄', '산', '수풀', '호랑이',
'힌 연기'로 되어 있다. 이러한 은유와 시각적 감각을 통해 제시된
바다는 다시 제목 '〈이러한 風景〉'이라는 포괄적인 은유로 형상화
되어 있다. 휠라이트는 "은유에서 실제 문제되는 것은 실재하는
혹은 가상의 세상사가 상상력이라는 냉철한 정열에 의해서 변질될
수 있는 그 정신적 깊이의 문제다."[93]라고 말한 바 있다. 위 시에
서 전개되는 은유를 따라가다 보면 결미 부분에 이르러서는 정지
용이 '바다'를 단순한 자연의 대상으로 바라보고 있는 것이 아니라
다양한 은유로 재구성하고 재창조하여 상상과 환상이 넘실되는

---

93) Philp E. Wheelwright, 앞의 책, p.71.

'風景'으로 보고 있다는 것을 알 수 있다. 또한 '당신은 이러한 風景을 데불고'라는 대화체를 통해 독자에게 정지용의 주관적 세계관이 고스란히 전달된다. 요컨대 '바다'는 '상상력이라는 냉철한 정열'에 의해 좀 더 깊이 있는 정신세계로 변전하고 있는 것이다. 이처럼 위 시 전체는 은유를 통한 감각적 재현으로 이루어져 있는데 이는 정지용 초기시의 특징인 현재 시간의 재현 양상을 단적으로 드러내고 있는 것이다. 한편 정지용이 바라보는 현재 시간의 바다는 분명 배를 타고 '航海'하고 싶은 매력을 풍기는 공간이지만 이는 〈琉璃窓 2〉의 폐쇄적인 현실 세계나 〈故鄕〉에서 보이는 이상적 공간의 상실을 가져다 준 현실 세계가 이면에 자리하고 있다는 것을 알게 해 준다. 현실 세계에 대한 상실감과 환멸은 곧바로 '바다'라는 이상적 공간을 현실 시간에 펼치고자 하는 의지를 불러일으킨다. 부정적인 근대의 현실을 살아가는 존재가 지각하는 현재 시간이 이렇게 화려하게 펼쳐지며 이상적 세계로 재현되고 있는 것은 그 세계를 통해 자신이 바라는 시간대에 있고자 하는 지향 의지와 행복을 꿈꾸며 고통을 지우려는 의지가 화자의 내면에 함께 공존하고 있기 때문이다.

다음으로 과거 시간에 대한 재현의 양상을 살펴보기로 한다. 특히 과거의 기억을 현재 시간에 재현할 경우 그 기억은 미리 설정된 시인의 의도와 전망에 의해 다른 기억들 가운데에서 선택적으로 선별되는 과정을 거치는 데에 있어 좀 더 선택의 폭이 좁아질 수밖에 없다. 동시에 그 기억은 역시 재구성되고 재창조된다. "기억은 경험의 특수한 유형이다. 왜냐하면 현실적 경험이 풍경, 소리, 감정, 육체적 억압, 기대, 미세하고 발전되지 않은 반응 등의 혼란임에 반하여, 기억은 인상들을 선택함으로써 구성되기 때문이다."[94] 이때 선택되고 재구성된 기억은 현재 시간의 자아가 지향하고자 하는 작가의식에 의해 과거로 거슬러 올라가 이끌어낸 것이지 결코 과거로부터 계속 흘러오다 표출된 것이 아니다. 이렇듯 재현 대상으로서의 기억은 현재 시간 속에 존재하는 자아의 주체적 인식에 의해 선별적으로 파악된 과거의 시간을 의미하는 것이다. 그리고 초기시의 경우 과거의 시간에 대한 인식을 통한 기억의 재현은 주로 시각적 감각으로 형상화되고 있다. 이 경우 시각적 감각 역시 재현 방식으로 적용될 수 있는 다른 감각 가운데에서 선택된 인식 장치이다.

부헝이 울든 밤
누나의 이야기 -

파랑병을 깨치면
금시 파랑 바다.

빨강병을 깨치면
금시 빨강 바다.

뻐꾸기 울든 날

---

94) Susanne K. Langer, 앞의 책, p.248.

누나 시집 갔네 –

파랑병을 깨트려
하늘 혼자 보고.

빨강병을 깨트려
하늘 혼자 보고.

–〈병〉 전문

위의 시는 누나가 시집을 간 것을 기준으로 4연까지를 과거 시
간으로 이후를 현재 시간으로 나눌 수 있다. 현재 시간의 화자는
시집간 누나가 들려준 과거의 어떤 이야기를 회상하고 있다. 누나
의 이야기가 과거 시간에 이루어졌다는 사실은 4연의 '갔네'가 과
거 시제이기 때문에 알 수도 있지만 4연 이후의 병을 깨트리는 행
위를 통해서도 알 수 있다. 이때 병은 과거를 떠올리게 하는 매개
체 역할을 하는 동시에 현재 시간의 화자가 누나를 그리워하며 헤
어진 슬픔을 달래어 주는 역할을 하기도 한다. 한편 누나가 들려
준 이야기의 내용을 구체적으로 알 수는 없다. 그러나 화자는 누
나의 이야기를 시각적 이미지를 통해 재현하고 있다. 파란 색과
빨간 색이 그것인데 이는 각각 '파랑 바다'와 '빨강 바다'로 제시되
고 있다. 회상되고 있는 누나의 이야기 부분인 2연과 3연은 시의
구조상 5연, 6연과 대응을 이루고 있다. 화자는 누나를 그리워하며
누나 이야기대로 실제로 병을 깨트리는 행위를 하고 있는 것이다.

그런데 이 대응 구조는 완벽한 대비를 이루고 있는 것이 아니다. 회상된 과거의 이야기 그대로라면 5연과 6연에서 화자가 병을 깨트리고 봐야할 것은 바다여야 하는데 시에서는 하늘을 보는 것으로 되어 있기 때문이다. 즉 과거 시간과 현재 시간의 대응 구조를 그대로 따른다면 5연과 6연은 '파랑병을 깨트려/바다 혼자 보고.// 빨강병을 깨트려/바다 혼자 보고.'라고 되어 있어야 한다. 그렇다면 중요한 것은 누나를 그리워하는 화자의 심정을 현재 시간에 드러내고 있는 상황에서 과거의 이야기 내용 그대로에 충실하고 있지 않다는 점이다. 또한 위 시가 시집에 실리기 전 잡지에 발표했을 때의 제목이 〈한울 혼자 보고〉라는 것에 주목해야 한다.95) 화자가 병을 매개체로 해서 떠올린 기억은 '파랑 바다'와 '빨강 바다'였고 현재 시간에서는 '하늘'을 바라보고 있다. 그러므로 위 시의 과거 누나에 대한 기억과 누나의 이야기는 현재 시간의 관점에서 병을 통해 연상 작용으로 떠오른 과거, 다시 말해 현재 시간에서 선택적으로 끌어온 과거의 일부일 뿐이지 누나의 이야기 자체와 현재 시간에 보고 있는 하늘과는 큰 관계는 없는 것이다. 여기서 알 수 있는 사실은 지금 화자에게 중요한 것이 '과거의 이야기'보다 하늘을 보며 떠오르는 '과거의 누나' 그 자체라는 것이다. 과거 시간과 현재 시간을 이어주는 것은 바다와 하늘이 주는 색채의 관련성과 거기서 떠오르는 누나의 이야기에 대한 기억, 그리고 하늘처럼 텅 빈 아쉬움과 그리움인 것이다. 이렇게 선택된 과거 시간

---

95) 《학조》1호, 1926. 6.에 〈한울 혼자 보고〉로 발표되었다.

의 한 기억을 현재 시간에 재구성하면서 화자는 누나와 함께 했던 시간 중 가장 선명하게 떠오르는 순간을 시각적 감각으로 재현하고 있는 것이다. 과거에 대한 시각적 재현이 이어지는 가운데 화자는 현재 시간에 병을 깨트리며 하늘 보기를 반복하고 있다. 병을 깨트리는 것은 외로움의 감정을 분출하는 것이며 하늘을 보는 것은 허전함을 느끼며 그리운 심정을 달래기 위한 것으로 해석할수 있다. 위 시에서는 과거 시간을 화자에게 강렬한 이미지로 남아 있는 이야기의 색채 감각을 통해 드러내며 자아의 기억 구조와 동일성을 이루게 하려는 시간의식을 보이고 있다. 이는 물리적 시간을 자아의 전망, 혹은 시인의 의식에 의해 해체하고 재창조했다는 것을 의미한다.

薔薇꽃 처럼 곱게 피여 가는 화로에 숯불,
立春때 밤은 마른풀 사르는 냄새가 난다.

한 겨울 지난 柘榴열매를 쪼기여
紅寶石 같은 알을 한알 두알 맛 보노니,
透明한 옛 생각, 새론 시름의 무지개여,
金붕어 처럼 어린 녀릿 녀릿한 느낌이여.

이 열매는 지난 해 시월 상ㅅ달, 우리 둘의
조그마한 이야기가 비롯될 때 익은것이어니.

자근아가씨야, 가녀린 동무야, 남몰래 깃들인

네 가슴에 조름 조는 옥토끼가 한쌍.

옛 못 속에 헤염치는 흰고기의 손가락, 손가락,
외롭게 가볍게 스스로 떠는 銀실, 銀실.

아아 柘榴알을 알알히 비추어 보며
新羅千年의 푸른 하늘을 꿈꾸노니.

-〈柘榴〉 전문

위 시는 과거 시간에 대한 인식 방식에 의해 그것이 시각적 감
각과 은유의 방법으로 재현되고 있음 잘 보여 주고 있다. 어떤 여
인과의 만남을 전제로 하고 있는 위 시는 그 여인의 신비로움을
표현하고 있는 5연, 6연에서 감각적 표현의 탁월함을 보여준다.[96]
대상에 대한 주체적 인식을 통해 새로운 이미지를 창조하고 재현
하고자 하는 의지는 모더니즘의 영향과 무관하지 않다고 보인다.
그러나 모더니즘 역시 현실 세계를 주체적으로 인식하고자 하는
정지용의 의식에 의해 수용되었다고 볼 수 있다. 위 시의 감각화
와 은유화의 방식은 시간을 순수 지속으로 파악하고 있는 시인의
주관적 시간의식에 의해 방법적 장치로 선택된 것이다.
　우선 위 시에서 과거 시간이 어떠한 방식으로 지속되고 있는지
를 알기 위해서는 화자가 과거 시간을 어떻게 인식하고 있는지를

---

96) 이숭원, 앞의 책, p.74.

먼저 살펴보아야 한다. 위 시의 3연, 5연, 6연은 과거 시간에 대한 재현을 보이고 있다. 이는 지금 현재 시간에 맛보고 있는 석류를 매개체로 하여 이루어지고 있는데 과거의 추억과 '자근아씨'에 대한 기억이 재현의 대상이다. 현재 시점에서 떠올리는 기억이란 과거를 구성하는 특정한 일부이며 "우리는 그런 과거가 다만 현재였던 **다음에** 구성된다고 믿는다: 다른 한편 우리는 어떻게 보면 과거가 새로운 현재-과거는 이제 이 새로운 현재의 과거인데-에 의해 재구성된다고 믿는다."97) 그것을 비유적으로 형상화하고자 하는 것은 과거 시간을 재현 가능한 것으로 인식하고 있는 것이다. 화자가 기억하는 '옛 생각'은 '透明한' 것으로 나타나 있고 이는 다시 '새론 시름의 무지개'로 은유화되어 형상화되고 있다. '새론 시름'은 과거 여인과의 만남에 의해 새로 생긴 사랑의 고민, 혹은 혼자 애태우는 안타까운 연정으로 인한 마음 상태를 표현한 것인데 이 시름이 무겁지 않게 느껴지는 것은 시름을 '무지개'로 여기고 있기 때문이다. 이는 '옛 생각'을 '金붕어 처럼 어린 녀릿 녀릿한 느낌'으로 보고 있는 것으로도 알 수 있다. 이렇듯 3연에서 어느 특정한 과거 시간을 은유적으로 인식하는 방식은 과거 시간을 기의로 함의한 기표의 지시 과정, 또는 명명화 과정인 것이다. 사물, 사람, 감정 같은 것이 우리들의 회상의 영역에 들어오기 위해서는, 그것들에 이름을 붙이는 과정이 필요한 것이다.98) 또한 기억을 재

---

97) Gilles Deleuze, 앞의 책, p.77.(강조는 원문의 표기임.)

98) Michel Picard, 조종권 역, 『文學 속의 時間』, 부산대학교출판부, 1998, p.32.

현하고자 할 때 가장 효과적이고 가장 인상적인 단면으로 재구성하려는 인식 작용으로 인해 위 시는 시각적 감각이 두드러진 재현 방식으로 쓰이고 있다. 즉, '옛 못 속에 헤엄치는 흰고기'라든지 '銀실' 등의 흰색이 그것인데 '자근아씨야'라고 불리는 여인에 대한 인상이 흰색의 이미지로 강렬하게 남아있음을 알 수 있다. 흰색은 '紅寶石', '푸른 하늘' 등과 대비되어 더욱 선명하게 부각되고 있다. 이러한 시각적 이미지를 활용한 과거 시간은 '新羅千年'의 시공을 뛰어넘는 아름다운 추억으로서 시적 자아의 주관적 시간 속에 펼쳐지고 있다. 이렇게 재현되는 과거 시간은 현실 시간의 흐름과는 무관하게 시적 자아의 내면에서 선택되고 재구성되어 시적 자아의 주관적 시간과 동일성을 이루며 지속되는 것이다.

과거 시간의 시각적 감각을 통한 재현은 색채 감각을 통해서만이 아니라 시 〈鄕愁〉에서처럼 행동이나 묘사에 대한 이미지를 통해서도 이루어지고 있다. 〈鄕愁〉에서 이러한 부분을 제시하면 다음과 같다.

① 옛이야기 지줄대는 실개천이 휘돌아 나가고
② 엷은 조름에 겨운 늙으신 아버지가/짚벼개를 돋아 고이시는 곳
③ 함부로 쏜 활살을 찾으려/풀섶 이슬에 함추름 휘적시든 곳
④ 사철 발벗은 안해가/따가운 해ㅅ살을 등에 지고 이삭 줏던 곳
⑤ 흐릇한 불빛에 돌아 앉어 도란 도란거리는 곳

이 시에 다른 감각이 없는 것은 아니나 각 연마다 과거 고향에

대한 기억을 재현하는 과정에서 두드러지게 활용되고 있는 방식은 행동이나 그것에 대해 묘사하는 시각적 감각이다. 특히 ②의 '고이 시는'과 ⑤의 '도란거리는'에 쓰인 현재 시제에서 알 수 있듯이 과거 시간을 현재 시간에 재현하는 과정에서 마치 지금 벌어지고 있는 행위인 듯 형상화하고 있는 방식은 현재 시간에서 과거를 떠올리는 화자의 순수 지속의 시간의식에 의해 가능한 것이다. 물론 위에 예시한 장면들은 시인이 현재 시간에 고향에 대한 그리움을 전개하는 과정에서 과거 시간의 어느 특정한 부분들 가운데에서 선택한 것이다.[99] 그리고 이 선택은 가장 적합하다고 여겨지는 소재를 대상으로 이루어진 것일 텐데 '참하 꿈엔들 잊힐' 수 없는 이 장면들은 시적 자아의 전망에 의한 시인의 의식을 통해 재현되고 있는 것이다. 한 논의에 의하면 이 시는 현재 시간의 시적 자아와 기억으로 회감되는 과거 시간 사이의 공백이 정지용 시의 미학적 은유를 발생시킨다.[100] 이 시는 시각적 재현을 통해 과거 시간을 현재 시간에 재현하고 있다. 이는 시적 자아가 욕망하고 지향하는 세계를 주체적으로 형상화하고자 하는 시간의식이 작용하고 있음을 말해주는 것이다.

琉璃에 차고 슬픈 것이 어린거린다.

---

99) 은유는 유사성에 의해 선택의 과정을 거치며 이루어지고 있는데 〈鄕愁〉 역시 과거 시간을 현재 시간에 재현하는 과정에서 은유적 인식이 작용하고 있다.

100) 김용희, 앞의 논문, p.218.

열없이 붙어서서 입김을 흐리우니
길들은 양 언날개를 파다거린다.
지우고 보고 지우고 보아도
새까만 밤이 밀려나가고 밀려와 부디치고,
물먹은 별이, 반짝, 寶石처럼 백힌다.
밤에 홀로 琉璃를 닥는 것은
외로운 황홀한 심사이어니,
고흔 肺血管이 찢어진 채로
아아, 늬는 山ㅅ새처럼 날러 갔구나!

-〈琉璃窓 1〉 전문

위 시는 과거의 시간을 시각적 감각으로, 그리고 은유화하여 재
현하고자 하는 의지를 분명하게 보여주고 있다. "언어 기호가 외부
세계를 모사하고 재현할 수 있다는 생각이 그 속에 깔려 있고, 이
것은 곧 기호가 그 지시 대상으로서의 세계를 효과적으로 재현해
낼 수 있다는 은유적 상상력의 중요한 한 측면이 되는 것이다."101)
이때 과거 시간이란 죽은 아이에 대한 기억인데 그 재현 과정은
시각적 감각과 은유화를 통해 섣부르게 감정을 노출시키지 않고
어느 정도의 객관화를 유지하고 있는 것으로 보인다. 이숭원은 위
시의 감정 절제에 대해 모범적 예라고 언급하면서 감정 절제란
"감정을 드러내되 직접 노출시키지 않고 감정을 대신 담아낼 수
있는 제삼의 사물이나 정황을 통하여 감정을 간접적으로 환기하는

---

101) 금동철, 앞의 논문, p.152.

것을 의미한다."[102]고 설명한다. 위 시의 시각적 감각화는 슬픈 상황을 직접적으로 나타내지 않고 있다는 점에서도 성공적이다. 또한 유리창을 지우고 있는 행동의 敍事와 상황 서술로 인해 화자 자신의 행동이 눈에 보이듯 기술된 점도 시각적 감각화, 즉 이미지화를 이루는 데 기여하고 있다.[103] 그런데 감정은 절제되지 못하고 시적 상황을 뚫고 솟아오르고 있다. 다시 말해 위 시는 이미지의 형상화는 어느 정도 성공하고 있지만 유리창을 닦는 반복적 행동, '물먹은 별'이 암시하는 눈물, '아아'와 '날러 갔구나!'의 영탄

---

102) 이승원, 앞의 책, p.96.

103) 〈琉璃窓 1〉의 이미지 양상에 대해서는 견해 차이가 있다. 특히 오세영의 경우는 이 시가 "시각적 이미지로 대상을 묘사하고 감정을 객관화시키려 노력했음에도 불구하고 이미지즘시라 단정 지워 말할 수는 없다."(오세영, 앞의 논문, p.259.)라고 말하면서도 이 시에 대한 다른 분석(오세영, 『한국현대시 분석적 읽기』, 고려대학교 출판부, 1998, pp.110~118.)에서는 이 시의 이미지에 대한 다양하고도 상당한 분석을 펼치기도 한다. 즉, 찬 것, 더운 것, 어둠, 밝음의 이미지, 별, 새, 유리창, 보석 등의 이미지를 세부적으로 논하고 있는 것이다. 물론 부분적으로 이미지를 사용했다고 해서 곧 이미지즘 시가 되는 것은 아니다. 그러나 시가 이미지를 통하여 시인의 의식과 세계를 보여주고자 하는 경향이 강하다면 그러한 시는 이미지즘 시라고 볼 수 있을 것이다. 한편 이 시는 별, 산새, 보석, 유리창 등을 통해 심리적이고 관습적인 이미지의 상징성을 제시하고 있지만 정작 정지용 시의 상징성에 대해 포괄적으로 논의를 했던 신진의 경우(신진, 「정지용 시의 상징성 연구」, 성균관대 박사논문, 1992, pp.149~150.)는 이 시가 단순히 黑色의 색채상징이 나타난다는 언급만으로 그치고 있어 그 이미지가 보여주는 상징성의 다양함을 비껴가고 있다.

조를 보면 알 수 있듯이 감정의 절제는 충분히 이루어지지 않았다고 보인다.[104] 과거 시간을 시각적 감각을 통해 은유화하여 재현할 수 있다는 시간의식은 이미지화의 형태를 이루게 했지만 순수 지속으로 파악된 과거 시간은 시적 자아의 감정 분출을 촉발시키고 있는 것이다. 여기서 죽은 아이는 '날개를 파다거린다', '별', '寶石', '山ㅅ새'로 은유화되었는데 이는 시적 자아의 기억에 남아 있는 아이에 대한 이미지와 현재 시간의 애절하고 안타까운 그리움의 심정이 겹쳐 이루어진 재현이며 시적 자아의 소망이 개입된 은유이기도 하다.

지금까지 초기시에 나타난 시간의식은 현재 시간과 과거 시간에 대한 재현 가능성에 대한 확신과 의지에 있다는 점을 밝혔다. 또한 현재 시간에 대한 부정성과 내면의식이 추구하는 세계에 대한 동경이 주로 시각적 감각과 은유를 통해 재현되고 있음을 확인했다. 과거 시간에 대해서는 과거의 기억이 재구성되고 재창조 되어

---

104) 〈琉璃窓 1〉의 감정 절제가 제대로 이루어졌는가 아니면 그 절제가 철저하지 못한가에 대해서도 역시 대립된 분석이 이루어지고 있다. 다시 말해 이 시는 '차고 슬픈 것', '외로운 황홀한 심사' 따위의 감정 대위법에 의해 생경한 감정을 완전무결하게 감추고 있다(김윤식·김현, 앞의 책, p.203; 한계전, 『한계전의 명시 읽기』, 문학동네, 2002, p.143; 김재용 외, 『한국근대민족문학사』, 한길사, 1993, p.579 등을 참고.)는 유형의 분석이 지배적이지만 반면 이 시의 1행에 주목하여 이미지를 구체적으로 제시하지 못하며 "응축력이 약하고 주관의 절제가 미흡하"(오세영, 앞의 논문, p.259; 오세영, 『한국현대시 분석적 읽기』, p.110 참고.)다는 주장이 있어 이에 대한 논의가 더 요구된다.

선택적으로 재현되고 있다는 점도 알아보았다. 이러한 재현 가능성에 기초한 시간의식은 근대 현실을 살아가는 정지용의 시간에 대한 순수 지속으로의 파악과 그에 따른 주체적 세계인식에서 비롯한 것으로 보인다. 이후 중기시에서는 현실 세계와는 다른 차원의 세계, 즉 가톨릭의 종교적 세계를 추구하는 양상을 보이는데 이는 현실 세계의 현재 시간에서 느끼는 부정성에 의해, 그리고 식민지 시대의 '정치적 위축'이 가져오는 한계를 벗어나고자 하는 의지에 의한 결과로 보이며 이에 따라 정지용 시의 시간의식도 다른 양상으로 변모하고 있다.

2. 중기시의 종교적 시간의식

정지용 시의 중기시는 대체로 가톨릭 신앙을 내용으로 하는 시들로 이루어진다.105) 정지용의 세례명은 프란시스코인데 "그의 유족의 말에 의하면, 일본 유학 당시 이 시인은 이미 천주교를 신앙하고 있었다는 것이다."106) 그 후 《가톨릭 靑年》지의 편집에 관여하면

---

105) 대체로 가톨릭 신앙을 드러내고 있다고 밝힌 이유는 중기시의 모든 시가 가톨릭 신앙을 드러내고 있지 않기 때문이다. 즉 〈다시 海峽〉, 〈地圖〉, 〈바다 9〉 등의 시는 가톨릭 신앙을 내용으로 삼고 있지 않다. 가톨릭 신앙을 드러낸 시들은 《가톨릭 靑年》지에 발표된 시들이다. 그렇기 때문에 중기시의 모든 시가 가톨릭 신앙시라고 할 수는 없다. 그러나 이 시기의 시간의식의 주된 경향이 가톨릭 신앙을 바탕으로 씌어진 다수의 시를 통해 드러나기 때문에 가톨릭 신앙시를 중기시의 중심 논의 대상으로 삼고자 한다.

서 이 잡지에 발표한 15편의 가톨릭 신앙시를 첫 시집에 실어 놓았다. 이 시들을 대상으로 시에 나타난 종교적 시간의식이 어떠한 양상을 갖고 있으며 그 특징적 성격은 무엇인지 살펴보고자 한다.

초기시와 마찬가지로 중기시의 가톨릭 신앙시 역시 재현 가능성에 대한 신뢰를 바탕으로 감각과 은유를 통해 내면과 세계를 형상화하고자 하는 시간의식을 드러낸다. 그러나 초기시의 시간의식과는 다르게 이 시기에는 과거나 현재의 시간 재현에 중심을 두기보다는 영원성의 시간을 추구하며 신앙심으로 충만한 현재 시간의 자아를 재현하는 데에 초점이 모아져 있다. 즉 시적 방법에 있어서는 초기시의 감각화와 은유화를 유지하고 있지만 내용 면에서는 현재 시간에 대한 관점을 벗어나 영원성을 갈구하는 것으로 바뀌고 있다. 또한 중기시는 종교적 상징을 통해 시인의 의식을 형상화하고 있다는 것도 특기할 사항이다.

'영원성'이란 무시간성과는 다른 것이다. 앞서 살펴보았듯이 '무시간성'이란 계기적 질서, 물리적 시간에 대한 無化 의지로 이루어지는 '영원한 현재'를 의미한다. 이는 현실 세계의 시간을 다른 방식으로 재창조하고 재구성하려는 시간의식에서 비롯된 것이므로 여전히 세속적이며 한계를 지니는 시간성인 것이다. 그러나 '영원성'은 인간의 현실 세계를 초월하여 신의 영역에 안주하고자 하는 시간의식에서 비롯된다. 따라서 영원성이란 '초월적 시간성'을 말하며 종교적으로는 유한한 인간의 시간을 초월하여 영원히 지속하

---

106) 김학동, 앞의 책, p.128.

는 영생의 시간을 말한다. "초월을 지향하는 시간적 구조는 일상적 시간의 속성들이라 할 수 있는 변화·현세·차별성·생성·다수성 등과 대립되는 소위 종교적 시간의 속성들이라 할 수 있는 지속·신성·독일성·존재·단일성 등을 지향하는 삶의 태도를 나타낸다."107) 정지용의 중기시에 속하는 가톨릭 신앙을 드러낸 시는 영원성의 종교적 시간의식을 드러내고 있다. "종교의 제일의 범주는 유한하고 고통스런 시간적 삶으로부터의 인간의 구원, 즉 변치 않는 영원한 세상에서의 지복한 삶의 보장이다. 그러나 그런 삶은 사실의 세계에서보다는 그 사실을 넘어서는 의미의 세계에서 실현 가능하다. 그래서 종교에서는 늘 상징을 통한 의미의 해명이 중요시되는 것이다."108) 여기서 상징이란 종교적 의미의 원형상징으로 '불', '물', '태양' 등을 말하는데109) 모두 은유의 방식과 더불어 영원성의 시간의식을 드러낸다. 중기시의 시간의식이 은유적 인식과 그것의 상징화 작업을 통해 이루어지고 있다고 보는 수사학적 관점의 논의는 다음 장에서 자세히 다룰 것이므로 여기서는 중기시의 주된 시간의식인 '영원성' 추구의 양상을 밝히는 데 중점을 두기로 한다.

그의 모습이 눈에 보이지 않았으나

---

107) 이승훈, 앞의 책, p.184.
108) 소광희, 『시간의 철학적 성찰』, 문예출판사, 2001, p.91.
109) 손종호, 「정지용 시의 기호체계와 카톨리시즘」, 『어문연구』 제29집, 1997. 12., pp.352~353 참고.

그의 안에서 나의 呼吸이 절로 달도다.

물과 聖神으로 다시 낳은 이후
나의 날은 날로 새로운 太陽이로세!

뭇사람과 소란한 世代에서
그가 다맛 내게 하신 일을 진히리라!

미리 가지지 않었던 세상이어니
이제 새삼 기다리지 않으련다.

영혼은 불과 사랑으로! 육신은 한낮 괴로움.
보이는 한울은 나의 무덤을 덮을뿐.

그의 옷자락이 나의 五官에 사모치지 않었으나
그의 그늘로 나의 다른 한울을 삼으리라.

-〈다른 한울〉 전문

  신앙을 고백하며 '그'에게 기대고자 하는 의식을 드러내고 있는
위 시는 '그'의 세계에 머물고 싶은 현실 초월적 시간의식이라는
관념을 드러내는 데에 있어 은유와 상징의 방식이 자주 등장한다.
'나의 呼吸', '나의 날은 날로 새로운 太陽이로세!', '소란한 世代',
'나의 무덤' 등은 은유의 방식이 쓰인 부분이고 '물과 聖神', '太陽',
'불과 사랑', '다른 한울' 등은 상징이 쓰인 부분이다. '소란한 世代'

는 세속적 지상의 삶을 의미하는데 이는 '다른 한울'이 의미하는 성스러운 천상의 세계와 대조를 이룬다. 즉 정지용의 인식하는 현실 세계는 '무덤'처럼 죽음의 한계를 지니거나 '한낮 괴로움'에 시달릴 뿐인 부정적인 곳이다. 이렇듯 유한하고 고통으로 가득 찬 현실 시간과는 다르게 '그', 곧 신이 관장하는 영적 세계는 영원한 '다른 한울'의 시간성을 갖는다. "신화에 의해서 윤색된 것에 의지하지 않아도, 하늘은 그 초월성, 힘, 신성성을 직접적으로 드러낸다……(중략)……하늘은 실제 있는 그대로 무한하고 초월적으로 드러나는 것이다. 하늘은 대체로 인간이 표상하는 것 혹은 인간의 생활공간과는 전혀 다른 것이다. 그 초월성에 대한 상징은 하늘의 무한한 높이에 대한 인식에서 비롯된다. 아주 높은 것은 당연히 신의 속성이 되는 것이다. 인간이 도달할 수 없는 높은 지역, 별들이 무수한 그 지역은 초월성, 절대적 현실, 영속성이라는 신의 위세를 획득하며 그곳은 신들의 거처가 된다."[110] 그래서 화자는 '미리 가지지 않았던 세상이어니/이제 새삼 기다리지 않으련다.'라고 적극적인 의지를 보이며 세속의 시간을 초월하여 '한울'이라는 영원성의 세계를 지향한다. 위 시에서 시인이 바라는 현실 초월의 영원성의 시간은 '나의 날은 날로 새로운 太陽이로세!'에서도 드러난다. '이후'라는 시간적 지표를 기준으로 "2연은 5연과 대칭을 이룸으로써 '다시 낳은' 이전에는 '보이는 한울', '다시 낳은' 이후의 '나의 날'은 '새로운 太陽'으로 기호화한다."[111] 언제나 새로운 태

---

110) M. Eliade, 이재실, 『종교사개론』, 까치, 1993, pp.56~57.

양으로 빛나는 세계란 곧 유한한 시간성을 갖는 현실의 시간과는 다른, 영원성이 지속되는 하늘의 세계인 것이다. 그 세계는 성과 속이라는 이원적 구조를 통해 파악된, 현실과는 '다른 한울'이다.

정지용의 가톨릭 신앙시에 대한 논의는 크게 두 가지 견해로 압축할 수 있다. 즉 "사실로 우리 근대시사에서 신앙을 바탕으로 쓴 시인이 萬海 韓龍雲이 처음이고 그 다음이 鄭芝溶"112)으로 신앙시를 썼다는 자체만도 중요하며 "시에 사상을 도입하는 새로운 지평"113)을 열었다는 긍정적 평가가 그 한 가지이다. 한편으로는 "삶의 깊이라든가 형이상학적 고민이라든가 종교적 주제는 감각적 레벨에서 포착되지 않"으므로 "다분히 장식적 미학에의 수준을 넘어서지 않고 있다."114)든지 체험적인 소산이 아닌 관념적인 세계를 보여주어 "허무감을 극단적으로 밀고 나간 흔적은 찾아보기 어렵"고 "신의 세계로 가까이 갈수록 시적 긴장이나 밀도는 오히려 약화되어 큰 울림을 주지 못하였다."115)는 등의 부정적 평가가 있다. 그런데 정지용이 신앙시에서 추구하는 것은 이미 현실 시간에 대한 부정적 인식에 의해 성과 속의 갈등이 기본적으로 전제된 초월적 시간이기 때문에 시적 긴장이나 형상화 방법은 일견 단순한

---

111) 손종호, 앞의 논문, p.351.

112) 김학동, 앞의 책, p.137.

113) 김준오, 「芝溶의 宗教詩」, 『鄭芝溶研究』, 새문사, 1988, p.41.

114) 김윤식, 『韓國近代文學思想史』, 한길사, 1984, p.429.

115) 김인섭, 「정지용·박목월 신앙시의 대비적 고찰」, 『국어국문학』 124권, 1999. 5., p.299, 315.

구조로 보일 수 있다. 따라서 시 형식적 개발이 없었다든지, 형상화가 미흡하다든지, 가톨릭 사상과 갈등이 결여되었다는 평가[116]는 영원성을 향한 물리적으로는 불가능한 도달을 지향하는 시에서는 쉽게 지적될 수 있는 것이기도 하다. 여기서 중요한 것은 영원성이라는 시간의 관념성이 강조될수록 성과 속의 대립적 갈등 구조는 그 당위성에 의해 더 단순화되고 시적 형상화의 방법은 은유와 상징만으로도 충분하다는 것이다. 성과 속의 이원적 갈등구조는 원죄에 대한 悔恨을 드러내는 것만으로도 형상화가 될 수 있으며 현실을 초월하여 보이지 않는 세계의 관념적 시간에 도달하고자 하는 의지에 의해 지상의 유한한 현실은 '한낮 괴로움'으로 쉽게 대치될 수 있는 것이다. 정지용의 관심은 가톨릭 신앙시에는 있어서 '저 높은 곳'에 있을 뿐이다.

이는 정지용의 신앙심이 그만큼 견고하고 두텁다는 의미이기도 하다. 그렇기 때문에 오직 신앙심의 형상화와 신의 세계에 대한 지향 의지만을 드러낼 뿐이다. 특히 영원성의 시간에 대한 지향은 중기시에서 보이는 신앙심의 핵심인 만큼 직접적인 표출을 통해 드러나고 있다. 즉 이 시기의 시는 아래에 인용한 시에서 보이는 것처럼 보다 더 은유와 상징에 기대면서 당위성에 기초한 직설적 표현으로 영원성의 시간과 신앙심을 재현하고 있는 것이다.

---

116) 송욱, 앞의 논문, p.105; 김윤식, 『韓國近代作家論攷』, pp.94~120; 김우창, 『궁핍한 시대의 시인』, 민음사, 1977, pp.53~54; 박철희, 『한국시사연구』, 일조각, 1980, p.98 등을 참고.

나의 림종하는 밤은
귀또리 하나도 울지 말라.

나종 죄를 들으신 神父는
거룩한 産婆처럼 나의 靈魂을 갈르시라.

聖母就潔禮 미사때 쓰고남은 黃燭불!

담머리에 숙인 해바라기꽃과 함께
다른 세상의 太陽을 사모하며 돌으라.

永遠한 나그내ㅅ길 路資로 오시는
聖主 예수의 쓰신 圓光!
나의 령혼에 七色의 무지개를 심으시라.

나의 평생이오 나종인 괴롬!
사랑의 白色도가니에 불이 되라.

달고 달으신 聖母의 일흠 불으기에
나의 입술을 타게하라.

　　　　　　　　　　　　　　　　　-〈臨終〉 전문

위 시는 미래에 다가올 임종의 순간을 가정하여 전개된 것이다.
그러므로 죽음의 순간과 죽음 이후의 순간에 성취하고 싶은 소원
에의 의지를 강하게 드러난다. 이러한 의지는 각 연의 서술어에

쓰인 명령형 종결어미 '-라'로 나타난다. 시의 중심축은 4연으로 볼 수 있는데 '다른 세상의 太陽'은 곧 영원성의 시간에 존재하는 신의 세계로서 화자가 죽은 후 가고자 하는 유토피아이다.[117) 이 '다른 세상의 太陽'을 중심으로 4연 이전의 1연에서 3연까지는 현실 세계에서의 죄를 씻고자 하고 4연 이후 5연, 6연, 7연에서는 신의 '사랑'으로 영원한 신의 세계에서 머물고자 하는 바람을 드러낸다. 현재 시간의 화자는 '다른 太陽'을 중심으로 '돌'고 있는 '해바라기'인 것이다. 결국 죽음의 순간에 화자는 '사모'하는 '다른 세상'을 맞이하고자 하는데 5연은 그 세상이 현실의 유한한 시간을 넘어선 '永遠'의 시간임을 보여준다. 화자를 영원한 세계로 인도할 '聖主 예수'의 '圓光'은 '永遠한 나그내ㅅ길 路資'로 은유화되어 있다. '路資'는 죽은 자가 저승으로 갈 때의 여비이며 동시에 가톨릭 신앙시의 관점에서는 '路資聖體', 또는 '병자 영성체'로 볼 수 있는데 이는 죽은 자에게 마지막으로 영해주는 성체, 즉 성스런 양식을 말한다. 따라서 '圓光'은 신의 세계로 화자를 인도하는 빛이다. 이 빛이 다시 '七色의 무지개'로 전이되면서 '령혼'의 구원을 이루고자 한다. 화자를 인도하는 '빛'은 '다른 세상의 太陽'과 함께 영원의 세계에 속한 현실 초월의 시간에 있는 것이다. 화자의 현재 시간은 처음과 끝이 정해져 있는 유한성을 지닌다. 화자는 화자에게 '평생이오 나종'으로 인식되는 '괴롬'의 현재 시간이 죽음의 순간 신의 영성체인 빛을 통해 '불'로 태워지길 바란다. 이렇듯 위 시는

---

117) 김명옥, 「정지용 시에 나타난 유토피아 의식과 이상향 추구」, 『한국어문교육』 제10집, 2001. 2.

'달고 달으신', '사랑'인 신의 영원한 시간으로 가길 바라는 시간의 식을 드러낸다.

한편 위 시는 상징을 통해 영원성의 시간을 재현하고자 한다. 즉, '太陽', '原鑛', '무지개', '白金 도가니'는 신과 영원의 상징이며 모두 '빛'과 관련되어 있다. 특히 '白金 도가니'는 현재 시간의 '괴롬'을 태워주는 기능을 하는 동시에 금속성으로 인해 견고하고도 영원히 지속되는 신의 '사랑'을 의미한다. 이러한 영원성을 의미하는 상징어와 함께 '불'의 상징도 등장하고 있다. '黃燭불', '불', '입술을 타게하라'에서 보이는 '불'은 현재 시간의 유한한 삶을 태워버리고 '죄'를 사해주는 기능을 한다. 또한 '불' 역시 '빛'과 상징적 의미가 같으므로 영원한 신의 '사랑'을 의미하며 신의 세계로 갈 수 있는 길을 밝혀주고 '괴롬'의 현재 시간을 벗어나 영원성의 시간으로 이끄는 역할을 한다.[118] 여기서 정지용이 영원성의 시간을 상징을 통해 재현하고 있음을 알 수 있다.

---

118) "원형상징으로서의 불은 밝게 비추고 따뜻하게 하는 작용과 파괴하는 작용 등 두 가지 작용을 갖고 있기 때문에 신적인 권위를 지닌다. 또한 물건을 정화하는 힘이 있기 때문에 더러움을 정화하는 것의 상징으로 간주 되었다. 구약성경에서 불은 야훼의 존재와 활동을 나타내기 위해 빈번하게 사용되는 이미지이다. 그러면서 그것은 또한 하나님의 말씀을 상징하기도 한다. (예레미아서 23장 29절) 신약성경에서 하나님은 '태워버리는 불'(히브리서 12장 29절)로 표상되는데, 이는 하나님의 말씀에 따라 신앙생활을 하는 자들은 생활 속에서 淨火와 聖化의 힘을 얻을 수 있음을 상징하는 것이다." (손종호, 앞의 논문, p.353.)

① 실상 나는 또하나 다른 太陽으로 살었다.(〈또 하나 다른 太陽〉
부분)
② 스사로 불탄 자리 에서 나래를 펴는/오오 悲哀! 너의 不死鳥 나
의 눈물이여!(〈不死鳥〉부분)
③ 이제 그리스도의 못박히신 발의 聖血에 이마를 적시며-//오오!
新約의太陽을 한아름 안다.(〈나무〉부분)

위에 인용한 바와 같이 대부분의 가톨릭 신앙시에서는 영원성의
시간에 대한 지향의식이 드러나 있다. ①에서는 이미 신앙의 마음
속에 '다른 太陽'을 두고 그곳에 살고 있다는 진술을 통해 영원한
세계에 머물고자 자아의식을 드러내고 있다. ②의 '不死鳥'는 스스
로를 불태워 재생하는 영원불멸의 존재로 역시 시간의 영원성을
상징하는데 유한한 삶을 마감하고 다시 태어나고자 하는 의식을
보여준다. ③에서는 '그리스도'의 '聖血'에 현세의 죄를 씻고 묵시적
으로 약속된 '新約의太陽'를 통해 새로운 영원의 세계를 갈망하는
현실 초월의 시간의식을 보인다. 가톨릭의 묵시록은 영원한 신의
세계에서 永生하는 것을 내용으로 한다. 세계의 종말과 예수의 재
림 과정을 개인적인 죽음과 永生의 획득 과정으로 대치한다면 위
에 인용된 정지용의 가톨릭 신앙시는 개인적인 차원의 구원에 중
심을 두고 있다고 할 수 있다.[119] 또한 영원한 신의 세계에 안주
하기 위해서는 현재 시간의 유한한 삶이 갖고 있는 죄를 씻어야
하는 통과제의적인 과정이 선행되어야 하는데 이는 앞의 시에서

---

119) 김윤식, 『韓國近代文學思想史』, p.406.

살펴보았듯이 죄를 불에 태우거나(〈臨終〉) '靑春'(〈不死鳥〉)을 태워버리는 행위로 나타난다.[120] 이러한 개인적 구원의 과정을 통해 얻고자 하는 영원성의 시간은 시에서 현실과 신의 세계라는 이원적 구조를 이루게 한다. 이로 인해 시는 '하늘', '太陽', '별'과 같은 상승 이미지를 통한 상향 지향성을 주로 드러내고 있다.

그런데 정지용이 지향한 영원성의 시간은 《가톨릭 靑年》 잡지에 시를 발표해 나가면서 현실 세계에 대해 좀 더 유연한 태도를 보이고 있다. 잡지에 발표된 시들을 좀 더 자세히 살펴보면 정지용이 지향한 영원성의 시간은 현실을 초월고자 하는 의지에서 비롯된 것이지만 현재 시간을 완전히 부정한 결과라고 쉽게 단정할 수는 없다는 사실에 직면하게 된다. 오히려 현재 시간에 대한 부정적 인식을 통해 지향하고자 한 신의 세계의 관점에서, 다시 발붙이고 있는 현실 세계를 새롭게 인식하고 현재 시간의 부정성과 유한성을 싸안고 포괄하는 영원한 시간을 지향했다고 보인다. 미래의 다가오지 않은, 사실적 체험이 불가능한 영원성의 시간은 영적 체험과 독실한 신앙심으로 자아와 내적 동일성을 이루면서 형상화되기 마련이다. 결국 영원성의 시간은 현재 시간의 자아가 인식하는, 혹은 신앙의 영적 체험으로 형성된 시간이기 때문에 언제나 현실 세계의 현재 시간 속의 자아의식이 반영될 수밖에 없다. 이러한 자아와 시간의 동일성에 대해 메이어홉은 쉐링턴의 견해를

---

120) 가톨릭·기독교문학에서 보이는 통과제의와 묵시의 특징에 대해서는 윤서태, 「유대 묵시문학의 통과제의적 구조에 대한 해석학적 이해 -神話와 祭儀論을 中心으로-」, 서울대 석사논문, 1999를 참고.

인용하며 다음과 같이 말한 바 있다.

시간과 자아는 경험의 분리된 계기들을 어떤 유의 통일성 속으로 "통합"함으로써 서로 서로를 제약한다. "심적인 '지금'은 하나의 통일이다. 왜냐하면 그것의 요소들이 무엇이든지 간에 그 요소들은 하나의 유의미한 형태, 즉 연속적인 '지금'으로 결합되기 때문이다. 시간을 순간의 경험들을 통일시키는 것으로 생각하는 것은 시간을 정신의 통합자로 생각하는 것이다. 하지만 정신이 그 자신의 순간 경험을 통일시키는 것은 하나의 통합작용으로 간주되지 않을 수 없다. 순간 경험의 그러한 통일작용은 자아의 통일의 한 측면이다."[121]

현재 시간과 영원성의 시간은 '지금'의 자아 내에서 동일성을 이루며 통일된다. 이때 자아는 영원성의 시간이 현재 시간의 유한성을 감싸는 것으로 인식한다. 다시 말해 현실의 유한한 삶에서 바라보는 신의 세계를 통해 다시 현실 세계를 되돌아보고 그것을 포괄하려 하는 것이다. 물론 영원성의 시간을 드러내는 자리에는 현실 초월이나 현실 부정의 인식이 대조적으로 전제된다. 이는 영원성의 시간에 대한 지향을 통해서, 그리고 영원성의 시간 속에서 그 초월 의지를 이루거나 부정적 현실을 극복하고자 하는 것으로 보아야 한다. 다음에 인용하는 시는 이러한 시간의식을 잘 보여주고 있다.

나의 가슴은
조그만 〈갈릴레아 바다〉.

---

121) Hans Meyerhoff, 앞의 책, p.36~37.

때없이 설레는 波濤는
美한 風景을 이룰수 없도다.

예전에 門弟들은
잠자시는 主를 깨웠도다.

主를 다만 깨움으로
그들의 信德은 福되도다.

돗폭은 다시 펴고
키는 方向을 찾었도다.

오늘도 나의 조그만 〈갈릴레아〉에서
主는 짐짓 잠자실 줄을-.

바람과 바다가 잠잠한 후에야
나의 嘆息은 깨달었도다.

-〈갈릴레아 바다〉 전문

이처럼 '갈릴레아 바다'로 은유된 '가슴' 속에서 '지금'의 현재 시
간에 '主'가 존재한다. 그 '主'의 영원한 안식의 세계에 화자가 함께
한다는 것은 이미 자아와 내적 동일성을 이루며 신앙에 의한 주관
적 시간의식으로 형성된 영원성의 시간이 통합되고 있음을 재현하
고 있는 것이다. 종교 철학의 관점에서 말하는 하나님의 영원성이

시간성의 완전 형태이고 시간성의 충만이라고 볼 경우[122] 영원성이 시간을 안고 있는 것으로 이해하는 것이 더 적절하다.[123] 이러한 견해는 처음과 끝이 없이 지속하는 영원성이 인간의 과거·현재·미래를 아우르며 함께 존재한다고 보는 것이다.

위 시에서도 화자에게 속세의 유한성과 신의 영원성은 통합되어 있는 것이다. 이는 신의 세계·영원성의 시간 안에 현실 세계·현재 시간이 포함되어 있다는 의식에 의해 형성된 것이다. 그리하여 현재 시간은 영원성을 지향하는 자아의식과 동일성을 이루며 통합되고 있다. 그러나 이러한 의식은 궁극에 이르러서는 어떠한 갈등도 없는 완벽한 영원성의 세계로 현실을 바라보는 결과를 가져올 수밖에 없다.

정지용이 지향한 세계는 신앙심을 드러내는 데에 주된 목적이 있기 때문에 어느 지점에서 이르러 고착화되고 도식적으로 될 수밖에 없는 것이다. 이는 다음 장에서도 살펴 볼 내용이지만 은유와 시각적 감각의 재현이 상징화로 나아가는 현상에서도 확인할 수 있다. 영원성의 시간에 존재하는 신의 세계는 점차 상징을 통해 인식되고 상징을 통해 더 많은 의미를 전달할 수 있기 때문에 정지용의 가톨릭 신앙시는 현재 시간을 끌어안는 영원성의 시간을 드러내고자 했던 상징화 과정의 끝에 이르러 더 이상 새롭게 나아

---

122) 김경재, 『오늘의 어거스틴: 어거스틴 사상 연구』, 대한기독교서회, 1997, p.32.

123) 한재경, 「칼 바르트(Karl Barth)의 시간이해」, 한신대 석사논문, 1998, p.23.

갈 길을 찾지 못했던 것이다. 그리하여 현실 세계에 다시 눈을 돌린 정지용이 찾아 나선 것은 결국 현실과는 또 다른 현실이었다. 이 또 다른 현실은 현실에 대한 새로운 인식을 통해 초기시나 중기시와는 다른 후기시의 시간의식을 드러낸다. 그것은 현실의 시간에 대한 無化 의지에 의해 형성된 무시간성의 세계이다.

3. 후기시의 시간의 無化 추구

정지용은 1935년『鄭芝溶詩集』을 발간 한 후 전남 강진, 다도해, 제주도, 백록담, 금강산 등지로의 국토순례를 하게 된다. 그리고 대체적으로 그의 후기시에 속하는 시들이 실린 시집『白鹿潭』을 1941년에 간행한다. 이 시집에 실린 〈白鹿潭〉이나 〈長壽山〉 및 금강산 시편들이 모두 국토순례의 여정 가운데에서 발상되었거나 씌어졌다고 볼 수 있는데,124) 더욱 중요한 것은 자연을 새로 발견했다는 점일 것이다. 이때의 자연은 동양 사상이 묻어 있는 세계이고125) 이 현실과는 조금 동떨어진 듯한 '다른 현실'을 의미한다. 이 '다른 현실'은 정지용의 주관적 시간의식에 의해 직관으로 파악

---

124) 김학동, 앞의 책, p.143.

125) 후기시의 동양 사상을 오세영은 性情 사상으로 보았고(오세영, 앞의 논문.) 최동호는 은일 사상으로 보았다.(최동호, 앞의 논문.) 또한 김학동은 虛靜無爲의 세계로 보았다.(위의 책.) 한편 김용직은 후기시는 동양 고전의 세계, 특히 공자를 정점으로 한 유교의 세계가 핵을 이룬다고 말한다.(김용직,「鄭芝溶論－純粹와 技法」, 김은자 편, 앞의 책, p.184.)

된 것이다. 말하자면 '다른 현실'은 현재의 시간성이 無化되고 계기적 시간 질서에 구애받지 않는 다른 차원의 시간성을 보인다는 점에서 무시간성의 세계라고 할 수 있다. 무시간성은 앞 장에서도 살펴보았지만 아예 시간관념이 없거나 시간이 철저하게 배제된 상태의 시간성을 의미하는 것이 아니다. 오히려 시간관념이 들어 있고 현실 세계와 마찬가지로 시간이 흐르는 상태의 시간성이다. 다만 무시간성의 세계에는 현실 세계의 시간관념과 시간성이 아닌 다른 시간성이 있을 뿐이다. 이는 두 가지로 현상으로 나타나는데 그 하나는 현실 시간의 개념이 없다는 의미에서의 무시간성이고 다른 하나는 그 무시간성의 시간이 순수 현재로서 지속되고 영속되는 상태이다. 이 무시간성의 양상이 어떠한 인식의 변화를 통해 이루어졌는지는 다음 장에서 자세히 다룰 것이다. 여기서는 우선 정지용이 중기시 이후 무시간성의 세계를 재창조하는 과정에서 시간을 無化하려는 시간의식이 어떻게 이루어지고 있는지를 시를 통해 살펴볼 것이다. 앞 장에서 언급했듯이 무시간성은 서정시의 본질적인 시간 양상이다. 여기에 현실인식의 한 과정으로 시간의 無化 의지가 추구될 때 재창조와 재구성의 성격을 갖는 무시간성이 이루어지는 것이다. 그러므로 시간의 無化 의지를 밝히는 과정에서 무시간성의 양상이 동시에 밝혀질 것이라고 본다.

후기시는 중기시 시기의 가톨릭 신앙시에서 노정된 영원성 추구의 한계 인식과 현실 세계에 대한 새로운 인식을 통해 이루어졌다. "이를 가톨릭 신앙의 전면적인 포기라고 단정할 수는 없겠지만,

그가 30년대 후반에 그 나름의 각고의 방향 모색을 시도했으며", "현실의 고통스러움을 견인의 정신으로 극복하고자"126) 한 것으로 보인다. "『白鹿潭』을 내놓은 시절이 내가 가장 정신이나 육체로 피폐한 때다. 여러 가지로 남이나 내가 내 자신의 피폐한 원인을 지적할 수 있었겠으나 결국은 환경과 생활 때문에 그렇게 된 것이었다."127)라고 고백했던 정지용은 여행을 통해 새로운 활력과 시적 분위기의 전환을 이루고자 한 것이다. 정지용은 여행을 떠나는 즐거움을 다음과 같이 말하고 있는데 이는 후기시들이 현실의 환경과 생활을 어떻게 인식하고 새로운 세계에 대한 지향이 어떠한 과정을 통해 이루어졌는지를 알 수 있게 해 준다.

잠시 집을 떠나서 나그네가 되는 것이 흡사히 오래간만에 집을 찾아드는 것과 같이 기쁠 수 있는 일이기도 하다.

집을 떠나는 기쁨! 그래도 집이 있고 이웃이 있고 어버이를 모시고 처자를 거나리는 사람이라야 오직 가질 수 있는 기쁨으로 돌릴 수바께 없다.

家累라는 말을 쓰기로 하자. 가루에 얽매여 보지 못한 매아지같이 자유로울 수 있는 사람이 지금 형편으로는 미상불 부러웁기 그지없다.

허나, 내가 부러워하는 홋홋히 신세 편한 사람들이여, 집안일 나모릅세 하고 홀떨어 안해에게 처맡기고 물따라 구름따라 훌훌히 떠나가는 기쁨은 그대가 애초에 알 수가 없으리라.128)

---

126) 최동호, 위의 논문. p.80.

127) 정지용, 「조선시의 반성」, 『정지용 전집』 2, 민음사, 2003, p.349.

128) 정지용, 「多島海記 1·離家樂」, 위의 책, p.148.

1938년 연재된 위 글에서 우리는 집을 떠나 여행길에 들어서려는 정지용의 들뜬 마음을 읽을 수 있다. 또한 여행을 통해 산을 발견하고 자연을 발견한 감상을 정지용은 다음과 같이 토로한다.

산이 얼마나 장엄하고도 너그럽고 초연하고도 다정한 것이며 준열하고도 지극히 아름다운 것이 아니오리까. 우리의 母陸이 이다지도 絶勝한 從船을 달고 엄연히 대륙에 기항하였던 것을 새삼스럽게 감탄하지 않을 수 없었습니다. 해면에는 아직도 夜色이 개이지 않았는지 물결이 개온한 아침얼굴을 보이지 않았것만 한라산 이마는 아름풋한 자주빛이며 엷은 보랏빛으로 물들은 것이 더욱 거룩해 보이지 않습니까.129)

여기서 분명한 것은 정지용이 여행을 통해 현실 세계에 속해 있지만 현실 세계와는 '다른 세계'를 발견했다는 점이다. 동양적인 신비의 자연, 혹은 이상적 공간으로서의 자연에 대한 탐색이 이러한 여행기들을 통해서 어떻게 이루어지고 있는지를 보여주는 것이다. 결국 후기시의 시는 초기시와 중기시의 현실 시간에 대한 '감각'으로부터 확대되어 '기억'을 통한 새로운 세계의 재창조·재구성의 양상을 드러낸다.130) 여행에서 보고 느낀 것을 詩化하는 과정은 일종의 기억에 대한 재현이며, 여행 당시에도 외계를 바라보

---

129) 정지용, 「多島海記 5·一片樂土」, 위의 책, pp.159~160.

130) '감각'에서 '기억'으로의 이행에 대해선 신범순, 「정지용의 시와 기행산문에 대한 연구-혈통의 나무와 德 혹은 존재의 平靜을 향한 여행」, 『한국현대문학연구』 제9집, 2001. 6.을 참고.

는 시각에는 자아의 기억과 의식이 반영되는 것이다. 이러한 관점에서 정지용이 후기시에서 추구하고자 했던 것은 여행 기억을 통한 다른 차원의 세계이며 그 세계는 벗어나고 싶었던 현실 시간에 대한 無化 의지에 의해 독자적 시간성을 갖는 무시간성을 드러낸 것이라고 말할 수 있다.

伐木丁丁 이랬거니 / 아람도리 큰솔이 베혀짐즉도 하이 / 골이 울어 멩아리 소리 / 쩌르렁 / 돌아옴즉도 하이 / 다람쥐도 좃지 않고 / 뫼ㅅ새도 울지 않어 / 깊은산 고요가 차라리 뼈를 저리우는데 / 눈과 밤이 조히보담 희고녀! / 달도 보름을 기달려 흰 뜻은 한밤 이골을 걸음이란다? / 웃절 중이 여섯판에 여섯 번 지고 웃고 올라간뒤 / 조찰히 늙은 사나히의 남긴 내음새를 줏는다? / 시름은 바람도 일지 않는 고요에 심히 흔들리우노니 / 오오 견듸란다 / 차고 几然히 / 슬픔도 꿈도 없이 / 長壽山속 겨울 한밤내-

-〈長壽山 1〉 전문

『詩經』의 小雅 鹿鳴之什 편 〈벌목〉의 첫 구절에 나오는 구절인 '伐木丁丁'은 나무를 찍는 소리를 의미한다.[131] 그러나 산은 쩡쩡거리는 벌목 소리로 울리고 있는 것이 아니다. 그것은 다음 구절인 '베혀짐즉도 하이'를 보면 알 수 있는데 이는 "베어질 만도 하구나."[132]라는 의미이기 때문이다. 또한 '멩아리 소리 쩌러렁 돌아

---

131) 이기석·한백우 역해, 『시경』, 홍신문화사, 1884, p.295.

132) 이숭원 주해, 앞의 책, p.191.

옴즉도 하이'라고 되어 있어 벌목 소리는 화자의 상상 속에서 가정하고 있는 현상이다. 이러한 상상은 깊은 산에서 느끼는 고요함이 있기에 가능한 것이고 동시에 그 고요를 더욱 심화시키는 것이기도 하다. 깊은 산의 고요를 드러내는 이 상상의 "벌목의 울림소리는 모든 고뇌와 슬픔에서도 완전히 단절된 순수한 공간을 가리킨다."[133] '長壽山'은 상상의 벌목 소리로 인해 오히려 깊은 고요가 느껴지는 역설적인 공간이며 어떠한 간섭도 받지 않는 순수함의 공간이다. 달조차 '눈과 밤이 조히보담' 흰 이 공간을 지나가기 위해 '보름을 기달려' 흴 만큼 순수한 것이다. 또한 이 산은 여유의 공간이기도 하다. '여섯 번 지고'도 웃으며 올라가 조촐히 늙어가는 無爲의 여백이 드러나 있다. 고요가 지배하는 이 절대 공간은 현실 세계 속에 있으면서도 현실 세계에서 '兀然히',[134] 즉 홀로 우뚝하게 떨어져 있는 '다른 세계'이다. 이는 가톨릭 신앙시에서 자주 보이던 '다른 세계'와는 다른 것이다. 다시 말해 '현실의 환경과 생활'을 벗어난 곳에 재창조되어 절대적 시간에 따르고 있는 공간이다. 시간적으로 겨울이고 밤이며 보름이라는 지표가 나타나지만 이는 현실의 시간과는 차이가 나는 '長壽山'만의 시간이다. 그러므로 현실 세계의 시간관념이 없다는 의미에서, 그리고

---

133) 신범순, 「정지용 시에서 병적인 헤매임과 그 극복의 문제」, 앞의 책, p.77.

134) 이 시가 발표된 《문장》지에는 '兀然히'가 '兀然히'로 되어 있다. 문맥적 의미로도 '兀然히'가 맞는 표기일 것이다.(이숭원 주해, 앞의 책, 같은 면 참고.)

'겨울 한밤내-'가 지시하듯 끝없이 지속되는 시간이라는 의미에서 이 공간은 무시간성을 드러내고 있다. 화자는 이러한 무시간성의 공간을 재창조하기 위해 시간의 無化를 지속적으로 추구한다. 현실 세계의 고통과 번잡함을 의미하는 '슬픔도 꿈도 없'애며 산 속의 추운 겨울을 '견듸'고자 하는 의지는 곧 현실 시간을 벗어나 산 속의 현재를 지속시키고자 하는 의지라고 할 수 있다. 위 시의 시작과 끝은 이어져 온 과거에 닿아 있고 다가올 미래에 걸쳐 있다. 과거의 흔적인 '시름'이 이어져 있고 '견듸'고자 하는 미래가 앞으로 있는 것이다. 그리고 그 과거와 미래를 포괄하는 '현재'가 지속되고 있는 것이다.[135] 정지용의 여행 기억 속에서 재창조된 이 '순수 현재'는 무시간의 시제가 되고 현실 세계의 연대기적 질서로부터 벗어난 '영원한 현재'를 구축한다.[136] 이 무시간성의 세계는 '바람도 일지 않는 고요'의 無垢함을 지니고 있다. 이렇듯 물리적 시간, 혹은 동질성의 시간[137]을 無化하려는 시간의식은 공자가 '思無邪'라고 일컬었던 『詩經』의 동양 사상의 정신, 또는 虛靜無爲의 세계를 이루고 있다.

---

135) "현재에는 과거 · 미래와 상대적으로 구별되는 '지금', 즉 이미 없는 과거와 아직 없는 미래를 연결하는 점적 순간이 있는가 하면, 그런 지금과 구별되어 과거적인 것 및 미래적인 것까지 포함한 모든 존재자가 현전하는 지평적 현재가 있다."(소광희, 앞의 책, p.688.) 여기서 말하는 '현재'는 후자를 의미한다.

136) Susanne K. Langer, 앞의 책, pp.242~245.

137) 김진성, 앞의 책, p.124.

풀도 떨지 않는 돌산이오 / 돌도 한덩이로 / 열두골을 고비고비 돌
았세라 / 찬 하눌이 골마다 / 따로 씨우었고 / 어름이 굳이 얼어 /
드딤돌이 믿음즉 하이 / 꿩이 긔고 곰이 밟은 자옥에 / 나의 발도
노히노니 / 물소리 / 귀또리처럼 喞喞하놋다 / 피락 마락하는 해人
살에 / 눈우에 눈이 가리어 앉다 흰시울 알에 흰시울이 / 눌리워
숨쉬는다 / 온산중 나려앉는 휙진 시울들이 / 다치지 안히! / 나도
내더져 앉다 / 일즉이 진달레 꽃그림자에 붉었던 / 絶壁 보이한 자
리 우에!

-〈長壽山 2〉 전문

전반적으로 흰색의 시각적 감각으로 재현된 돌산의 풍경은 '믿
음즉'하다. 돌과 눈으로 뒤덮인 산이 믿음직한 이유는 이 풍경이
내면에서 발견된 것이기 때문이다. 내면 풍경으로 바라보이는 정
지용의 세계는 '내더져 앉'아 합일하고 싶은 절대적 공간이자 동일
성을 이루고 싶은 시간인 것이다. 짐승들이 밟은 발자국에 자신의
발도 놓고 절벽 위에 자신을 앉히고자 하는 행위는 "산의 일부로
서 산과 일체화하는 경지에 도달"[138]한 것이라고 볼 수 있다. 이
러한 합일 의지는 시간의 無化를 추구하는 시간의식을 통해 이루
어진다. 눈 위에 눈이 가리워 있고 "흰 곡선의 층 아래에 또 다른
흰 곡선층이 눌리워"[139] 있는 가운데 여전히 숨을 쉬고 다치지 않

---

138) 김종태, 앞의 논문, p.205.

139) 이숭원 주해, 앞의 책, p.193에 있는, '흰시울 알에 흰시울이 눌리워'
부분에 대한 해석임.

는 풍경은 시간의 無化 의지에 의해 형상화된 무시간성을 명백하게 보여주고 있는 부분이다. 여기에는 시간의 적층을 통한 시간의 無化 현상을, 그러한 무시간의 산을 구성하는 일부 요소로 드러내고자 하는 제유적 인식이 작용하고 있는 것이다. 눈 위에 눈이 계속해서 쌓이고 있는 이 풍경은 현재 시간의 지속적인 퇴적을 바라는 정지용의 내면이 발견한 장면이다. 아래층을 덮으며 '온산중 내려앉는' 눈의 활동으로 끊임없이 그 현재가 영원히 흘러가는 중인 것이다. 이러한 시간의 無化 작용에 의해 현전하는 '또 다른 현실 세계'는 자아가 직관으로 파악한 지속의 시간을 가진다. 그리하여 현실 시간의 관념과는 무관한 '長壽山'이라는 공간만의 무시간성이 이루어진 것이다. 화자는 그 시간 속에서 '숨쉬'고 '다치지' 않고 합일을 이루어 평온히 살고자 한다. 이렇게 현실 세계의 계기적 시간 질서를 벗어난 또 다른 현실 세계를 재창조·재구성해야 일원론적인 합일이 가능한 것이다. 자아가 추구하는 바와 그 추구된 세계가 일치할 때 비로소 동일성을 획득하게 되는 것이지 추구된 세계가 여전히 현실 세계의 질서를 따른다면 자아와 세계는 영원히 합치되지 못하는 것이다.

老主人의 腸壁에
無時로 忍冬 삼긴물이 나린다.

자작나무 덩그럭 불이
돌 피여 붉고,

구석에 그늘 지여
무가 순돋아 파릇 하고,

흙냄새 훈훈히 김도 사리다가
바깥 風雪소리에 잠착 하다.

山中에 冊曆도 없이
三冬이 하이얗다.

-〈忍冬茶〉 전문

위 시는 정지용 시의 무시간성을 논할 때 가장 많이 다루어지는
시이다. 그것은 '無時', '冊曆도 없이' 등의 무시간성을 드러내는 시
어가 명확하게 제시되어 있고 '三冬'의 산중이라는 세상과 단절된
시·공간의 상황을 다루고 있기 때문이기도 할 것이다. 위 시의 무
시간성에 대한 논의는 대체로 현실 초월성의 시간으로 요약된다.
"인간을 지배하고 있는 역사적이고 객관적인 시간성에서 벗어나, 개
인적인 悲哀나 슬픔을 넘어선 결백의 세계를 형상화 하고 있다."140)
든지 "직선적인 시간의 흐름을 거역하는 무시간성을 추구하면서 탈
속의 경지에 이르게 된"141) 것이라는 분석은 시간의 無化 의지를
통해 현실을 초월하여 무시간성의 세계를 이루고자 한 시간의식을
말하고 있는 것이다. 이는 다음의 견해에서도 확인된다.

---

140) 정끝별, 앞의 논문, p.26.
141) 김종태, 앞의 논문, p.198.

〈册曆〉이 없다는 것은 지속적인 시간을 초월한 〈無時〉의 상태로 山의 부동성에 의하여 일체의 갈등적인 시간의 속성은 해소된다. 계절도 정지된 채로 바람도 일지 않는 靜物畵로 표상되고 있다. 이렇게 〈山〉에 이르러 時間이 부정되는 것은 그 不動性 때문인지도 모른다. 鄭芝溶이 〈바다〉에서 〈山〉으로 옮겨간 動機가 바로 여기에 있는 것이다. 이렇듯 자기소멸과 시간에서 해방되어 한 자연사물로 형상되는 무아의 경지, 이것이 그 사고를 보다 내면으로 깊게 하고 있다.142)

1연의 '無時로'는 사실 '정한 때가 없이 수시로'라는 의미이므로 '시간이 없다'라는 의미의 '無時'와는 의미가 다른 부사이다. 그렇긴 하더라도 시도 때도 없는 반복적 행위는 결국 시간의 지속성을 의미하는 것이고 또한 현실의 시간관념을 제시해주는 '册曆'도 없기 때문이 '山中'의 시간은 지각되지 않는 것이다. 여기서 무시간성이 현실 세계의 시간성에서 벗어난 순수 현재로서의 시간 개념인 점을 상기할 필요가 있다.143) 즉 무시간성이란 아예 시간이 존재하지 않는다는 의미가 아닌 것이다. 시를 보면 늙어가는 '老主人'이 있고 찻물이 내려가는 운동의 흐름이 있고 '불이 도로 피'는 반복의 시간이 있다. 또한 '무가 순돋아' 있다는 것은 지금도 그것이 자라고 있다는 것이며 '김도 사리다가' 조용히 가라앉는 과거·현재·미래의 질서가 움직임으로 나타나 있는 것이다. '三冬' 역시 시간 개념이 포함된 시어로써 '겨울 석달'이라는 계절관념이 개입

---

142) 김학동, 앞의 책, p.69.
143) 본고 Ⅱ장 1절 참고.

되어 있다. 그러나 이 대상들이 시간을 지시하고 있지는 않다. 이들의 움직임은 시간성이 제거된 채 지각되고 있는 것이다. 이러한 시간은 현실 세계의 시간 질서로부터 벗어난 "歷史的 時間의 단절"144) 상태인 '또 다른 세계'의 시간이기 때문에 결국 주관적인 시간이 흐르는 무시간성을 갖는다고 보아야 한다. 그리고 그것은 과거와 미래를 현재에 포괄하는 지속적 현재인 것이다.

시간의 無化를 추구하며 현실 시간을 극복하려 한 정지용의 현실 세계인식은 보이지 않는 '老主人의 腸壁'까지 지각한다. 이 '山中'의 풍경을 투시하는 정지용의 시간의식이 무시간성을 발견한 것이라고 본다면 '三冬'의 시간은 정지용의 기억에 각인되어 '영원한 현재'로서 지속하고 있는 것이다. 이때 '山中'의 시간은 정지용이 추구하는 자아의식과 내적 동일성을 이룬다. 그렇기 때문에 '老主人'은 깨닫지도 못하고 있을 '冊曆'이 없다는 풍경과 찻물을 '無時로' 마시는 행위가 시간의 無化 의지에 의해 유독 발견된 것이다.

시간의 無化를 추구하는 의지에 의해 시의 시제는 현재 시제로 표현되고 있다. 그리고 시간의식 역시 지속적으로 진행 중인 현재화를 추구한다.

엇깨가 둥글고
머리ㅅ단이 칠칠히,
山에서 자라거니

---

144) 이숭원, 「「白鹿潭」에 담긴 芝溶의 美學」, 『어문연구』 제12집, 어문연구학회, 1983. 12., p.325.

이마가 알빛 같이 희다.

검은 버선에 흰 볼을 받아 신고
山과일 처럼 얼어 붉은 손.
길 눈을 헤쳐
돌 틈에 트인 물을 따내다.

한줄기 푸른 연긔 올라
집웅도 해ㅅ살에 붉어 다사롭고,
처녀는 눈 속에서 다시
碧梧桐 중허리 파릇한 냄새가 난다.
수집어 돌아 앉고, 철아닌 나그내 되어,
서려오르는 김에 낯을 비추우며
돌 틈에 이상하기 하눌 같은 샘물을 기웃거리다.

-〈붉은 손〉 전문

위 시에서 우선 확인되는 것은 각 연의 종결 어미가 모두 현재
형으로 되어 있다는 것이다. 더 자세히 살펴보면 1연의 '희다'는
형용사이므로 기본형이 그대로 현재형으로 쓰인 것이지만 2연에서
는 현재 진행을 나타내는 '따낸다'가 아닌 '따내다'라는 기본형을
쓰고 있어 시제를 지시하는 標識가 없다. 이는 4연의 '기웃거리다'
도 마찬가지이다. 이러한 무시간성의 동사 활용은 그 행위의 지속
성과 반복성을 드러낸다. 즉 '돌 틈에 트인 물을 따내다'라는 표현

은 행위의 주체인 '처녀'가 과거에도 그 일을 해왔고 미래에도 그 일을 계속 할 것이라는 지속성을 보여준다. 또한 '돌 틈에 이상하기 하눌 같은 샘물을 기웃거리다'에서는 화자의 반복적 행위를 볼 수가 있다. 특히 이러한 지속성과 반복성은 '돌 틈'에 있는 '샘물'과 관련해서 일어나고 있다는 점에 주목해야 한다. 위 시에서 화자에게 '샘물'은 '눈 속에서', '파릇한 냄새'가 나는 '처녀'와 함께 '이상하기'만한 것으로 비친다. 말하자면 이 '샘물'은 한겨울에도 '김'이 '서려오르는' 생명수를 의미한다고 보인다. 그렇기 때문에 '얼어 붉은 손'을 가진 처녀도 파릇하게 되살아나는 것이다. 3연의 '다시'라는 반복성의 부사가 보여주듯 샘물은 그것을 마실 때마다 '다시' 생명, 혹은 생기를 불어다 준다. 그것은 언제나 반복되는 영원한 무시간성의 세계에서 벌어지는 일이다. 위 시에서는 자연을 '샘물'을 통해서 제시하고 있으며 그것이 생명력이 있는 자연으로 의미가 확장되고 있는데, 시간을 無化하려는 의식은 이렇게 환상적인 풍경을 발견하는 제유적 인식을 통해 이루어지고 있다.

무시간성에 대한 욕망이 갖는 시적 의미는 그것이 과거와 미래를 포함한 영원한 현재의 지속이라는 점에서 '죽음'에 대한 존재론적 인식으로 이어질 수밖에 없다는 데 있다. 결국 정지용은 후기 시 시기에 죽음에 대한 나름의 시각을 제시하기에 이른다. 이는 현실 세계의 유한성을 초월하여 또 다른 시간적 질서에 존재하는 세계를 추구하는 과정에서 이루어진 것이기 때문에 보다 더 철학적인 시의 예술성을 보여준다.

모오닝코오트에 禮裝을 가추고 / 大萬物相에 들어간 한 壯年紳士
가 있었다 / 舊萬物 우에서 알로 나려뛰었다 / 웃저고리는 나려 가
다가 중간 솔가지에 걸리여 벗겨진채 / 와이샤쓰 바람에 넥타이가
다칠세라 납족이 업드렸다 / 한겨울 내 – 흰손바닥 같은 눈이 나려
와 덮어 주곤 주곤 하였다 / 壯年이 생각하기를 / 「숨도아이에 쉬
지 않어야 춥지 않으리라」고 / 주검다운 儀式을 가추어 三冬내 – 俯
伏하였다 / 눈도 희기가 겹겹이 禮裝같이 / 봄이 짙어서 사라지다.

- 〈禮裝〉 전문

위 시의 무시간성은 '한겨울 내 – 흰손바닥 같은 눈이 나려와 덮어
주곤 주곤 하였다'에 나타나 있다. '壯年紳士'를 덮어 주곤 하는 눈
의 순결성과 반복성은 죽음의 상태를 지속시킨다. 죽음 후에도 시간
은 지각되고 흐르고 있다. 그러나 그것은 멈춰버린 시간이 흐르고
있는 것이다. 그렇기 때문에 "壯年紳士의 죽음은 시간의 유한성으로
인식되는 죽임이 아닌 것이다. 죽음 뒤에 다른 세계가, 그리고 다른
시간이 존재한다는 永遠을 향한 지속의지를 나타내고 있다."145) 이
때 다른 시간이란 가톨릭 신앙시에서 추구했던 세계가 아니라 죽음
의 상태로 멈춰버린 영원한 현재가 지속되는 세계를 의미한다. 이
현재 역시 과거와 미래를 포괄하는 지평으로서의 현재이다. 위 시에
대한 한 논의에는 "지용이 자살 충동에 강하게 사로잡혀 있었던 것
이 아닌가 생각하게 된다."146)고 밝혀져 있다. 그러나 현재의 삶을

---

145) 정끝별, 앞의 논문, p.27.

죽음으로 마감하겠다는 충동이 죽음 이후의 무시간적 상태를 '三冬내 - 俯伏'하며 견디고자 하지는 않았을 것이다. 오히려 더 희망적이고 행복한 죽음 이후로의 탈출구를 상상했을 것이다. 그렇다면 위 시의 창작 동기를 좀 더 고찰해볼 필요가 있다.

정지용은 시간의 無化를 추구하는 과정에서 죽음의 상태가 무시간의 시간성을 지닐 수 있다는 것을 인식한 것이다. 후기시에서 추구한 다른 시간성으로 재창조된 세계의 무시간성은 죽음 이후의 본질적 시간성이라고 추측할 수 있는, 과거·현재·미래의 不在 상태, 그리고 그것의 영원한 지속성과 동일한 성질을 지니는 것이다. 즉 무시간성의 시간과 죽음 이후의 시간은 같은 것이다. 그런데 존재는 언제나 다가올 미래의 결정적 '현재'인 죽음을 가능성으로 인식하고 있으며 그 가능성으로 인해 실존하는 것이다. "현존재는 다만 '죽음에 이르는 존재(Sein zum Tode)'로서 죽음을 향해 '선구'(Vorlaufen, 자기를 앞지름)할 뿐이다.……(중략)……즉 죽음은 현존재로 하여금 본래적 가능적 존재로 실존하도록 한다."[147] 다가올 '將來'[148]의 "죽음을 향한 존재는 본질적으로 불안이다."[149] 따라서 현존재는 죽음을 회피하고 은폐하고 유보시키고자 하지만 이

---

146) 최동호, 앞의 논문, p.105.

147) 소광희, 앞의 책, pp.573~574.

148) "장래란 문자 그대로 '장차 [자기에게] 다가옴'이다. 그것은 시간 양상의 하나인 미래가 아니다. 가령 우리가 "그에게 장래가 없다"고 할 때 그 장래는 그에게 도래할(또는 그가 거기에 다가갈) 장차의 그의 실존이지 시간상의 그의 미래가 아니다."(위의 책, p.583.)

149) M. Heidegger, 이기상 역, 『존재와 시간』, 까치, 1998, p.355.

는 더욱더 죽음의 가능성을 확인하는 과정인 것이다. 죽음을 향한
존재에 대한 성격규정을 하이데거는 다음과 같이 설명한다.

> 미리 달려가 봄[150]은 현존재에게 '그들'-자신에 상실되어 있음을
> 드러내 보이며 현존재를, 배려하는 심려에 일차적으로 의존하지 않
> 은 채,[151] 그 자신이 될 수 있는 가능성 앞으로 데려온다. 이때의
> 자기 자신이란, '그들'의 환상[152]에서부터 해방된 정열적이고 현사실
> 적인, 자기 자신을 확신하고 불안해하는 **죽음을 향한 자유** 속에 있
> 는 자신이다.[153]

죽음을 가능성으로 인정하고 죽음으로 향할 수 있는 자유를 가
졌다는 것은 죽음을 존재의 일부로 인식하고 또한 죽음을 통해 자

---

150) '미리 달려가 봄'에 대해 하이데거는 다음과 같이 정의한다. "죽음
   을 향한 존재로서의 가능성을 향한 존재는, 죽음이 이 존재 안에서
   그리고 이 존재에 대해서 **가능성으로서** 드러나도록 그렇게 죽음에
   대해서 관계해야 한다. 그러한 가능성을 향한 존재를 우리는 용어
   상 **가능성으로 미리 달려가 봄**이라고 파악한다."(위의 책, p.350.(강
   조는 원문의 표기임.)) 다시 말해 '미리 달려가 봄'이란 죽음으로
   실존한다는 가능성을 확인하는 과정이며 죽음을 통한, 그리고 죽음
   을 포함한 전체적 존재 가능을 확인하는 과정이다.

151) '배려하는 심려'에 의존하지 않는다는 것은 죽음을 회피하려는 사람
   들의 위로와 안정감을 주려는 행위에 기대지 않는다는 의미이다.
   (위의 책, p.340 참고.)

152) '그들의 환상'은 종말(죽음)을 회피하고 은폐하여 그것이 자신의 것
   이 아니라 타자의 것이라고 여기는 착각을 의미한다.

153) M. Heidegger, 앞의 책, p.355.(강조는 원문의 표기이며 인용문에
   있는 각주는 인용자의 표시임.)

신의 존재 가능성을 파악한다는 의미이다. 정지용이 죽음 이후의 세계를 무시간성의 시간의식으로 파악하고자 한 부분에서 우리는 죽음을 인식하는 정지용의 의식구조를 알 수 있다. 즉 죽음을 존재의 운명적인 조건, 혹은 본질로 인식했다는 것이며 동시에 그러한 죽음의 세계로 다가가는 존재로서의 자신을 인식했다는 것이다. 이러한 '죽음을 향한 자유'는 언제가 올 죽음을 '전체적 존재'로 인정하는 것이고 무시간성의 세계로 갈 수 있다는 가능성을 확보하게 해 준다. 죽음을 통한 존재 인식은 결국 죽음 이후의 세계가 현실 시간의 끝에 무시간적으로 존재한다는 인식을 이끌기 때문이다. 그러므로 죽음을 인정하고 죽음을 받아들이는 '정열적'인 행위, 즉 존재 사실을 인정하고 존재를 다가 올 죽음으로 이끄는 행위는 곧 시간을 無化하려는 의지를 유발시키는 동기가 된다. 이 의지를 통해 정지용은 무시간성의 세계를 존재의 끝에 있는 현사실적인 것으로 재창조해내는 것이다. 위의 시에서 정지용이 죽음을 다루게 된 계기가 억압적 환경과 현실을 탈출하고자 하는 정신적 갈등에서 비롯되었다고 볼 때 그 '죽음'의 의미는 현실 세계의 유한적 시간 질서를 벗어나 있는 '다른 세계의 시간'일 것이다. 그러므로 위 시가 주저함의 기색도 없이 죽는 명료한 행위를 보인다고 해서 결코 "갈등의 무화를 위한 초월적 자세가 강조될 뿐 사회적 현실에서 비롯하는 고뇌는 드러나지 않는다."[154]라고 말할 수 없는 것이다. 일견 사실적인 묘사를 통해 한 죽음을 제시하고 있는 듯 보

---

154) 김종태, 앞의 논문, p.215.

이지만 '넥타이가 다칠세라'든지 '눈이 나려와 덮어 주곤 주곤 하였다'든지 '壯年이 생각'한다든지 '눈도 희기가 겹겹이 禮裝같다는 등의 표현은 화자의 주관적 심리가 반영된 것이고 그만큼 위 시의 죽음은 '영원한 현재가 지속되는 세계'로 들어가려는 죽음에의 의지가 스며 있는 것이다. 또한 '숨도 아예 쉬지 않'고 겨울-즉 현실 세계-을 춥지 않게 견디려는 의지는 숨을 쉬며 살아야 하는 현실 세계의 고통으로부터 얼마나 벗어나고 싶은가를 절실하게 보여주고 있다. 이러한 행위는 일종의 '儀式'으로 행해져 죽음의 세계로의 入門이 엄숙하고 신성한 것임을 드러내고 있다. '禮裝'을 갖춘 '儀式'은 곧 통과제의로서의 과정을 보여주는 것이다. 이러한 죽음 이후를 향한 존재의 투신은 '봄이 짙어'지면서 이 모든 행위를 덮어주던 겨울이라는 시간과 함께 영원한 지속의 시간으로 사라져 가게 된다. 왜냐하면 죽음은 결코 현재 시간으로 돌아올 수 없는 무시간의 세계에 있기 때문이다. 이렇게 볼 때 위 시의 투신 자살은 결국 시간의 無化 의지의 표출이라고 할 수 있다.

무시간성을 추구하는 시간의 無化 의지는 결국 정지용의 주관적 시간의식이 역사적·현실적 인식과 연결되어 있음을 보여 주는 것이다. 그렇게 때문에 정지용의 시간의식은 당대에 있어서 객관적인 세계인식의 양상이라고 할 수 있다. 다음에 인용하는 시는 자아와 시간의 동일성을 추구하는 가운데 이루어진 주관적 시간의식이 어떻게 객관화를 이루는지를 보여준다. 그것은 시적 자아가 무시간적 세계를 인정하는 과정에서 이루어지는 것이다.

窓을 열고 눕다
窓을 열어야 하눌이 들어오기에.

벗었던 眼鏡을 다시 쓰다.
日蝕이 개이고난 날 밤 별이 더욱 푸르다.

별을 잔치하는 밤
흰옷과 흰자리로 단속하다.
세상에 안해와 사랑이란
별에서 치면 지저분한 보금자리.
돌아 누어 별에서 별까지
海圖 없이 航海하다.

별도 포기 포기 솟았기에
그중 하나는 더 획지고

하나는 갓 낳은 양
여릿 여릿 빛나고

하나는 發熱하야
붉고 떨고

바람엔 별도 쓸리다
회회 돌아 살어나는 燭불!

114

찬물에 씻기어
砂金을 흘리는 銀河!

마스트 알로 섬들이 항시 달려 왔었고
별들은 우리 눈썹기슭에 아스름 港口가 그립다.

大熊星座가
기웃이 도는데!

淸麗한 하늘의 悲劇에
우리는 숨소리까지 삼가다.

理由는 저세상에 있을지도 몰라
우리는 제마다 눈감기는 싫은 밤이 있다.

잠개지 노래 없이도
잠이 들다.

-〈별 2〉 전문

　후기시 말기에 씌어진 위 시는 정지용의 추구한 시간의 無化 의
지를 잘 드러내주고 있다. 화자는 별이 떠 있는 우주를 지향한다.
'窓을 열고' 하늘을 바라보고 있는 화자는 지상의 세속적 삶을 표
현한 '안해와 사랑'이 별의 우주적 입장에서 보면 '지저분'하다고
생각한다. 화자는 '별에서 별까지/海圖 없이 航海'해 간다. 이상향

지향성은 초기시에서 바다를 지향하던 시각이 그 바다에서 그렸던 '앨쓴 海圖에/손을 싯고 떼'(《바다 9》)낸 이후 보다 더 넓고 높은 세계로 나아가고자 하는 모습을 보여 준다. 별들의 '銀河'는 현실 세계의 화자에게는 너무 멀리 떨어져 있는 아름다운 풍경이므로 '淸麗한 하늘의 悲劇'으로까지 여겨진다. 그 경외로운 하늘의 풍경에 '숨소리까지 삼가'며 화자는 세상의 모든 '理由', 즉 존재와 삶의 범우주적 이치가 별들이 떠 있는 '저세상'에 있을 거라고 깨닫는다. 그러므로 화자는 눈을 감기 싫다. 눈을 감고 밤하늘을 보지 않는다는 것은 '저세상'을 떠나 다시 현실로 돌아오게 된다는 의미이다. 화자는 현실 세계로 다시 돌아오고 싶지 않다. 현실 세계의 피곤함과 고단함으로 화자는 결국 자장가 없이도 잠이 든다. 그러나 '눈 감기 싫은 밤'에 자장가 없이도 잠이 든 이유가 육신의 피곤 때문만은 아니다. 현실적으로 가닿기 어려운 우주로 갈 수 있는 방법은 '잠'을 통한 꿈일 수도 있는 것이다. 또한 '잠'은 평온과 안정을 주는 무의식의 세계로 들어가는 행위이므로 '저세상'의 세계에 경도된 화자로서는 잠드는 것이 곧 우주로 향하는 방식이 되는 것이다.

'잠'이란 사실 무시간성이 지배하는 순간이다. 또한 우주의 '저세상' 역시 현실의 시간과는 다른 영원한 현재로서 존재하는 무시간성의 세계에 속한다. 화자가 지향하는 우주는 누구에게나 현재 시간을 벗어나 영원할 것 같은 이치로 존재하는 세계이다. 그 세계를 발견하고 지향한다는 것은 그 세계와 이미 조우한 것이라고 볼 수 있다. 현실적으로 다가갈 수 없는 우주의 시간은 시적 자아와 내적 동일성을 이루는 가운데서 가능해진다. 다시 말해 '숨소리까지 삼가며 영원한 무시간성으로 존재하는 세계를 자신의 내면으로 받아들이고자 하는 의지는 현실 시간과 대비적으로 존재하는 '저세상'을 현전한다고 인정하는 것이다. 하이데거의 견해를 빌리자면 세계 - 내 - 존재인 '세계 내부적 존재자'인 화자가 영원한 무시간적 세계로의 초월을 꿈꾼다는 것은 그 세계가 존재 내로 들어오는 것이라고 볼 수 있다. 이는 현실 시간에 대한 직관을 통해 과거와 미래까지 포괄하고 영원한 무시간성의 세계를 인정할 때 가능한 일이다.

세계는 벌써 흡사 객체가 밖에 있을 수 있는 것보다 "훨씬 더 밖에" 있다. "초월의 문제"는 어떻게 한 주체가 [자신의] 밖으로 나가 한 객체에 이르는가 - 이때에 객체의 총체성이 세계의 이념과 동일시된다 - 하는 물음이 될 수는 없다. 물어야 할 것은 이것이다. 존재자가 세계 내부적으로 만나게 되고 만나게 되는 것으로서 객관화될 수 있는 것을 존재론적으로 가능하게 하고 있는 것은 무엇인가? 탈자적 - 지평적으로 기초 지어진 세계의 초월로 소급해감으로써 우리는 대답을 얻을 수 있을 것이다.

"주체"가 존재론적으로 실존하고 있는 현존재로서 개념 파악되고, 이 현존재의 존재가 시간성에 근거하고 있다면, 세계는 "주관적[주체적]"이다라고 말하지 않을 수 없다. 그러나 이러한 "주관적" 세계는 이 경우 시간적 - 초월적 세계로서 어떤 가능한 "객체"보다도 더 "객관적[객체적]"이다.[155]

155) M. Heidegger, 앞의 책, p.481.

그러므로 정지용의 주관적 시간의식인 무시간성의 세계는 '다른 세상', 또는 '저세상'에 속하긴 하지만 그러한 시간을 지향하고 받아들이며 그 세계에서 삶을 지속하고자 하는 의지는 이미 무시간성의 세계를 '객관적'인 세계로 이해하는 것이다.

정지용이 후기시에서 추구한 시간의 無化와 무시간성의 세계에 대한 지향은 결국 현실 세계의 존재에 대한 확인을 수반하며 이루어지고 있다. 이는 자연 속에 은일하고자 하는 은일정신156)을 드러낸 것으로도 볼 수 있다. 그러나 더 중요한 것은 은일하고자 하는 자연과의 합치를 이루기 위한 과정이다. "적어도 이런 無我境에 이르기 위해서는 먼저 자기 소멸이 필요하다. 자연과 인간과의 동화, 이것은 바로 〈虛靜無爲〉의 세계를 일컬음이다. 無時間의 차원에서 가지는 마음의 平和와 達觀은 개인적 구원이라 할 있다."157) 개인적 구원을 위한 자기 소멸 의지는 곧 후기시에서 시간의 無化 의지로 이루어지고 있다. 이는 현실 시간을 부정하고 초월하려는 의지를 바탕으로 하며 무시간성의 세계를 발견하고자 하는 의지로 이어진다.

정지용이 지향한 무시간성의 세계는 현실 세계에 대한 이면적 관계로 존재하는 것이다. 현실 세계를 벗어나 재창조된 세계는 현실적으로는 한계를 지닌 세계이다. 후기시에서 지향한 세계는 일제 말기의 탄압이 기승을 부리던 1941년 〈異土〉를 발표하면서 더

---

156) 최동호, 앞의 논문 참고.

157) 김학동, 앞의 책, p.71.

이상 보이지 않는다. 정지용이 추구한 세계가 현실에서 점점 멀어
져 갔기 때문이라고 보이는데, 이는 다음 장에서 다루겠지만 시간
의 無化를 이루기 위한 제유적 인식의 한계에 원인이 있다고 본다.

Ⅳ. 시간에 대한 수사학적 인식

1. 시간의식과 수사학적 인식의 관계

정지용의 시간의식이 초기시에서 후기시에 이르기까지 서로 다른 양상을 보이는 것은 현실 세계에 대한 인식과 지향하는 바가 변화하고 있는 데에 기인한다. 그런데 지향하는 세계가 변화하고 그 변화된 세계를 시로 형상화하기 위해서는 현실 세계를 대하는 또 다른 접근 방식이 요구된다. 이때 감각적 재현이나 은유, 상징, 제유 등의 장치는 구체적으로 시간의식을 드러내는 데 중요한 기능을 수행한다. 그러나 더욱 근본적인 접근 방식은 현실 세계에 대한, 그리고 현실 세계의 시간에 대한 치열한 인식을 통해 이루어진다. 이러한 인식은 시에서 세계를 파악하고 재현해 내는 과정으로 이어진다. 본고는 정지용의 시에 나타난 시간의식을 상징을 포함한 은유적 인식과 제유적 인식의 관점에서 논의하고자 한다.

은유적 인식의 개념은 다음과 같다. 즉 그것은 시적 대상이나 더 나아가 세계를 은유로 지각하고 파악하고자 하는 인식의 한 방식이다. 그런데 비유 방법으로서의 은유와 인식 방식으로서의 은유적 인식은 같은 개념으로 이해되어선 안 된다. 비유 방법으로서의 은유는 아리스토텔레스의 설명을 참고 할 수 있다. "은유란 유(類)에서 종(種)으로, 혹은 종(種)에서 유(類)로, 혹은 종(種)에서 종(種)으로, 혹은 유추(類推)에 의하여 어떤 사물에다 다른 사물에 속하는 이름을 전용(轉用)하는 것이다."[158] 그러므로 은유는 드러내고자 하는 대상을 유사성에 의해 관계되는 다른 대상으로 전용, 혹은 변환시켜 나타내는 방식이다. 한편 유사성이란 완전한 동일성을 의미하는 것이 아니므로 유사성과 동일한 차원의 차이성 역시 은유의 형성 요소로 작용한다. I. A. 리차즈에 의하면 은유는 "사물들의 유사성만큼이나 비유사성에 바탕을 두며, 은유의 의미란 특정 문맥의 상호작용의 결과이기에 은유는 문자 그대로의 풀이글(literal paraphrase)로 환원할 수 없다"[159] 더욱이 "두 사물 간의 은유적 유사성이 그 둘 간의 차이성과 중첩되고 대비되는 한에서만 은유는 그 생생함을 유지할 수 있다."[160] 결국 원관념과 보조관념을 이어주는 유사성과 차이성의 작용으로 인해 그 은유는 어떤 개념 체계를 형성한다. 여기서 말하는 개념(concepts)은 곧 사고 작용의 기본 틀로서 "우리는 일상적 개념 체계에 따라 생각하고 행동하는데 그 개념 체계는 본질적으로 은유적 성격을 지닌다."[161] 이로 인해 은유는 단순한 비유 방법의 차원을 넘어서 세계를 인식하고 드러내는 하나의 사고 작용으로 받아들여지는 것이

158) Aristoteles, 천병희 역, 『詩學』, 문예출판사, 1976, p.116.

159) Mark Jonhnson, "Metaphor in the Philosophical Tradition", *Philosophical Perspectives on Metaphor*, Univ. of Minnesota Press, 1981, pp.17~19.(권오만, 앞의 논문, p.119에서 재인용.)

160) 김상환, 『해체론 시대의 철학』, 문학과 지성사, 1996, pp.246~247.

161) G. Lakoff & M. Johnson, *Metaphors We Live By*, Univ. of Chicago Press, 1980, p.3.

다. "은유는 언어만의 문제가 아니며 개별적인 낱말들의 층위에서의 수사적 표현도 아니다.……(중략)……언어의 은유는 사유가 은유적이어서 유래한 것이다."[162] 이러한 견해에 의하면 우리의 사유 방식은 은유를 통해 이루어진다. 마찬가지로 은유적으로 세계를 인식할 수 있는 것이다. 은유는 단순한 언어 문제라기보다는 오히려 인간의 모든 사고와 행동에 끼치는 근본적인 인지 방식이다.[163] 이렇게 볼 은유는 단순한 비유의 차원이 아닌 수사학적 인식의 한 방식으로 이해될 수 있다. 은유적 인식이란 은유의 방식을 통해 세계를 인식하고 창조적으로 재현하고자 하는 태도이며 새로운 의미를 부여하고자 하는 의지가 개입된 인식 방식이다.

한편 시에서의 상징 작용은 은유적 인식의 확장적 양상으로 세계를 상징으로 드러내고자 하는 인식 방식이라고 할 수 있다. 그러므로 상징은 은유적 인식과 관련하여 논의될 수 있다. 다만 상징은 은유적 인식에 의한 세계의 은유화보다는 좀 더 압축적이고 관습적으로 세계를 드러내는 성격을 갖는다.

세계를 제유로 지각하고 파악하고자 하는 인식의 한 방식인 제유적 인식의 개념 역시 은유적 인식의 개념 형성 과정과 같은 맥락에서 규정될 수 있다. 다만 제유의 특징과 성격이 은유와는 분별되는 부분이 있기 때문에 이에 대한 자세한 설명이 필요하다.

---

162) Mark Jonhnson, 앞의 책, 같은 면 참고.

163) Mark Turner, *Death Is the Mother of Beauty: Mind, Metaphor, Criticism*, Univ. of Chicago Press, 1987, p.3.(김욱동, 앞의 책, p.108에서 재인용.)

제유가 은유의 한 갈래인 것으로 보거나[164] 은유를 이중의 제유로 보는 견해[165]를 참고하겠지만 본고에서는 인식론적 차원에서 제유적 인식이 은유적 인식과는 다른 방식의 인식 방식이라는 점에 초점을 맞추고자 한다.

비유 방식으로서의 제유란 한 사물이나 개념을 그것의 속성을 가지고 있거나 그것의 부분으로 속해 있는 사물이나 개념의 이름으로 지시하는 수사법[166]인데 정지용의 후기시는 이러한 전체와 부분의 관계를 통한 제유의 방식과 특징을 드러내고 있다. 제유는 총체성, 내재성, 통합성의 원리에 따라 유기적인 관계를 형성하므로 세계에 대한 재현 가능성에 대한 신뢰가 다른 비유보다 더욱 확고하다.

이러한 제유의 성격에 따라 제유적 인식은 좀 더 구체적으로 대상에 접근하는 근시적 관점을 보인다. 또한 제유적 인식은 대상의 일부를 구성하는 요소에 대한 신뢰를 전제로 하므로 재현 대상을 주체적으로 수용하고 긍정적으로 대한다. 특히 정지용 후기시의 특징이라 할 수 있는 제유적 인식은 대상을 재구성하고 재창조하는 과정이 부분을 전체로 통합해 나가고자 하는 원리에 의해 보다 더 용이하게 이루어지고 있는 만큼 자의적인 주관성에 대한 신뢰를 의심하지 않게 된다. 정지용 후기시에서 무시간성이 재현될 수 있었던 것은 이러한 제유적 인식의 주관성에 대한 신뢰가 작용했

---

164) 최승호, 「제유적 세계인식과 서정적 대응 방식」, p.243.

165) Tzvetan Todorov, 앞의 논문, pp.169~170.

166) 오세영, 『문학연구방법론』, p.280.

기 때문이다. 그러나 대상의 재현에 대한 전적인 신뢰는 자칫 맹목적인 의미 부여로 치닫는 결과를 가져 올 수도 있다.

세계를 수사학적으로 어떻게 인식하느냐에 따라 재현의 양상이 달라진다. 그러므로 시간에 대한 수사학적 인식의 방식에 따라 시간의식 역시 변화를 겪으며 재현되는 것이다. 정지용이 시간의식의 변화에 대한 뚜렷한 의식을 가지고 각 시기의 시간성을 추구했다고 보기보다는 수사학적 인식이 후기시로 갈수록 점차 변화하게 되는 과정을 거치면서 동시에 시간의식도 다양하게 드러날 수 있게 된 것으로 보아야 한다. 따라서 정지용 시의 시간의식 변모 과정에 수사학적 인식의 변화가 動因으로 작용한다고 본다. 시는 예술적 변화를 추구하면서 드러내는 세계의 양상도 달라지는데 정지용의 시에 있어서는 시간의식과 수사학적 인식이 서로 동시에 작용하면서 지향하는 세계가 변화해 나간 것으로 볼 수 있다.

정지용 시에 있어서 과거와 현재의 감각적 재현이나 '무시간성'의 세계 추구는 그의 수사학적 인식이 어떤 것이었는지를 보여준다. 즉 초기시와 중기시는 은유적 인식으로, 후기시는 제유적 인식으로 시간의식이 형상화된 것이다. 본고는 은유나 제유를 비유 방식만으로 보는 관점은 지양하고자 한다. 또한 은유나 제유가 시에 섞여 함께 나타나는 경우도 있을 것이다. 중요한 것은 어떠한 수사학적 인식이 세계를 드러내는 데 있어 지배적이고 전반적인 토대로 작용하는가일 것이다. 본고에서 중점에 두는 것은 인식론적 관점으로서의 수사학적 인식이다.

수사학은 "문체〉문채〉전의와 같은 위계질서"167)로 분류되는데 轉義168)에는 대표적으로 은유와 환유, 제유가 속한다. 현대시에 있어서 수사학은 은유와 환유로 크게 양분되어 다루어지고 있다.169) 이는 세계에 대한 인식의 틀로서 수사학을 대하기 때문인데 은유, 직유, 의인, 활유 등은 지시 대상에 대한 재현성에 중점을 두므로 은유적 방식으로 이해되는 것이다. 또한 환유는 인접성에 의한 관계의 양상이므로 전치에 의한 지시로 이해되며 비재현적 성격을 갖는다. 제유는 이러한 이분법적 분류 방식에 의해 흔히 제외되어 왔지만 문학을 논의하는 데 있어 중요한 지위를 차지한다. 특히 제유적 인식에 의해 형상화된 텍스트를 은유와 환유를 통한 종래

---

167) 박성창, 『수사학』, 문학과 지성사, 2000, pp.110~111.

168) 전의는 "은유와 같은 의미의 문채: 혹은 전의(轉意, trope)"(O. Reboul, 앞의 책, p.53.)로도 정의된다. 자세히 말하자면 "'trope'라는 단어는 회전하다라는 뜻을 가진 그리스어의 동사 'trepô'의 어원에 결부되어 있다. 그 명사형인 'tropê'는 회전하는 것 또는 의미를 바꾸는 것을 지칭하며 이는 의미의 '방향'에 있어서의 변화를 가리킨다."(박성창, 앞의 책, p.110.)

169) 은유와 환유에 대한 논의로 줄어든 수사학 논의는 비유의 종류를 줄인 것이 아니라 오히려 두 비유에 대한 개념 설정과 성질에 대한 논의를 확장시켜 수사학을 깊고 넓게 변화시켰다고 보아야 한다. 이에 대해선 다음을 참고할 것. Gerard Genette, 김경란 역, 「줄어드는 수사학」, 김현 편, 앞의 책, pp.117~143; 권오만, 앞의 논문, p.127의 주 21; 김욱동, 앞의 책, pp.161~185; 박성창, 「시 언어와 창조적 은유」, 『불어불문학연구』 제35집, 1997., p.54. 이 중 Gerard Genette는 현대 수사학의 대상이 은유와 환유로 축소된 현상을 비판적으로 다루었다.

의 이분법적 접근으로만 이해하고자 하는 태도는 분명 한계를 안
고 있는 것이다.[170]

한편 시의 시간의식은 과거의 기억이나 현재 시간의 양상 등을
시로 형상화하려는 의지이면서 동시에 시간성을 표출하고자 하는
의식이라고 할 수 있다. 이때 시는 모든 시간적 요소들, 즉 기억·
회상 행위·현재·영원한 현재·무시간성을 언어로 표출하려고 할
때에 그 시간 속에 포함된 모든 행위와 사건, 물체, 공간, 지각되
는 대상, 심리 상태 등의 존재 지평을 감각적으로 드러내고자 한
다. 시의 언어는 본질적으로 서사적 설명이 아니라 묘사적 제시이
기 때문이다. 그리고 "전의는 우리에게 대상이 좀 더 감각적인 것
이 되게 하며, 우리가 대상을 볼 수 있도록 돕는다."[171] 다시 말해
은유적 인식·제유적 인식 등의 수사학적 인식은 시간이라는 대상
을 우리가 지각할 수 있도록 감각적으로 변환하여 제시하는 것을
가능하게 해준다. 이때 시인이 드러내고자 하는 대상에 대한 재현
이 이루어지는 것이다. 하지만 이 재현은 사실적 재현이라기보다

---

170) 은유와 환유의 이분법적 구조는 최근 들어 제유에 대한 논의가 활
   발해지면서 반성적으로 받아들여지고 있다. 이에 대해서는 앞서 참
   고한 최승호, 구모룡 등의 논저 외에 다음을 참고할 수 있다. 최승
   호 편, 『서정시의 본질과 근대성 비판』, 다운샘, 1999; 구모룡, 「신
   화 해체 시대의 서정」, 『신생』, 1999. 가을(창간호); 이성희, 「노장
   시학을 위한 시론」, 『시와 사상』, 1999. 여름호 등.

171) Roman Jakobson, "Du réalisme artistique", *Questions de poétique*,
   Le Seuil, 1973.(Michel Collot, 정선아 역, 『현대시와 지평 구조』, 문
   학과 지성사, 2003, p.314에서 재인용.)

는 새롭게 재창조되고 재구성된 것으로 보아야 한다.

과거와 현재 그리고 미래에 대한 성찰을 통해 인식된 주관적 시간의식은 곧바로 현실 세계에 대한 개념적 구성의 행위인 수사학적 인식을 통해 시로 형상화되고 재현되는 것이다. 예를 들면 "과거는 흔히 풍경으로서 의식에 다시 뛰어든다."172) 동시에 과거에 대한 기억에 수반된 모든 존재 지평이 한꺼번에 재현되는 것이다. 현대시의 경우 기억의 양상이 "의식적으로 체험 Erlebnis되지 않았던 것, 즉 주체가 〈체험〉으로서 겪지 않았던 일"173)이라도 그것은 현재 시간의 주체에게서 수사학적 인식으로 구축된 시간성의 구성 요소를 이루는 것이다. 다시 말해 과거 시간의 구성 요소가 현재 시간에서 재구성되고 재창조된 허구의 과정을 거친 것이라도, 그렇기 때문에 더욱 과거는 수사학적 현재화의 과정을 거치게 되는 것이다.

정지용 시의 시간의식이 수사학적 인식과의 관련 속에서 표출되는 양상은 은유적 인식에 의한 경우 주로 은유의 방식이 나타나고 제유적 인식의 경우 주로 제유의 방식이 나타나는 것을 확인할 수 있다. 이러한 비유의 양상을 고려하면서 본고는 시간을 대하는 수사학적 인식이 어떠한 시간의식의 특징을 드러내는가에 초점을 맞추고자 한다.

---

172) Michel Collot, 위의 책, p.77.

173) Walter Benjamin, 반성완 편역, 「보들레르의 몇 가지 모티프에 관해서」, 『발터 벤야민의 문예이론』, 민음사, 1983, p.125.

2. 과거와 현재의 시간에 대한 초기시의 은유적 인식

본 장에서는 정지용의 초기시에 나타난 시간의식의 형성 과정에 은유적 인식이 작용하고 있음을 밝히려 한다. 앞서 살펴본 대로 과거와 현재의 시간을 감각적으로 재현하려는, 모더니즘 성향이 짙은 초기시의 시간의식은 은유적 인식을 통해 이루어지고 있다.

우선 과거의 시간에 대한 은유적 인식의 양상과 특징을 살펴보기로 한다. 앞 장에서 보았듯이 과거의 시간을 현재의 시간에 재현하고자 하는 시는 순수 지속적 시간의 양상을 보인다. '지속'이란 "과거를 현재 속에 연장시키는 기억의 연속적 생"174)을 의미하며, 과거·현재·미래가 단절적으로 이어지지 않고 현재의 시점에서 회상되고 예기되어 이어지는, 직관에 의해 파악된 연속적 시간을 의미한다.175) 즉, 과거의 시간을 선조적 흐름에서 옮겨놓아 현재화된 양상으로 제시하는 것이다. 이는 또한 시각적 감각으로 재현되어 나타나기도 한다.

수박냄새 품어 오는
첫녀름의 저녁 때……

먼 海岸 쪽
길옆나무에 느러 슨

---

174) 김진성, 앞의 책, p.99.
175) Gilles Deleuze, 앞의 책, pp.71~83 참고.

電燈. 電燈.
헤여며 나온 듯이 깜박어리고 빛나노나.

沈鬱하게 울려 오는
築港의 汽笛소리······汽笛소리······
異國情調로 퍼덕이는
稅關의 旗ㅅ발. 旗ㅅ발.

세멘트 깐 人道側으로 사풋 사풋 옴기는
하이한 洋裝의 點景!

그는 흘러가는 失心한 風景이여니······

－〈슬픈 印象畵〉 부분

이별의 정황을 그리고 있는 위 시는 築港의 애상적인 이미지를
선명하게 부각시키고 있다. 또한 위 시는 築港의 풍경을 마치 고
정된 그림처럼 포착하여 현재적 상황으로 제시하고 있다. 화자가
바라본 풍경은 이미 지나간 과거의 어느 한 순간이겠지만, 그 상
황은 현재 눈앞에 펼쳐지고 있는 장면인 듯 묘사되어 현재 사건이
일어나고 있는 것처럼 느껴진다. 즉, 단절적으로 멈춰진 과거가 아
니라 현재의 시간으로 연장되고 있는 지속의 시간 속에 시의 풍경
이 놓여 있는 것이다. 이러한 현재화와 지속이 가능한 것은 은유
적 인식을 통해 과거의 시간을 재현하려는 시간의식이 있기 때문

이다. '電燈'이 활유적으로 운용되어 '헤엄쳐 나온'다는 부분이나
'그는 風景이다' 식의 심상 은유[176])가 부분적으로 발견되는데, 이
런 은유를 통해 築港의 풍경을 현재 시간에 재현하여 지속의 시간
에 머물게 하는 방법으로 사용되고 있는 것이다. 위 시의 상황은
이미 이별을 경험한 화자가 후에 그 상황을 떠올리면서 각인된 기
억을 현재 시간에 재현한 것으로 볼 수 있다. 이때 기억은 현재의
시간에서 재구성되는, 어떤 의도를 함유한 일종의 허구이며[177]) 그
런 과거가 현재 시간에 다시 재구성된 것이다. 즉, 築港에서의 이
별의 상황을 지속적 시간의식을 통해 현재화하기 위해 은유적 재
구성을 통해 재현하고 있는 것이다. 은유는 유사성에 의해 선택
가능한 자료영역의 한 가지를 보조관념으로 대체시키는 방법이
다.[178]) 따라서 '電燈이 헤엄친다'든지, '그는 風景이다' 하는 은유는
당시의 상황을 보다 선명하게 현재적 시간으로 제시하려는 의도에
의해 재구성된 선택의 결과이다.

위 시는 비유 방식으로서의 은유가 사용되었을 뿐만 아니라 시
전체로도 은유적 인식을 보여준다. 정지용 시의 은유에 대한 한 논
의에서는 "제1단계의 정지용 시 은유들로는 심상 은유들이 주로
쓰였으며 그것들은 작품의 중핵 부분과는 무관하게 단편화되어 있
다."[179])고 말하고 있다. 그러나 위 시의 경우 築港에서의 이별 풍

---

176) 권오만, 앞의 논문, pp.127~135 참고.

177) Susanne K. Langer, 이승훈 역, 『예술이란 무엇인가』, 고려원, 1982,
    pp.237~240.

178) Roman Jakobson, 「언어의 두 양상과 실어증의 두 유형」, p.97.

경 전체는 제목인 '슬픈 印象畵'로 은유화되어 있다. 즉, 이 시 전체는 은유적으로 상황을 인식하여 나타내고 있으며 현재의 시간으로 지속되고 있는 시간성을 보다 분명히 하기 위해 은유적 재현을 시도하고 있는 것이다. 은유적 재현이란 유사성 혹은 동일성에 의해 언어로써 세계의 진리를 지시하는 것이 가능하다는 전제를 바탕으로 한다.[180] 위 시는 '슬픈 印象畵'라는 보조관념으로 은유화된 과거 어느 한 때의 풍경에 대한 기억을 현재의 지속적 시간 속에 그림처럼 펼쳐 놓고 또한 고정시켜 놓고 있다. 여기에 '수박냄새', '빛', '汽笛소리', '사풋 사풋 옴기는' 등의 다양한 감각적 심상이 보태져 한층 더 지속적 시간의 재현을 가능하게 한다. 위 시에는 제유적 표현도 있다. '하이얀 洋裝의 點景'이 그것인데, 이때 '洋裝'은 그 옷을 입고 있는 '그'에 대한 제유이다. 그러나 이 '洋裝' 뒤에 '點景'이 이어져 이 시행 자체가 발을 옮기는 '그'에 대한 은유로 바뀌어 있다. 이러한 분석을 통해 위 시는 과거 이별의 순간을 지속적 시간 속에 머물게 하여 애상적인 분위기를 보다 선명하게 제시하고 있으며, 과거의 시간에 대한 은유적 인식을 통해 현재 시간에 재현하고자 하는 시간의식이 내재되어 있음을 알 수 있다.

정지용이 시를 창작하는 입장에서 본다면 세계를 재현하려는 과정에서 경험, 정서, 시간성 등을 제대로 드러내는 방법론이 필요했을 것이고, 은유적 인식은 그러한 과정 중에 형성된 하나의 인식

<hr />

179) 권오만, 앞의 논문, p.132.

180) 김상환, 앞의 책, p.256 참고.

론적 방법이라 볼 수 있을 것이다. 이때 시적 자아의 세계와 경험적 시간은 동일성을 이룬다. 다음 시는 이러한 양상을 잘 보여주는 경우다.

집 써나가 배운 노래를
집 차저 오는 밤
논ㅅ둑 길에서 불럿노라.

나가서도 고달피고
돌아와 서도 고달펏노라.
열네살부터 나가서 고달펏노라.

나가서 어더온 이야기를
닭이 울도락,
아버지께 닐으노니 -

기름ㅅ불은 쌉박이며 듯고,
어머니는 눈에 눈눌을 고이신대로 듯고
니치대든 어린 누이 안긴데로 잠들며 듯고
우ㅅ방 문설쭈에는 그사람이 서서 듯고,

큰 독 안에 실닌 슬픈 물 가치
속살대는 이 시고을 밤은
차저 온 동네ㅅ사람들 처럼 도라서서 듯고,

―― 그러나 이것이 모도 다
그 녜전부터 엇던 시연찬은 사람들이
끚닛지 못하고 그대로 간 니야기어니

이 집 문ㅅ고리나, 지붕이나,
늙은신 아버지의 착하듸 착한 수염이나,
활처럼 휘여다 부친 밤한울이나,

이것이 모도다
그 녜전부터 전하는 니야기 구절 일러라.

-〈녯니약이 구절〉 전문

화자가 열네 살 때부터 경험한 고달픈 이야기를 가족들에게 들려주는 위 시의 상황은 과거의 이야기를 현재의 시간에 풀어놓는 상황이라 말할 수 있다. 이야기를 듣고 있는 밤으로 과거 기억과 경험이 고여 들고 있다. 여기서도 시간은 현재 진행형의 동사 '듯고'와 현재 상황을 지시하는 지시어 '이것이' 등의 사용으로 인하여 시간을 지속적으로 드러내려는 시간의식이 드러나고 있다. 5연에선 '시고을 밤'이 '슬픈 물'로 은유화되어 그 고달픈 이야기가 전개되는 시간의 심정을 그대로 전달하고 있으며, '시고을 밤'이 다시 '동네ㅅ사람들'이라는 보조관념으로 은유화되어 있다. 더 정확하게는 직유로 성립된 의인화라고 해야겠지만 앞서 언급했듯이 직유나 의인화 등은 재현성에 있어서는 은유의 한 양상인 것이다.

밤이 사람이 되어 이야기를 듣는다는 상상력으로 이제 이야기는 확대된 세계에 전달되는 시간성, 공간성을 갖게 된다. 6연에서 이야기는 예전의 다른 사람들이 끝내지 못한 '니야기'로 다시 은유화된다. 즉, 한 개인의 이야기를 듣고 있는 동네의 모든 상황이 더 커다란 범위 내에서의 이야기의 일부인 것으로 전이되고 있다. 이야기를 하고 있는 시간과 그 이야기가 전승되는 공간을 하나의 이야기로 인식하여, 지속적 시간은 공시성과 통시성을 동시에 획득한다. 여느 시골에서 일어남직한 이 정감 어린 풍경은, 그러한 이야기의 시간이 지속적이고 반복적으로 이어지는 현재의 상황임을 은유화하여 보여준다. '문ㅅ고리', '집웅', '수염', '밤한울' 등 공동체적 삶을 영위하는 존재들이 지속적 시간 속에서 유기체로 연결되어181) 서로 이야기를 듣고 들려주는 관계를 이룬다. 이야기를 듣는 대상과 이야기 내용이 겹치며 일치되고 있는 것이다. 여기서 시적 자아의 시간과 재현의 시간이 동일성을 획득하고 있다. "인간 역사의 벽 깊숙이 파고들어가면서 이처럼 긴 밤 속에서 그려진 연속성과 통일성은 "개인적"이라기보다는 "전형적인" 동일성의 의미를 전달해준다."182) 위 시에서 세계는 이야기로 전승되는 이야기, 전형적인 우리 인생의 모습 그 자체로 은유화되고 있어 세계에 대한 은유적 인식의 한 양상을 보여주고 있다.

넓은 벌 동쪽 끝으로
---
181) A. N. Whitehead, 정연홍 역, 『상징작용』, 서광사, 1989, pp.30~31.
182) Hans Meyerhoff, 앞의 책, p.41.

옛이야기 지줄대는 실개천이 회돌아 나가고,
얼룩백이 황소가
해설피 금빛 게으른 울음을 우는 곳,

－그 곳이 참하 꿈엔들 잊힐리야.

질화로에 재가 식어지면
뷔인 밭에 밤바람 소리 말을 달리고,
엷은 조름에 겨운 늙으신 아버가
짚벼개를 돋아 고이시는 곳,

－그 곳이 참하 꿈엔들 잊힐리야.

흙에서 자란 내 마음
파아란 하늘 빛이 그립어
함부로 쏜 화살을 찾으려
풀섶 이슬에 함추름 휘적시든 곳,

－그 곳이 참하 꿈엔들 잊힐리야.

傳說바다에 춤추는 밤물결 같은
검은 귀밑머리 날리는 어린 누의와
아무렇지도 않고 여쁠것도 없는
사철 발벗은 안해가
따가운 해ㅅ살을 등에지고 이삭 줏던 곳,
－그 곳이 참하 꿈엔들 잊힐리야.

하늘에는 석근 별

알수도 없는 모래성으로 발을 옮기고,

서리 까마귀 우지짖고 지나가는 초라한 집웅,

흐릿한 불빛에 돌아 앉어 도란 도란거리는 곳,

－그 곳이 참하 꿈엔들 잊힐리야.

－〈鄕愁〉 전문

위 시는 과거 지향적인 시라기보다는 은유적 인식을 통해 과거
를 현재 시간에 복원, 재현하려는 의도를 갖고 있는 시이다. 자신
을 과거에 위치시켜 동일성을 획득하려는 의도[183]가 아닌, 현재
시간에서 과거 고향을 재창조하고 재구성하려는 창조적 시간, 또
는 창조적 공간에 대한 형상화 의지를 통해 동일성을 획득하고 있
는 것이다.[184] 이는 이 시의 시제를 살펴보아도 확인된다. 1연에서
는 '울음을 우는', 3연에서는 '고이시는', 9연에서는 '도란거리는' 등
의 현재 진행형 시제가 사용되어 과거의 고향 풍경이 현재 시간에

---

183) 정끝별, 앞의 논문, pp.30~32.

184) 오성호는, "〈鄕愁〉의 고향은 순수한 토종의 공간이 아니라 시인 자
신의 유소년기의 기억과 근대적인 교육을 통해 형성된 교양 체험이
뒤섞여서 창조된 혼종(hybrid)의 공간－근대 체험을 통해서 굴절되
었거나 아예 근대의 시선에 의해서 창조된 상상의 공간이라고 할
수 있다."라고 말함으로서, 〈鄕愁〉의 공간이 사실적 공간이 아니라
재구성된 공간임을 밝히고 있다.(오성호, 「〈鄕愁〉와 〈고향〉, 그리고
향토의 발견」, 『한국시학연구』 제7집, 2002. 11., pp.163~194. 특히
pp.176~180을 참고.)

재현되고 있다. 그런데 5연의 '휘적시든'과 7연의 '이삭 줏던'에서는 과거 시제가 사용되었다. 사실 시제 표현이 각 연의 같은 위치에 의식적으로 쓰인 종결부분이기 때문에 시제는 한 가지로 통일되어 씌어져야 했을 것이지만 과거의 현재화와 과거 회상이 섞이어 있는 것이다. 이런 시간의 뒤섞임은 현재 시점에서 과거를 재창조, 재구성하는 과정에서 빚어진 혼란을 보여준다. 과거의 고향을 재현, 再構함에 있어 위 시는 화자의 가장 원형적이고도 전형적인 고향의 모습을 선택하여 제시하는 은유의 방식을 적용하고 있다. 즉 고향을 현재 시간에 재현하고 재창조하기 위해 고향은 다섯 모습의 '곳'으로 은유화되어 있다. 앞 장에서도 살펴보았듯이 그 고향의 모습은 시각적 감각으로 제시되고 있다. 즉, 위 시는 시각적 감각으로 과거 시간을 현재 시간에 재현하고 있다. 시각적 감각은 원관념을 시각화한 보조관념으로 내세운 결과다. 그러므로 과거 시간을 시각적 감각으로 현재 시간에 재현하고자 하는 의지는 과거 시간을 은유적으로 인식하고자 하는 의지와 같은 것이다. 1연의 '실개천'과 황소의 '금빛 울음', 3연의 말을 달리는 '밤바람 소리'와 '아버지', 5연의 '파란 하늘'과 '풀섶 이슬', 7연의 '어린 누이'와 이삭 줍는 '안해'의 영상, 그리고 9연의 '별', '초라한 지붕', '흐릿한 불빛'에 돌아 앉아 있는 모습 등은 모두 과거 고향에서 벌어졌음직한 일들을 시각적으로 보여주고 있는 부분들이다. 또한 '옛이야기 지줄대는 실개천', '금빛 게으른 울음', '밤바람 소리 말을 달리고', '엷은 조름', '춤추는 밤물결 같은', '따가운 해ㅅ살을 등에지고'

138

등에서 알 수 있듯이 고향을 시각적으로 드러낸 보조관념을 다시 공감각이나 청각, 촉각, 직유 등으로 수식하고 있어 시각적 감각을 더욱 생생하게 해준다. 그러므로 위 시는 과거 시간인 고향의 모습을 구성하는 선택 가능한 여러 요소 중에서 현재 시간에 詩化하기에 가장 적합한 보조관념을 택해 시각적으로 재현하고자 한 시이다. 이때 고향에 대해 "기억된 사실들은 현재의 경험과 지나간 두려움 및 미래의 희망들에 비추어서 끊임없이 변경되고 재해석되고 재생"185)되기 때문에 과거 시간은 현재 시간의 관점에서 재구성되고 재창조되는 은유화의 과정을 거친 것이다. 위 시의 반복행인 '그 곳이 참하 꿈엔들 잊힐리야'에서도 확인할 수 있듯이 고향의 모습은 꿈에서조차 시각적 이미지로 제시되는 곳이다. 이처럼 과거 시간인 원관념을 시각화된 보조관념으로 드러낼 수 있다고 보는 은유적 인식에는 과거 시간을 시각적 감각으로 재현하고자 하는 시간의식이 동시에 작용하고 있는 것이다.

　琉璃에 차고 슬픈 것이 어린거린다.
　……(중략)……물먹은 별이, 반짝, 寶石처럼 백힌다.
　밤에 홀로 琉璃를 닦는 것은
　외로운 황홀한 심사이어니
　고흔 肺血管이 찢어진 채로
　아아, 늬는 山ㅅ새처럼 날러 갔구나!

-〈琉璃窓 1〉 부분

---

185) Hans Meyerhoff, 앞의 책, pp.21~22.

〈琉璃窓 1〉에선 과거 시간의 죽은 아이가 "객관적 사물의 세계에 감정의 습기가 묻어있는 상태로 제시된다."[186] 죽은 아이를 그리워하는 화자의 현재 시간에 죽은 아이는 감정의 습기가 묻어있는 상태로 은유화되어 나타나고 있다. 또한 '밤에 홀로 琉璃를 닦는 것은'이라는 행위 자체가 '외로운 황홀한 심사'라는 자신의 내면으로 은유화되고 있는데 이는 행위의 시간이 현실적 자각의 시간으로 은유화된 경우이다. '외로운 황홀한 심사'는 흔히 그 역설적 표현으로 인해 감정이 순화되어 나타난 것으로 이해되고 있지만 '황홀한'의 의미는 죽은 아이를 만날 수 있는 순간의 황홀[187]로 이해하기보다는 '넋이 나간 상태의 멍한 상황, 헤아리기 어려운 지경'으로 이해해야 할 것이다. 화자의 입장에서 볼 때 '외로운 황홀한 심사'는 밤에 홀로 유리를 닦는 화자 자신의 행위를 보조관념으로 표출한 은유적 인식의 결과로, 자신의 행위에 대한 자각이며 규정이고 의미 부여이다. '심사'의 의미를 '마음의 일'이라는 의미로 볼 때 자신의 유리 닦는 행위가 외롭고 이해하기 어려운 지경의 마음 상태에 대한 자각이라는 것이 더욱 분명해진다. 전반적으로 볼 때 죽은 아이는 '날개를 파다거린다', '별', '寶石', '山ㅅ새'로 은유화되었는데 이는 시적 자아의 과거 기억에 남아 있는 아이를 현재 시간에 시각화된 보조관념으로 재현한 것이며 시적 자아의 바람이 개입된 은유이기도 하다. 결국 이 시 역시 과거의 시간을 현

---

186) 이숭원, 『20세기 한국시인론』, 국학자료원, 1997, p.85.

187) 오세영, 『한국현대시 분석적 읽기』, p.109; 이숭원, 『정지용 시의 심층적 탐구』, p.97.

재의 시간에서 은유적으로 인식하려는 시간의식을 보이고 있다.

　다음은 현재 시간을 재현하고자 하는 과정에서 은유적 인식이 어떻게 작용하고 있는지를 알아보기로 한다.

　나지익 한 하늘은 白金빛으로 빛나고
　물결은 유리판 처럼 부서지며 끓어오른다.
　동글동글 굴러오는 짠바람에 뺨마다 고흔피가 고이고
　배는 華麗한 짐승처럼 짓으며 달려나간다.
　문득 앞을 가리는 검은 海賊같은 외딴섬이
　흩어져 나는 갈메기떼 날개 뒤로 문짓 문짓 물러나가고,
　어디로 돌아다보든지 하이한 큰 팔구비에 안기여
　地球덩이가 동그랐타는 것이 길겁구나.
　넥타이는 시언스럽게 날리고 서로 기대슨 어깨에 六月볕이 시며들고
　한없이 나가는 눈ㅅ길은 水平線 저쪽까지 旗幅처럼 퍼덕인다.

　　　　　　　　　　　　　　　　　-〈甲板우〉 부분

　위 시에서도 역시 현재 시간을 시각적 감각으로 재현하고자 하는 시간의식은 은유적 인식에 토대를 두고 있다. 이는 정지용 초기시의 일반적 특징이라 할 수 있는데 위 시에서는 특히 바다의 역동적이고도 사실적인 묘사가 현재시제로 제시되고 있다는 점이 주목된다. 다시 말해 위 시는 바다를 항해하면서 본 풍경을 지금 현재 시점에서 보고 있는 듯이 펼쳐 보이고 있는데 이는 현재 시간을 생생한 감각으로 재현하고자 하는 시간의식을 드러내며 동시

에 현재 시간 속에 머무는 바다의 움직임을 은유적인 인식으로 포착하고 있는 것이다. 우선 비유 방식으로서의 은유 양상과 대상의 감각적 재현 양상을 표로 제시하면 다음과 같다.

행 \ 양상	은유		감각적 재현	
	원관념	보조관념	감각 양상	감각
1행	하늘	白金빛	빛나고	시각
2행	물결	유리판	부서지고 끓어오른다	시각·촉각
3행	바람	굴러오는 짠바람	굴러오는, 짠	시각·미각
4행	배	華麗한 짐승	짓으며 달려나간다	시각·청각
5행	외딴섬	海賊	검은	시각
8행	地球	地球덩이	동그랐타	시각·촉각
10행	눈ㅅ길	旗폭	파덕인다	시각

이처럼 위 시는 거의 모든 행에서 은유와 감각화가 이루어지고 있다. 바다의 풍경을 은유적으로 인식한다는 것은 곧 항해의 시간을 은유적으로 재현해 내고자 하는 의지인 것이다. 위 시에서 항해의 시간은 화자에게 있어서 은유를 통한 다양한 형상화와 특히 시각적 감각화를 통해 재현하고자 하는 욕망을 일으키는 시간이다. 그렇기 때문에 특별한 정서나 특정한 감정의 진폭이 없이 단지 즐거운 시간 속에 있는 화자는 눈앞에 펼쳐지는 세계를 다각도로 구성하는 데에 집중하고 있다. 사실 "은유는 사물에 대한 최초의 접촉에서 일어나는 신경생리학적 과정에서부터 지각 일반, 판단 일반에 이르기까지, 나아가서 추상적 개념의 성립에 이르기까지의

전 과정을 지배한다."[188] 따라서 화자가 바라보는 바다의 현재 시간은 은유적 인식에 의해 파악되고 지각된 시간이다. 결론적으로 위 시는 은유의 특징인 유사성의 원리가 적극 활용된 유형으로 바다를 항해하면서 느낀 감각적 정서를 현재 시간에 펼쳐 놓기 위해 자료영역에서 가장 적합한 역동적인 보조관념을 선택하여 강한 이미지를 창출하고 있다. 그리하여 위 시는 바다를 항해하는 시간을 화자의 독창적인 은유적 인식을 통하여 현재 시간에 제시하고자 하는 재창조적인 시간의식을 드러낸다.

> 나비가 한 마리 날러 들어온 양 하고
> 이 종이ㅅ장에 불빛을 돌려대 보시압.
> 제대로 한동안 파다거리 오리다.
> ─대수롭지도 않은 산목숨과도 같이.
> 그러나 당신의 열적은 오라범 하나가
> 먼데 갓가운데 가운데 불을 헤이며 헤이며
> 찬비에 함추름 휘적시고 왔오.
> ─스럽지도 안은 이야기와도 같이.
> 누나. 검은 이밤이 다 희도록
> 참한 뮤─쓰처럼 쥬므시압.
> 海拔 二千에이트 산 봉우리 우에서
> 이제 바람이 나려 옵니다.

─〈엽서에 쓴 글〉 전문

---

188) 김상환, 앞의 책, p.304.

위 시는 이중적 시간 구조의 양상을 보이고 있다. 위 시는 '누나'가 읽어볼 내용의 엽서를 쓰고 있는 상황을 보여주고 있다. 즉 미래에 '누나'에게 도착해 읽힐 것을 가정한 엽서의 사연이 곧 시의 내용인 것이다. 그러므로 위 시에는 엽서를 쓰고 있는 화자의 현재 시간과 '누나'가 엽서를 읽을, 예상된 미래 시간이 함께 공존하고 있다. 따라서 현재 시간을 드러내면서 미래 시간을 앞당겨 재현하고 있는 것이다. 이때 미래 시간은 은유적 인식의 과정을 통해 형상화되고 있다. '엽서'는 '나비', '오라범', '이야기'로 은유되었다. 또한 '누나'는 '뮤-쓰'로 은유되어 있다. 이처럼 미래 시간에 펼쳐질 상황을 미리 현재 시간에 쓰고 있는 화자는 은유적 인식을 통해 미래 시간을 파악하고 있다. 이때 미래 시간은 현재 시간에서 파악된 예기이며 현재 시간에 재현된 자아의 내면의식이기도 하다.

> 미래도 현재도 존재하지 않으며 또한 세 가지의 시간-과거, 현재, 미래가 존재한다는 것도 옳지 않습니다. 실상 이것들은 마음속에 이른바 세 가지 형태-과거의 현재, 현재의 현재, 미래의 현재-로 존재하는데 나는 마음 밖에서는 어디에서도 볼 수 없습니다. 즉 과거의 현재는 기억이며 현재의 현재는 직감이며 미래의 현재는 기대입니다.[189]

아우구스티누스의 시간관에 비추어 보면 위 시의 미래 시간은 현재 시간의 기대에 의해 존재하는 가능성의 시간이다. 현재 시간

---

189) Augustinus, 김평옥 역, 『고백록』, 범우사, 2000, p.290.

의 화자가 기대하고 예기하는 미래 시간은 사실로서 실재한다기보다는 화자의 지각 활동을 통해 은유적으로 인식된 시간이다. 화자에게는 그 미래 시간을 "'미리 예고(praenuntio)'할 수 있게 하는 어떤 '전-지각(pré-perception, praesensio)'이 있다. 기대는 그처럼 기억과 유사 관계에 놓인다. 그것은, 아직 존재하지 않는(nondum) 사건에 선행한다는 의미에서, 이미 존재하고 있는 어떤 이미지로 구성된다. 그러나 그 이미지는……(중략)……미래 일들에 대한 어떤 '기호'이며 '원인'이다."[190] 즉, 위 시의 '누나'에 대한 보조관념인 '뮤-ᄰ'는 누나에 대한 화자의 기억과 엽서를 읽을 누나의 여신 같은 모습에 대한 기대가 어우러져 변증법적으로 파생된 '이미지' 혹은, '기호'이다. 미래 시간을 현재 시간에 있는 화자의 기억을 통해 은유화하고 그것을 현재 시간의 엽서에 재현하고자 하는 시간의식은 누나에 대한 간절한 그리움과 연모의 마음을 효과적으로 드러내고 있다.[191] 그리고 '엽서'의 보조관념인 '나비', '오라범', '이야기' 역시 결국 화자를 은유한 것으로 볼 때 그것은 '누나'에게 기대하는 화자의 모습, 혹은 연모의 마음인 것이다. 이는 현재 시간과 미래 시간이 겹치는 가운데에 화자의 기억 속에 있는 자료영역에서 기대에 의해 선택된 보조관념을 활용한 것이다.

위에서 지적한 것처럼 시간에 대한 은유적 인식은 변증법적으로 이루어질 수 있다. 즉 시간과 그 시간에 대한 자아의 기억, 기대

---

190) Paul Ricoeur, 김한식·이경래 역, 『시간과 이야기』 1, 문학과 지성사, 2000, pp.40~41.

191) 이숭원, 『정지용 시의 심층적 탐구』, p.87.

혹은 바람이 만나 새롭게 은유로 재구성되거나 재창조되는 재현의
양상을 보이는 것이다. 이때 은유의 특성은 단순히 유사성에 의한
재현만이 아닌 대상에 대한 해석이자 판단, 再思惟, 再記述, 그리
고 창조의 행위에 있다고 보아야 한다.[192]

조약돌 도글 도글……
그는 나의 魂의 조각 이러뇨.

알는 피에로의 설움과
첫길에 고달픈
靑제비의 푸념 겨운 지줄댐과,
꾀집어 아주 붉어 오르는
피에 맺혀,
비날리는 異國거리를
嘆息하며 헤매노나.

조약돌 도글 도글……
그는 나의 魂의 조각 이러뇨.

-〈조약돌〉 전문

'異國거리'를 헤매는 화자의 설움과 고달픔을 드러낸 위 시는 그
러한 화자의 상황을 '조약돌'에 비유하고 있다. '조약돌'이 '나의 魂'

192) Paul Ricoeur, *La métaphore vive*, Paris: Seuil, 1975, pp.10~12를
참고.

이라고 파악한 것은 곧 '나의 魂'은 '조약돌'이라고 지각하는 은유적 인식에 의한 감정 이입인 것이다. 이러한 은유적 인식을 통해 화자의 상황에 대한 심층적인 사유와 해석과 재창조가 이루어지고 있으며 동시에 조약돌에 대한 再思惟와 재창조가 이루어지고 있다. '조약돌'과 '나의 魂'의 은유 관계는 '도글 도글'이라는 유사성에 의해 일차적으로 성립되고 있지만 좀 더 자세히 들여다보면 화자의 자아가 투영되는 과정에서 '자아'와 '조약돌'이 변증법적으로 만나 좀 더 확장된 재창조의 양상을 보이고 있음을 알 수 있다. '조약돌'을 은유적 인식으로 대하고 있는 서럽고 고달픈 화자의 현재 시간은 곧 시각적 감각으로 재현될 영상을 만들어 내는 노동의 시간인 것이다. 시적 재현의 시간 속에서 대상을 대하는 화자, 즉 인간은 "존재라기보다는 생성(devenir)으로서의 자기를 표현한다."193) 서

---

193) G. Bachelard, 민희식 역, 「大地와 意志의 夢想」, 『世界思想全集』 16, 삼성출판사, 1982, p.198. 바슐라르는 같은 면에서 물질과 그것에 대한 예술적 상상력 간의 변증법적 관계에서 발생하는 지속의 시간의 재창조성에 대해 다음과 같이 언급하고 있다. "우리가 일을 하면서 꿈꾸기가 무섭게 의지의 몽상을 의식하자마자, 시간은 〈물질적인 현실〉이 된다. 헤겔의 자연철학에서 불의 시간인 〈피로크로노스(pyrochronos)〉가 존재하듯이 〈화강암의 시간〉이 있다. 돌들의 단단함의 시간인 〈돌의 시간(lithochronos)〉은 일의 적극적 시간으로서 노동자의 노력과 돌의 저항 속에서 변증법적인 시간으로만 정의되어질 수 있다. 그것은 일종의 자연적 리듬, 명확히 규정된 리듬으로써 나타난다. 그리고 바로 이 리듬에 의해서 일은 객관적 효과와 아울러 주관적 긴장을 받아들인다. 그리고 여기서 〈대립〉의 시간은 명확히 기술된다.……(중략)……일하는 자가 몸을 움직이는 시간은 가장 충만한 지속이며 거기서 충동은 가장 정확하고 구체적

럽고 고달픈 '異國' 생활의 시간을 '조약돌'에 투영하는 것은 자아 내에서 직관으로 파악된 순수 지속하는 과거와 현재 시간을 새로운 창조의 시간으로 생성하는 과정이다. "지속은 〈창조적 생성〉이고 〈이미 만들어진(tout fait)〉 질서에 속하는 것이 아닌 〈스스로 만들어가는(se faisant)〉 질서에 속한다."[194] 그리하여 은유적으로 인식된 화자의 고달픈 현재 시간은 '앓는 피에로', '靑제비', '붉어 오르는 피'로 영상화되었고 화자는 그 시간을 '도글 도글' 굴러다 닌다. 고달픈 자아가 지속의 시간을 철저하고 깊이 있게 인식할수록, 그리고 대상을 통해 그것을 드러내려는 욕구가 강할수록 현실 시간은 '피에 맺혀,/비날리는 異國거리를/嘆息하며 헤매'는 처절하고 고통스러운 영상으로 표시된다.[195] 이러한 시각적 재현은 곧 현실 시간에 대한 인식을 통해 재해석되고 재생성된 화자의 존재 양상을 보여주는 것이다. 이는 현실 시간을 시각적 영상의 보조관념으로 드러내고자 한 은유적 인식의 결과이기도 하다.

이 밖에도 신문명인 기차를 현재 시간에 재현하고 있는 시 〈爬虫類動物〉, 사랑의 감정을 드러내고 있는 시 〈새빨안 機關車〉, 바둑돌

으로 목표를 노리는 지속의 시간이다. 또한 그것은 가장 큰 통괄력을 가진 지속이다. 일을 하는 자에게 있어서는 노동의 동작은 어떤 점에 있어서는 저항하는 대상과 물질의 저항 자체도 통합한다. 이 때에 지속물질(matière-durèe)은 시간공간(d'unespace-temps)의 차원을 넘어서 역학적으로 교체된다." 여기서 노동 행위는 물론 예술 창작의 행위를 의미하고 이는 생성의 시간이기도 하다.

194) 김형효, 앞의 책, p.84.

195) G. Bachelard, 앞의 책, p.206.

에 은유하여 바다를 동경하는 '내 심사'를 표출한 시 〈바다 5〉, 자연에 대한 정감을 나타낸 시 〈蘭草〉와 시 〈바람 1〉 등, 초기시 전반에 걸쳐 현재 시간이 은유적 인식을 통해 재현되고 있음을 알 수 있다.

초기시의 과거와 현재의 시간에 대한 은유적 인식은 현실 세계에 대한 재현을 추구하는 정지용에게 있어서는 가장 효과적인 인식 방식이자 시 창작 방식이었을 것이다. 모더니즘과 관련해서 볼 때에도 은유적 인식은 이미지화와 회화성을 가능하게 하며 세계를 주체적 시각으로 재창조하게 해 준다. 이 시기에 현재 시간의 관점에서 은유적 인식을 통해 과거 시간을 재창조·재구성하는 경우는 그리 많지 않다. 이는 정지용이 현재 시간을, 또는 현재 자신의 자아와 감정을 더 중요한 것으로 인식하고 있기 때문으로 보인다. 이러한 현실인식은 주관적 시간의식과 은유적 인식을 통해 현재 시간을 깊이 있고 다각도로 드러내고자 한 그의 초기시를 통해 확인할 수 있다. 시간에 대한 은유적 인식은 정지용이 종교적 영원성의 시간을 추구하는 과정에서도 여전히 유효한 방식으로 사용된다. 특히 보이지 않는 세계, 영원성의 시간이 존재하는 신성한 영역을 형상화하기 위해서는 기존의 익숙한 자료영역을 통해, 그리고 자신의 바람까지 담은 보조관념을 통해 재현하는 방식, 즉 은유적 인식에 의한 방식이 계속해서 중요한 기능으로 작용했을 것으로 본다. 그러나 초기시와 비교해서 중기시의 은유적 인식은 변화된 양상을 보인다.

3. 영원성의 시간에 대한 중기시의 은유적 인식과 상징화

《가톨릭 靑年》지에 신앙적 내용의 시가 실리기 시작하는 1933년 이후의 중기시에 있어서 현실 세계의 시간을 초월하여 영원성의 시간을 지향한 시간의식의 양상은 앞 장에서 살펴보았다. 영원성의 시간은 과거·현재·미래의 계기적 시간을 포괄하는 초월적 시간의 상태를 의미한다. 그런데 이러한 시간의식의 변화에도 불구하고 그것을 드러내는 방식, 그러한 세계를 인식하는 방식은 여전히 은유적 인식을 통해서이다. 그러나 초기시의 은유적 인식과는 다른 방식으로 시간성을 드러내는데 그것은 영원성의 시간에 존재하는 세계에 대한 은유적 재현의 신앙적 확실성과 상징을 통해서이다.

초기시의 시간의식에서 영원성의 시간을 지향하는 시간의식으로 변모하게 된 가장 큰 이유는 물론 가톨릭 신앙을 내용으로 하는 시를 쓰며 종교의 핵심이라 할 수 있는 영원한 세계에 대한 믿음과 동경을 표출하고 있기 때문이다.196) 이 변모 과정에는 수사학적

---

196) 다음 글을 통해 정지용이 종교적 신앙시에 어떠한 의미를 두고 있는지 간접적으로나마 추측할 수 있다.
"정신적인 것은 만만하지 않게 풍부하다. 자연, 人事, 사랑, 죽음 내지 전쟁, 개혁 더욱이 德義的인 것에 멍이 든 육체를 시인은 차라리 평생 지녀야 하는 것이, 정신적인 것의 가장 우위에는 학문, 교양, 취미 그러한 것보다도 〈愛〉와 〈기도〉와 〈감사〉가 據한다. 그러므로 신앙이야말로 시인의 일용할 신적 糧道가 아닐 수 없다.……(중략)……신은 愛로 자연을 창조하시었다. 애에 협동하는 시의 영위는 신의 제2창조가 아닐 수 없다."(정지용, 「시의 옹호」, 『정지용

인식의 변화 역시 動因으로 작용한다. 다만 초기시에 나타난 은유적 인식이 여전히 기본적인 인식 방식으로 작용하고 있기 때문에 은유적 인식이 시간의식의 변모를 전면적으로 이끌었다고 말할 수는 없다. 그러나 중기시에서 보이는 은유적 인식은 초기시의 그것과는 다른 성격을 지니는 것으로 판단된다. 정지용이 영원성의 시간과 신앙의 세계로 눈을 돌렸을 때, 그 세계를 인식하고 드러낼수 있는 방식으로서의 은유적 인식과 현실 세계의 시간에 대한 은유적 인식과는 다른 성격을 지닐 수 데 없다. 결론적으로 말하면 초기시의 은유적 인식이 구체성을 띠는 것에 비해 중기시, 특히 가톨릭 신앙시에 있어서는 관념적인 은유적 인식으로 바뀌었다는 것이다. 영원성의 시간에 대한 지향은 관념적인 은유적 인식을 이끌었고 동시에 관념적인 은유적 인식은 영원성의 시간을 드러내는데 있어서 그 시적 형상화에 가능성을 부여하고 있다. 그리고 관념적인 은유적 인식이 굳어져 점차 상징을 통해 영원성의 시간을 지향하는 시간의식을 드러내는 것도 이 시기의 중요한 특징이다.

먼저 영원성의 시간에 대한 은유적 인식이 어떠한 양상으로 나타나는지 알아보고 은유적 인식의 관념성을 밝혀보고자 한다.

悔恨도 또한
거룩한 恩惠.

깁실인듯 가느른 봄볕이
_____
　전집』 2, pp.318~319.)

골에 굳은 얼음을 쪼기고,

바늘 같이 쓰라림에
솟아 동그는 눈물!

귀밑에 아른거리는
妖艶한 地獄불을 끄다.

懇曲한 한숨이 뉘게로 사모치느뇨?
窒息한 靈魂에 다시 사랑이 이실나리도다.

悔恨에 나의 骸骨을 잠그고겨.
아아 아프고겨!

-〈恩惠〉 전문

위 시의 1연은 신의 사랑을 '懇曲'히 바라며 신앙심을 드러내기
위한 전제로서 시 전체의 의미구조에 관여하는 통어적 기능[197]을
수행하는 은유이다. 다시 말해 1연은 '悔恨은 恩惠다' 방식의 은유
로서 세속적인 삶에 대한 깊은 성찰과 반성 역시 신이 준 恩惠다
라는 의미를 드러낸다. 이러한 뼈아픈 '悔恨'이 시 전체에 전개되
면서 회한의 과정이 곧 신의 '恩惠'임을 드러내고 있는 것이다. '悔
恨'을 통해 '눈물'이 솟아나고 '妖艶한 地獄불'도 꺼진다. 그리고 '悔

---

197) 권오만, 앞의 논문, p.134 참고.

恨'으로 말미암아 '懇曲한 한숨'이 나오고 '아픔'을 느낀다. '悔恨'은 다른 시 〈별 1〉의 '령혼 안에 외로운 불이/바람처럼 일는 悔恨에 피여오른다.'에서도 등장하는데 이 역시 '悔恨'이 신에게로 향하는 과정에서 거쳐야 할 세속적 삶에 대한 후회와 한탄임을 보여준다. "곧 悔恨이야말로 거룩함과의 일체를 지향하는 근원적 힘이었던 것이다."198) 그리고 이처럼 현실 세계의 한계를 인식하고 '悔恨'을 통해 신에게로 다가서고자 하는 행위는 곧 신의 '거룩한 恩惠'인 것이다. 그 '恩惠'에 의해 '窒息한 靈魂'은 사랑으로 해방되고 '나의 骸骨'은 속죄를 위해 잠기는 것이다. '悔恨'은 곧 현실 세계의 한계를 벗어나고 '地獄'과 '窒息'을 벗어나 신의 세계로 초월하게 해 주는 '恩惠'인 것이다. 따라서 위 시는 전체적으로 '현실 시간에 대한 '悔恨'을 통해 영원한 신의 초월적 시간으로 가는 과정199)은 곧 '恩惠'다'라는 은유적 인식이 지배적으로 표출되어 있다. 이 시기의 가톨릭 신앙시의 은유적 인식에 대해서는 권오만의 다음과 같은 견해를 참고할 수 있다.

---

198) 손종호, 앞의 논문. p.343.

199) 시 〈恩惠〉에서는 영원성의 시간을 추구하는 시간의식이 직접적으로 드러나 있지 않다. 다만 '妖艶한 地獄불을 끄다.'와 '窒息한 靈魂에 다시 사랑이 이실나리도다.' 부분에서 지옥 같은 현실 세계를 초월하려 한다거나 영혼을 숨쉬게 하는 해방을 바란다는 점을 통해 간접적으로 영원성의 시간 지향의식을 찾을 수 있다. 앞 장에서도 살펴보았듯이 정지용이 가톨릭 신앙시에서 추구하는 것은 현실 시간을 초월한 영원성의 시간이므로 위 시 역시 영원성의 시간을 추구하는 시간의식이 내재되어 있다고 할 수 있다.

또 하나는 통어적 기능을 수행하는 기본 개념적 은유들을 제2단
계의 정지용 신앙시들이 필연적으로 요구했다는 점이다. 신앙이란
감각과는 달리 정신의 영역에서 일어나는 정신의 활동이다. 이러한
정신의 활동에는 단편적인 감각을 넘어서는 통합적인 인식이 필연
적으로 요구된다. 정지용은 그의 신앙시 제작과정에서 이 점을 간파
하고 그의 신앙시에서의 통합적인 인식을 기능화할 의장으로 기본
개념적 은유들을 선택했던 것이 아닌가 한다.[200]

여기서 '단편적인 감각을 넘어서는 통합적 인식'은 사실상 관념
적인 은유적 인식으로 나타나고 있다. 정지용이 추구하는 영원성
의 종교적 세계는 '정신의 영역'에서 일어나는 관념적인 세계이기
때문이다. 위 시에서도 구체적인 사물에 대한 감각을 드러내는 은
유가 아닌 '悔恨은 恩惠다'라는 관념적인 은유가 쓰이고 있다는 점
이 이를 확인해 준다. 영원한 신의 세계로 향하는 과정을 관념적
으로 인식하는 것은 그 세계가 그만큼 관념적이고 현실 초월적이
기 때문에 당연한 것이기도 하다.

정지용의 가톨릭 신앙시는 구체적 감각의 재현에 성공하지 못했
다거나 치열한 신앙심의 예술적 고뇌가 드러나지 않았다는 평가를
받기도 한다. 송욱은 "〈리듬〉이라는 音樂的魔力을 무시한 까닭"에

200) 권오만, 앞의 논문, p.140. 같은 논문에 설명된 기본 개념적 은유에
대한 성격은 다음과 같다. "인간의 사고 속에 기본적인 틀을 가지
고 있어 기본 개념적 은유라고도 불리는 개념적 은유는 하나의 문
화에 참여하는 이들이 공유하는, 공통된 개념장치의 일부이
다."(p.123.) 이는 세계에 대한 지각 혹은 개념 형성은 기본적인 은
유의 기능을 통해 이루어진다는 것으로 이해할 수 있다.

"그의 宗敎詩는 우리의 知性과 感覺과 情緖를 모두 휩쓸 수 있는 위대한 작품이 되지 못한다."[201]라고 酷評하고 있다. 김윤식은 "가톨릭을 자기 고뇌의 근본 문제로 파악한 것이 아니라 한갓 詩的인 멋으로 바라보았다."[202]라고 하여 종교적 고뇌의 심화가 결여된 피상성에 대해 지적하고 있다. 이러한 비판은 가톨릭 신앙시의 관념성에서 비롯한 것으로 보인다. 그러나 종교적 내용의 시에 있어서 관념성은 은유적 인식에 의해 신과 영원성의 세계를 파악하고자 할 경우 그 세계를 재현할 수 있다는 보다 확고한 자아의 신앙이 전제되었을 때 나타나는 특징으로 이해되어야 한다. 최승호는 정지용의 시가 가톨릭 신앙 위에 확고하게 서 있는 시론을 바탕으로 하고 있다면서 "시나 언어 및 모든 진·선·미의 궁극적인 근원으로서의 신을 인정하고 거기서 출발하는 모습에서 그의 서정시론이 만만치 않음을 알 수 있다."[203]고 말한다. 최승호는 "기표와 기의를 일치시키려는 의지, 곧 은유에의 의지는 언어에 대한 믿음에 토대를 두고 있다."면서 "언어기호로써 사물의 본질을 드러내고 또 드러낼 수 있다는 믿음, 이것은 기독교인 정지용에게는 인격적인 의지로 나타난다. 사물에 대한 지식을 얻고자 하는 의지, 이것은 곧 은유에의 의지라 할 것이다."[204]라고 하여 정지용의 중기시에 나타나는 은유적 인식의 특성에 대한 시사점을 제공한다.

---

201) 송욱, 앞의 논문, p.105.

202) 김윤식, 『韓國近代作家論攷』, p.117.

203) 최승호, 「전통서정시론의 시대적 변천」, 앞의 책, p.97.

204) 최승호, 「정지용 자연서정시의 은유적 상상력」, 위의 책, p.131.

다시 말하자면 은유에의 의지는 은유적 인식을 통해 신과 영원성의 세계를 파악하고 재현하고자 하는 의지를 말한다. 이때 지시 대상에 대한 재현이 가능하다고 믿는 은유적 인식은 종교적인 시의 경우, 그 대상에 대한 확고한 믿음과 강한 열망으로 인하여 대체로 시의 형식적인 완성미보다는 주제 전달에 중요성을 두게 된다. 재현 불가능한 대상을 재현 가능한 것으로 믿고 재현하려 하므로 정지용의 가톨릭 신앙시는 관념성이 두드러지게 나타나는 것이다. 다시 말하지만 이는 확고한 종교적 신앙에서 비롯된 것이기 때문에 오히려 더 진실된 신앙시로서의 성격으로 볼 수 있다. 결국 초기시의 은유적 인식의 방식은 유지되고 있지만 새롭게 추구한 영원성의 시간이라는 특징에 의해 초기시의 시간에 대한 구체성은 관념적인 것으로 성격이 바뀐 것이다.

온 고을이 밧들만 한
薔薇 한가지가 솟아난다 하기로
그래도 나는 고하 아니하련다.

나는 나의 나히와 별과 바람에도 疲勞웁다.

이제 太陽을 금시 일어 버린다 하기로
그래도 그리 놀라울리 없다.

실상 나는 또하나 다른 太陽으로 살었다.

사랑을 위하얀 입맛도 일는다.
외로운 사슴처럼 벙어리 되어 山길에 슬지라도 -

오오, 나의 幸福은 나의 聖母마리아!

-〈또 하나 다른 太陽〉 전문

위 시에서 '또하나 다른 太陽'은 곧 하늘에 있는 신과 신의 사랑
으로 가득한 세계를 의미하며 그 '太陽'으로 '살었다'라는 것은 신
의 세계, 즉 현실 세계의 유한성과는 차별되는 영원성의 세계에
살고 있다는 의미이다. 그렇기 때문에 세속적인 미의 상징인 '薔薇'
나 역시 세속적인 한계인 '나히', 식욕인 '입맛', 그리고 사회적 욕
구를 막는 '외로움', '벙어리' 등은 모두 '疲勞'만을 가져다 줄 뿐인
부정적인 것으로 간주된다. 3연에 나오는 현실 세계의 '太陽'이나
'나히'와 같은 세속적 시간의 굴레는 화자에게 큰 의미가 없다. 다
만 화자에게 '聖母마리아'로 파악되는 영원성이 지배하는 신의 세
계에서 '幸福'할 뿐이다. 위 시에서는 부정적인 현실 세계 역시 '薔
薇', '나히', '바람', '太陽', '입맛', '외로운 사슴' 등을 통해 은유적으
로 인식되고 있지만 현실의 시련을 초월한 신의 영원성의 세계 역
시 '太陽', '聖母마리아' 등을 통해 은유적으로 인식되고 있다. '또하
나 다른 太陽'은 곧 현실 세계의 삶과 대비되는 다른 태양인 신의
세계를 지시하며 '聖母마리아'는 '나의 幸福'을 지시하고 있다. 여기
서도 영원성에 대한 은유적 인식이 관념적으로 이루어지고 있음을
알 수 있다. '또하나 다른 太陽'과 '聖母마리아'는 구체적인 감각적

재현을 이루고 있는 것이 아니라 그 상징성에 의거하여 현실 초월적인 관념적 심상으로 제시되고 있다. '太陽', '聖母마리아' 등과 같은 종교적 상징으로 은유적인 재현을 하고자 하는 의지는 영원성의 세계에 대한 지시 가능성의 종교적 확신에서 나온 것으로 이는 곧 영원성의 시간을 지향하는 강한 의지에서 비롯된 것이다. 이러한 은유적 인식을 통해 관념적 보조관념인 '太陽'과 '聖母마리아'가 쓰인 것이고 신의 영원성의 세계를 재현하고자 한 것이다.

얼골이 바로 푸른 한울을 울어렀기에
발이 항시 검은 흙을 향하기 욕되지 않도다.

곡식알이 거꾸로 떨어져도 싹은 반듯이 우로!
어느 모양으로 심기여젓더뇨? 이상스런 나무 나의 몸이여!

오오 알맞은 位置! 좋은 우아래!
아담의 슬픈 遺産도 그대로 받었노라.

나의 적은 年輪으로 이스라엘의 二千年을 헤였노라.
나의 存在는 우주의 한낱焦燥한 汚點이었도다.
목마른 사슴이 샘을 찾어 입을 잠그듯이
이제 그리스도의 못박히신 발의 聖血에 이마를 적시며 —

오오! 新約의 太陽을 한아름 안다.

— 〈나무〉 전문

위 시에서 영원성의 시간을 지향하는 시간의식은 '新約의 太陽을 한아름 안다.'에 잘 나타나 있다. '新約'은 기독교에서 말하는 '심판의 날' 이후 예수의 재림과 함께 이루어질 부활에의 약속과도 관련되지만 위 시에서는 내세에서, 혹은 신앙 속에서 영원한 시간의 세계에 머물 수 있다는 것에 대한 약속의 의미로 보인다. 곧 영원성의 시간에 안주할 수 있다는 믿음을 '한아름 안'는 행위를 통해 확인하며 또한 의지를 보이는 것이다. 그리고 '新約의 太陽'은 은유이기 때문에 역시 영원성의 시간이 은유적 인식에 의해 파악되고 그것이 관념적으로 재현되고 있음을 알 수 있다. 또한 4연에서도 영원성의 시간을 지향하는 시간의식을 볼 수 있다. '나의 적은 年輪'은 '이스라엘의 二千年'과 대조되어 상대적으로 유한한 인간의 시간을 강조하며 동시에 유구한 종교의 역사를 강조하고 있다. 유한한 현실 세계의 시간을 살고 있는 '나의 存在'는 그러므로 영원한 시간에 속한 '宇宙'적 관점에서 보면 한낱 '汚點'에 불과한 초월의 대상일 뿐이다. '汚點'에 대한 회개를 통해 영원성의 시간인 '宇宙', 혹은 '太陽'의 세계에 머물고자 하는 시간의식은 자신의 존재를 유한하고 부정적인 것으로 인식하는 과정에서 이루어진 것이다.

위 시에서 지향하는 영원성의 시간은 '나무'를 통해서도 은유적으로 인식되고 있다. 즉 '나무'라는 보조관념, 혹은 상징을 통해 원관념인 영원성의 시간이 파악되고 재현되고 있는 것이다. 이 '나무'는 '푸른 한울을 울어렀기에' 세속으로 뿌리를 내리고 있어도 '욕되지 않'은 것으로 신의 영원성의 세계인 하늘을 지향하는 화자를 의미하기도 하다. 그러므로 '나무'는 '나의 몸'인 것이다. 이 '나무'는 따라서 종교적 관점에서 말하는 신성한 나무인 '세계목'[205]을 상징한다고 볼 수 있다. 기독교에서 신성한 '세계목'은 곧 '십자가'를 의미하기도 하는데 그것을 통해 온 우주가 구원된다는 의미를 담고 있다. "이 "구원"의 개념은 무궁한 갱신, 우주적 재생, 보편적 풍요, 신성성, 절대적 실재, 불사성 등의 개념을 반복하고 보완하고 있을 따름인데, 이 모든 개념은 세계목의 상징 속에서 공존하고 있다."[206] 그러므로 위 시는 '나무'를 통해 신의 영원성의 시간, 또는 절대적 실재를 인식하는 은유적 인식의 양상을 보여주고 있는 것이다. 그리고 그 세계로 향하는 '나무'를 자기와 동일시하여 화자 역시 영원성의 시간에 머물고자 하는 시간의식을 보이고 있다.

위 시는 구체적 사물인 '나무'를 통해 영원성의 세계를 은유적으로 인식하고 있지만 관념성은 해소되지 않고 있다. 이는 '나무'를 '아담의 슬픈 遺産'이나 '그리스도의 못박히신' 십자가의 의미로 표현한 것을 보면 알 수 있듯이 자연물이기보다는 종교적 의미의 상징물로 대하고 있기 때문이다. 영원성의 시간을 은유적으로 인식하기도 하지만 신앙시를 써갈수록 상징을 통해 신앙과 시간의식을 드러내고 있는 것은 중기시의 또 다른 특징이다. 즉 이 시기의 가톨릭 신앙시는 계속 씌어질수록 상징이 많이 쓰이고 그 역할도 커지고 있는 것이다. 《가톨릭 靑年》지에 발표된 순서대로 시집에 실

---

205) M. Eliade, 이재실 역, 「"중심"의 상징」, 『이미지와 상징: 주술적 - 종교적 상징체계에 관한 시론』, 까치, 1998, pp.51~54를 참고.

206) 위의 책, p.179.

린 시를 살펴보면 첫 발표시에 해당하는 시 〈海峽〉에는 '圓光'이나 '太陽'이 상징으로 등장하지만 큰 비중을 보이지 않으며 두 번째 시 인 〈毘盧峯 1〉에선 종교적 색채가 거의 보이지 않는다. 그러다 《가톨릭 靑年》 4호에 발표된 시 〈臨終〉부터 '불', '다른 세상의 太陽', '별' 등의 상징이 시에서 비중 있게 쓰이고 있고 그 후로 발표를 거듭할수록 '太陽', '다른 한울', '불', '나무' 등의 상징이 시의 핵심 어가 될 정도로 중요하게 다루어지고 있다. 이 상징화 과정은 신앙 이 깊어질수록 그리고 신의 영원성의 세계를 재현하려는 과정이 거 듭될수록 심화된다. 넓은 의미에서 보면 상징 역시 은유적 인식에 포함될 수 있지만 비유 방식으로서의 은유 대신 상징 자체가 중요 한 인식 방식, 혹은 재현 방식으로 등장한 것이다. 다음 부분은 은 유에서 상징으로 넘어가는 중기시의 전개 과정을 잘 보여준다.

① 나의 날은 날로 새로운 太陽이로세!(〈다른 한울〉 부분)
② 실상 나는 또하나 다른 太陽으로 살았다.(〈또 하나 다른 太陽〉 부분)

①의 시 이전 시에서는 은유가 상대적으로 많이 쓰이고 있다. 반면 ②의 시 이후부터는 상징에 대한 의존도가 높아진다. 즉 ① 에서는 은유와 상징이 동시에 쓰이고 있는 데 비해 ②에서는 상징 만을 제시하고 있어 은유를 통한 재현이 아닌 상징을 통한 대상 지시에 더 큰 비중을 두고 있음을 알 수 있다. 결과적으로 볼 때 상징만으로도 신앙과 신, 신의 세계를 재현하는 것이 가능했기 때 문에 상징이 점차 많이 쓰인 것으로 보인다. 또한 상징이 신앙심

을 직접적이고 깊이 있게 드러내 주는 역할을 하기 때문일 것이다. 실재하지 않는 정신적·심적 영역에 속하는 종교에 있어서 그것에 대한 믿음을 드러내고 재현하기 위해서는 은유를 통한 대상 지시보다 함축적이고 원형적인 상징으로 나타내는 것이 보다 더 효과적일 것이다. 이 상징화는 정지용의 신앙시를 "觀念詩(platonic poetry)"[207]로 칭하게 할 만큼 관념적인 인식 작용인 것이다. 왜냐하면 신과 영원성의 시간은 구체적인 감각으로 재현해내기 어려운 대상이기 때문이다. 관습적이고 원형적인 성격 때문에 상징은 현실적으로는 지각되지 않는 신의 영원성의 세계를 재현하는 데 있어 가장 효과적인 인식 방식이라고 할 수 있다.

중기시에 나타난 상징을 많이 등장하는 순서대로 살펴보면 '太陽'(〈臨終〉, 〈다른 한울〉, 〈또 하나의 다른 太陽〉, 〈나무〉)과 '불'(〈臨終〉, 〈별 1〉, 〈다른 한울〉), '물'(〈다른 한울〉), '나무'(〈나무〉), '不死鳥'(〈不死鳥〉) 등으로 열거할 수 있다. '太陽'은 이 세계가 아닌 '다른 세상'을 의미하는 유일한 것으로 곧 신을 의미한다. 또한 '太陽'은 영원불멸의 상징이기도 하다.[208] '나의 날은 날로 새로운 太陽이로세!'(〈다른 한울〉)라는 표현이나 '나는 또하나 다른 太陽으로 살았다.'(〈또 하나 다른 太陽〉)와 같은 단언은 영원성의 시간을 '太陽'이라는 상징으로 인식하면서 현실의 세계를 초월하여 영원의 세계에 안주하고자 하는 의식을 보여준다. '불'은 '령혼 안에

---

207) 문덕수, 앞의 책, p.103.

208) Lec Benoist, 윤정선 역, 『징표, 상징, 신화』, 탐구당, 1988, p.68.

외로운 불이/바람 처럼 일는 悔恨에 피여오른다.'(〈별 1〉)라는 표현처럼 죄를 태워 영혼을 정화시키는 의미[209]이며 신의 또 다른 상징적 모습이다. 상징을 통해 신의 영원성을 드러내는 시는 현실의 회한이나 육신의 괴로움을 초월하여 현재 시간의 고통이 없는 영원의 시간을 추구하고 있다. 그 지향하는 바가 신의 세계이므로 계기적으로 이어지는 물리적 시간은 무의미하고 따라서 세속적 시간성을 뛰어넘는 초월적 시간성의 성격을 드러낸다.

다음은 종교적 상징이 쓰인 시의 일부분을 제시한 것이다.

① 나의 령혼에 七色의 무지개를 심으시라.(〈臨終〉 부분)
② 물과 聖神으로 다시 낳은 이후/나의 날은 날로 새로운 太陽으로
   세!(〈다른 한울〉 부분)
③ 스사로 불탄 자리에서 나래를 펴는/오오 悲哀! 너의 不死鳥 나
   의 눈물이여!(〈不死鳥〉 부분)
④ 이제 그리스도의 못박히신 발의 聖血에 이마를 적시며 -(〈나무〉
   부분)

①의 '무지개'는 "하늘과 땅, 땅과 하늘을 이어 주면서 감각세계로부터 초현실적 세계로 넘어가는 길을 용이하게 만들어 주는 빛의 다리(橋)에 비교되기도 한다."[210] 초월적인 신의 세계로 가고자 하는 의지를 '무지개'라는 상징을 통해 드러내고 있는 것이다. ②의 물은 세례를 의미하며 이는 속죄와 정화를 통한 두 번째 탄

---

209) 위의 책, pp.82~83.
210) 위의 책, p.82.

생을 의미한다.211) 새로 태어난 화자는 신의 영원성의 세계인 '새로운 太陽'을 날마다 경험한다. 이 시 역시 '물'과 '太陽'의 상징을 통해 영원성의 세계를 재현하고 있는 것이다. ③의 '不死鳥'는 자신이 탄 재로부터 다시 살아난다고 믿고 있는 새로 태양의 또 다른 모습이기도 하다.212) 일단 한 번 죽기 때문에 그것은 '悲哀'이지만 끊임없는 부활을 통해 현실 시간의 한계를 초월하여 영원한 시간 속에 영생하는 존재인 것이다. ④의 '聖血'은 그리스도의 사랑을 의미하며 '물'과 같이 속죄를 해 주는 상징이기도 하다. 이러한 영원성의 시간은 변하지 않는 존재를 통해서도 제시되는데, '白金도가니'(〈臨終〉), '金실'(〈별 1〉) 등의 상징적 시어가 그 예이다. 금속은 영원불멸의 상징이며 깨지지 않는 힘을 가진 신의 광휘를 의미한다. 이처럼 중기시의 가톨릭 신앙시는 종교적 상징을 통해 영원성의 시간을 파악하고 재현하고 있으며 이는 신의 시간인 영원성을 추구하는 시간의식을 보여주고 있는 것이다.

상징은 은유의 원리가 고도화되어 최종적으로 나타난 기호이다. 은유에 의해서 발생된 이미지가 반복적으로 출현하면 보다 큰 의미의 재현적 이미지로 나아가게 되는데 이것이 곧 상징이다. 상징은 가시적인 것을 의미하는 경우도 있지만 비가시적인 것을 지시하는 경우도 있다. 종교적 상징은 대개 비가시적인 것을 드러낸다. 상징은 은유의 유사성이 거의 고정적 관념으로 굳어진 기호이

---

211) 위의 책, p.86.

212) 위의 책, p.70.

다.213) 이러한 상징의 빈번한 사용으로 중기시들은 시적 상상력의 층위는 좁아지고 대신 관념성의 깊이가 더해져 갔다. 영원성의 시간은 신앙심으로 충만한 화자의 인식으로 파악되는 것이므로 단순하고 관념적인 상징을 통해서도 재현될 수 있었던 것이다. 그리고 상징화의 토대에는 초기시와는 다른 양상의 은유적 인식이 자리 잡고 있는 것이다. 즉 '이 세계는 신의 세계, 신의 영원성의 시간과 결부한다'고 생각하는 관념적인 은유적 인식에 의해 '나의 幸福은 나의 聖母마리아!'(〈또 하나 다른 太陽〉)와 같은 표현이 가능했던 것이다.

이러한 은유적 인식은 도식화되거나 고착되기 쉽고 유사성에 의한 대응 관계가 단선적이다. 이는 중기시 이후 정지용이 그의 세계 인식, 시간에 대한 의식을 드러내는 데 있어 부합하지 못하는 부분이 많다. 신앙을 근본으로 하는 시간의 영원성에 대한 인식은 《가톨릭 靑年》지에 발표한 몇 편의 시만으로도 충분히 제시될 수 있었다. 그러나 영원성의 시간에 이미 현실이 포괄되고 있다고 보면 역설적이게도 더 이상 영원성 세계, 관념적인 세계를 추구할 필요가 없는 것이다. 더구나 관념적인 상징을 통한 인식은 현실 세계를 드러내는 데 있어서 한계가 있는 것이다. 이 한계는 다음 시기인 후기시에 제유적 인식이 나타나게 하는 중요한 원인으로 작용한다.

중기시의 시간의식은 한마디로 말하면 영원성의 시간에 대한 재

---

213) 김영철, 「시와 상징」, 『현대시』, 1999. 10., pp.22~23.

현을 은유적 인식을 통해 상징화하여 이루려했다는 데에 있다. 그
러나 시간에 대한 은유적 인식이 유사성과 재현의 가능성, 언어를
통한 행복한 지시 가능성에서 출발하는 것이라면 당대의 현실은
행복한 지시의 가능성에 의한 재현이 실현 불가능하다는 한계에
직면하게 했다. 재현 대상인 종교적 세계가 시에서 추구하는 세계
와는 너무나 동떨어진 현실이었던 것이다. 은유적 인식을 통한 재
현은 유사성과 동질성이 있다고 믿는 신뢰를 바탕으로 이루어지는
것이다. 재현 대상과의 거리가 인식되었을 때 그 신뢰는 무너지고
재현 불가능한 것으로 여길 수밖에 없는 것이다. 신앙을 통한 영
원성의 시간 추구는 잠깐 동안의 시도에 그치는 과도기적 시도로
그쳤다.214) 특히 상징에 의한 영원성의 시간 지향이 더 이상 이루
어지지 못한 이유가 무엇인지 살펴볼 필요가 있다. 이를 통해 중
기시의 상징을 통한 은유적 인식이 후기시의 제유적 인식을 이끌
어낸 매개 역할을 했으며 동시에 제유적 인식이 나타나게 된 원인

---

214) 한 연구는 중기시에 관찰자 시점이 사용되었다고 보고 내적 시점을
보인 초기시와 다시점과 시간적 층위에서 초월적 시점을 보인 후기
시를 이어주는 매개항의 역할을 하고 있다고 논한 바 있다. "후기
시에 이르면 대상이 작품의 전면에 등장하여 사물은 자기의 고유성
을 마음껏 드러내게 된다. 이렇게 보았을 때 종교시는 작가의 주관
이 배제되는 지점으로 초기시와 후기시를 이어주는 매개항의 위치
를 점하고 있음을 알 수 있다."(권정우, 「정지용 시 연구 -시점 분
석을 중심으로-」, 서울대 석사논문, 1993, p.43.) 중기시가 매개항
의 역할을 한 또 다른 지점이 있다면 그것은 은유적 인식이 고착화
되어 형성된 중기시의 상징이 후기시에 좀 더 확산된 제유적 지시
체로 발전했다는 점에 있을 것이다.

이 무엇인지도 알 수 있을 것이다.

초기시의 은유적 인식에서 주로 사용된 수사법인 은유에서 중기시 후반에 빈번하게 등장하는 종교적 상징에 이르기까지 시간의식을 드러내기 위한 정지용의 노정은 세계를 재현하고자 하는 의지의 표출이었다. 그러나 은유적 인식의 결정화인 상징은 특히 종교적 영원성의 세계를 드러내는 데 있어 결과적으로 관습적이고 추상적인 시를 낳게 하였다. 상징은 그 자체만으로도 관습적으로 결정된 의미와 지시체를 내포하고 상기시켜주는 특징이 있기 때문에 상징의 빈번한 사용은 시의 지속적 발전을 추구하는 정지용으로서는 피해야 할 방식이었던 것이다.215) 상징은 사용할수록 더욱 상징에 기대게 되고 이러한 고착성은 종교적 내용의 시에 있어서는 도식적인 시적 전개를 유발하게 된다. 더구나 종교적 상징은 종교적 신앙을 표출하지 않는 내용의 시에서는 더 이상 상징적 효과를 기대할 수가 없다.

이렇게 재현 대상에 대한 신뢰성의 약화와 시적 방법론으로서의 난관에 봉착한 중기시까지의 수사학적 인식은 다른 방식으로 전환되어야 하는 이유를 내재하고 있는 것이었다. 결국 정지용의 후기시에서는 다른 인식과 유형으로 대상 재현을 시도하게 된다. 이는 후기시에서 관념적인 상징어가 아닌 구체적인 산문적 시어가 전면

---

215) 다음 글에서 정지용은 시의 매너리즘을 타개해야 할 것으로 말하고 있다. "진부한 것이란 具足한 器具에서도 매력이 결핍된 것이다. 숙련에서 자만하는 시인은 마침내 맨너리스트로 가사제작에 전환하는 꼴을 흔히 보게 된다. 시의 혈로는 항시 抵身타개가 있을 뿐이다." (정지용, 「시의 옹호」, 『정지용 전집』 2, p.321.)

적으로 쓰이고 있는 것을 보면 알 수 있다. 또한 첫 시집을 낸 이후 당시의 탄압[216] 역시 세계와 현실 시간에 대한 또 다른 접근 방식을 요구하고 있었다. 결국 정지용의 시는 새로운 변화의 길로 접어들게 되며 다른 양상의 시간의식과 다른 방식의 수사학적 인식을 보인다.

4. 시간의 無化에 대한 후기시의 제유적 인식과 한계

초기시의 과거와 현재의 시간을 재현하고자 하는 시간의식과 그것을 드러내기 위한 은유적 인식은 중기의 신앙적 내용의 시에서 상징을 통해 영원성의 시간을 드러내려는 은유적 인식으로 바뀌었지만 후기시에서는 그것이 한계에 직면하고 변화를 모색하게 된다. 시집 『白鹿潭』 출간 전후의 심경을 토로한 다음 글은 시간의식과 수사학적 인식이 변화하게 된 하나의 이유를 짐작케 해 준다.

　『白鹿潭』을 내놓은 시절이 내가 가장 정신이나 육체로 피폐한 때다. 여러 가지로 남이나 내가 내 자신의 피폐한 원인을 지적할 수 있겠으나 결국은 환경과 생활 때문에 그렇게 된 것이었다. 그러나 모든 것을 환경과 생활에 책임을 돌리고 돌아앉은 것을 나는 고사하고 누가 동정하랴? 생활과 환경도 어느 정도로 극복할 수 있는 것이겠는데 친일도 배일도 못한 나는 山水에 숨지 못하고 들에서

---

216) 1941년 일제의 탄압에 의해 정지용이 참여한 《문장》지가 폐간되기도 했다.

호미도 잡지 못하였다. 그래도 버릴 수 없어 시를 이어 온 것인데 이 이상은 소위 〈國民文學〉에 협력하던지 그렇지 않고서는 조선시를 쓴다는 것만으로도 신변의 협위를 당하게 된 것이었다.[217]

시를 쓴다는 것이 신변의 위협을 느낄 만치 어려운 때에 '山水에 숨지'도 못하던 정지용의 선택은 시로나마 '山水'의 세계를 그리는 것이었다. 이러한 변화를 최동호는 바다에서 산으로, 감각에서 정신에로의 변전이라 말하며 동양적 은일 정신을 드러낸 것이라고 분석하고 있다.[218] "그의 시가 본질적으로 위축된 상황 속에서 쓰여졌으며, 시적 세계 또한 상상적 공간을 갖지 않을 수 없었"고 "폐쇄되었으므로 완결된 세계를 형상화하지 않을 수 없었다"[219]는 것이다. 그런데 오세영은 "지용의 후기 자연시들은 모더니즘 풍의 언어미학적인 시의 한계를 극복하여 우주적 정신의 깊이를 탐색하기 위하여 쓰여졌다."[220]며 정지용의 후기시는 정치적 이유 때문이 아니라 유교적 性情을 탐색한 결과인 정신주의 시라고 보고 있다. 즉, 현실적 억압보다는 정신적 세계를 추구한 내적 동기에 의해 그의 후기시가 이루어졌다는 것이다. 이러한 연구는 정지용이 후기시에서 추구하는 세계의 성격을 보여주는 중요한 성과이다. 그러나 앞으로 자세히 살펴보겠지만 후기시에서 性情을

---

217) 정지용, 「朝鮮詩의 反省」, 『정지용 전집』 2, pp.349~350.
218) 최동호, 앞의 논문, pp.108~109.
219) 위의 논문, p.109.
220) 오세영, 앞의 논문, p.287.

탐구하게 된 계기나 모더니즘의 한계를 인식하게 된 계기는 더 이상 현실 세계를 시로 형상화하기 힘든 시대적 상황 때문이었다고 보인다. 그리고 세계에 대한, 시간에 대한 은유적 인식 역시 1930년대 말의 세계를 재현하는 데 있어 한계가 있었던 것이다. 우리가 중요시해야 할 것은 새로운 시적 세계, 상상적 공간을 이루게 한 실질적인 시 형상화 과정은 어떠한 방법론적인 변화와 시도를 거쳐 이루어졌는가라는 점일 것이다.

결국 정지용은 현실 세계에 대하여 다른 시간성을 갖는 세계를 발견하고 그 세계를 시간의 無化 상태인 무시간성의 시간으로 제시하게 된다. 정지용이 '山水'로 표현한 무시간성의 세계는, 억압적 현실에서 일구어낼 수밖에 없었던 선택이었을 것이다. 또한 중기 시에서 상징이 보여주었던 한계를 극복하려는 과정에서 찾게 된 새로운 인식론적 세계이기도 하다. 그 세계는 현실 세계의 시간이 존재하지 않는 무시간성의 자연에 대한 제유적 인식으로 재현된 것이다.

상징과 제유는 밀접한 관계가 있다. 일상적 언어에 있어서 사용 빈도가 큰 제유는 어휘화하고, 시간이 흐르면서 제유성을 잃은 채 한 언어의 일상적 어휘의 일부, 즉 관습적 상징이 된다. 그러나 일상적 어휘화된 상징은 역으로 관습적 수단을 써서 새로운 의미를 창출해 낼 수 있다. 이런 재적용을 통해서 제유가 다시 생겨날 수 있다.[221] 상징에서 제유로 인식 방식이 바뀐 정지용의 시에서도

---

221) Rudi Keller, "Aufsatze: Die Metaphorische und Metonymische ProzeB", 『독일어문화권연구』 6호, 서울대학교독일어문화권연구소,

이러한 현상이 일어난 것으로 보인다. 즉 상징으로 관습화된 의미 체계가 후기시의 주 재현 대상인 자연을 인식하는 과정에서는 전체 대상을 상징적 구성 요소들로 분화하여 지시하게 하는 체계로 바뀐 것이다. 이 제유적 지시 체계는 각각 상징으로서의 의미 체계를 형성하며 대상 전체의 속성을 일부 소유하고 있는 부분들이 전체를 지시하는 과정을 거친다. 사실 제유뿐만이 아니라 "기호들의 한 체계인 언어는, 모두들, 상징들의 체계들인 여러 가지 다른 기호 체계들(codes)에 의해 침해받고 있다."[222] 이러한 기호들 간의 상징 작용, 전체에 대한 부분들 간의 상징 작용이 형성하는 의미망에 의해 재현 가능성은 높아질 수도 있고 낮아질 수도 있다. 전체를 구성하는 부분들의 상징 의미가 강하게 작용하는가, 아니면 상징 의미를 최소화시키고 전체의 속성을 부각시키는가에 따라 재현 양상이 다르게 나타날 수 있다.

그렇다면 정지용의 후기시에서 다른 무엇도 아닌 제유적 인식이 나타나게 된 이유는 무엇인지 설명되어야 할 것이다. 결론부터 말하면 시간의 無化 의지에 의한 무시간성의 자연을 드러내기 위해서는 대상을 해체하고 다시 재구성하는 과정을 거쳐야 했던 것이다. 이러한 과정은 대상에 대한 유사성을 근거로 하는 은유나 대상과의 관습적 일치에 기대고 있는 상징보다 부분들의 통합성을 지향하는 제유를 통해서 이루어질 수 있는 것이다. 후기시의 제유

1997 참고.

222) Tzvetan Todorov, 앞의 논문, p.175.

적 인식은 중시기의 종교적 상징이라는 관습적 담론 체계가 분화되면서 자연의 미분적 구성 요소들을 자연의 상징체계의 일부로 인식하면서 형성된 것이다.[223]

일반적으로 부분으로 전체 대상을 지시하는 방식으로 이해되는 제유는 통합성의 원리에 따라 대상의 구성 요소를 유기적으로 포괄하기 때문에 그 구성 요소들은 비인과적인 관계로 제시된다. 인과적인 관계가 보이더라도 그것은 같은 공간에 존재한다는 조건에 의해서지 시간적 질서에 의한 선후 관계가 성립하는 것은 아니다. 왜냐하면 제유는 제유의 성격인 통합성·총체성·내재성 등에 의해 전체 대상을 미리 상정하고 그 구성 요소들을 공시적으로 포괄하는 인식 방식을 취하기 때문이다. 따라서 제유적 인식은 공간화된 대상에 대해 시간을 無化시키고 무시간성을 재현하는 방식으로 작용한다. 제유적 인식은 계기적 시간 질서를 無化시키고 대상을 구성하는 부분들 사이에 존재하는 여백을 드러낸다. 이 여백에서 소위 비인과론적 인식이 빚어지는 것이고[224] 재현 대상의 현존성을 직감하도록 하는 것이다.

---

223) 이러한 인식 방식은 은유적 인식과 유사한 부분이 있다. 제유에 있어서 부분이 전체에 대한 유사성, 혹은 동질성을 갖고 있기 때문에 전체를 재현하는 것이 가능하다고 본다면 이는 은유적 인식을 통한 재현의 성격과 크게 다를 바가 없기 때문이다. 뒤에 언급하겠지만 정지용의 제유적 인식은 은유적 인식의 또 다른 방식으로 작용했을 가능성이 높다. 그렇다면 후기시의 인식론적 시도는 무시간성을 드러내기 위한 은유적 인식 적용의 적극적 실패로 보아야 한다.

224) 최승호, 「박용래론: 근원의식과 제유의 수사학」, p.211.

제유적 인식과 시간이 無化된 자연의 관계는 두 가지 면에서 부합한다. 우선 제유적 인식을 통해 무시간성의 세계가 파악되고 제시될 수 있다는 점에서 그렇다.

　후기시에서 시간의 無化 의지가 표출된 무시간성의 자연은 정지용이 첫 시집 발간 후 여행을 하면서 만나게 된 山水의 자연이며 동시에 동양적 회화성을 갖는 풍경의 세계이다. 시대적 억압으로 인해 눈을 돌려 찾게 된 山水의 세계 즉, 무시간성의 세계는 현실 세계의 이면에 자리한 대안적 지시물이다. 동양적 자연의 시간은 세속적 현실 시간에 대한 無化 의지로 인해 무시간성의 양상을 보인다는 점은 앞 장에서 이미 밝힌 바 있다. 친일도 배일도 할 수 없었던 시대적 고통은 현실 시간을 벗어난 무시간성의 세계를 추구하게 했다. 그 세계는 제유적 인식에 의해 파악될 수 있는 세계이다. 왜냐하면 재현하고자 하는 대상의 부분으로 대상을 드러내는 제유의 성격으로 볼 때 제유적 인식은 물리적 시간 질서보다는 재구성되고 재창조된 비인과적 시간, 즉 무시간성을 드러내는 방식이기 때문이다.

　정지용이 후기시에서 보여주는 무시간성의 세계는 주관적 시간 의식이 개입된 현실 초월적인 자연의 면모를 보인다. 무시간성의 세계를 드러내기 위해서는 그 현실을 그대로 드러내는 것이 아니라 현실의 일부 속성을 지닌 부분들로 제시하여야 한다. 부분들이 갖고 있는 속성은 통합되어 전체를 지시하기 이전에는 현실적인 의미를 지닌 상징체계로 작용하기 때문이다. 이 부분들이 통합성의 원리에 따라 제유 작용을 할 때 무시간성이 형성된다. 이 재현 과정의 특징은 재현 대상을 구성하고 있다고 여겨지는 부분들은 전체의 속성 일부를 공유하며 등가적 관계를 형성하지만 그 반대로 부분의 속성 자체는 재현 대상의 속성과 등가성을 이루는 것은 아니라는 데에 있다. "제유는 대상과 전체를 내적 연관성에서 인식하는 사유 형태이다."[225] 따라서 제유는 자연스러운 연상 과정과 탄력 있는 사유를 가능하게 한다.

이제 후기시에 나타나는 제유의 양상과 시간의 無化에 대한 제유적 인식, 그리고 그것을 통해 드러나는 무시간성의 시간의식을 자세히 살펴보기로 한다.

제유적 인식에 의해 드러나는 시간성은 재현하고자 하는 대상이 인과적 질서로 형성된 세계가 아니기 때문에 현실 세계의 시간성과는 다른 시간의 無化 양상을 띤다. 그것은 물리적 시간 개념이 작용하지 않는 재창조된 세계이기에 가능하다. 이때 한 편의 시에서 은유, 제유가 동시에 나타나는 경우도 있지만 중요한 것은 전체적 인식과 지배적 양상이다.

골작에는 흔히
流星이 묻힌다.

黃昏에

---

225) 구모룡, 「포위된 시적 혁명: 시적 근대성 비판」, 최승호 외, 『21세기 문학의 유기론적 대안』 새미, 2000, p.75.

누뤼가 소란히 싸히기도 하고,

꽃도
귀향 사는곳,

절터ㅅ드랬는데
바람도 모히지 않고

山그림자 설핏하면
사슴이 일어나 등을 넘어간다.

-〈九城洞〉 전문

위 시의 공간에선 현실의 시간과는 다른 비현실적 시간이 나타
나고 있다. '流星'이 묻히는 골짜기와 '바람도 모히지 않고' 시간이
멈춰선 듯한 '절터'는 인간의 속세와는 동떨어진 상상적 공간이다.
또한 현재 진행으로 끝나는 어미의 처리는 생생한 현재성을 부각
시키는데, 그것이 지금 어디선가 진행되고 있다는 현실적 시간에
속한 계기적 상황이라기보다는 과거와 현재, 그리고 미래가 같은
공간에서 동시에 존재하는 세계의 현존성을 느끼게 해 준다.226)

---

226) 이숭원은 이 시의 무시간성에 대해 다음과 같이 설명한다. "이 시
　　의 표면적 시제는 현재로 되어 있다. 그러나 이 시의 내면구조를
　　살펴보면 이 시는 현재라는 시간의 한 접점이나 과거 현재 미래로
　　이어지는 시간의 방향성과는 아무 관계가 없다는 것을 알게 된
　　다.……(중략)……말하자면 이 시의 현재는 表面的 現在(specious

즉, 1연에서는 오래된 과거 시간의 축적이 제시되고, 2연에서는 현재 시간의 모습이, 다시 3연과 4연에서는 시간의 흐름이 멈춰 미래까지 지속될 수 있다는 암시를 보여주다 마지막 5연에서는 다시 현재 진행이 계속될 것임을 보여준다. 이러한 세계는 각 연에 나타나는 무시간을 드러내는 요소들, 즉 '골짝', '流星', '누뤼', '꽃', '절터', '산', '사슴' 등의 '九城洞'을 구성하는 부분들이 시간이 無化된 '九城洞'을 재현할 수 있다고 보는 제유적 인식에 의해 형성된 것이다. 제유적 세계관은 세계를 구성하는 요소들의 유기적 결합 관계를 중시하므로[227] 위 시에서는 각 부분들이 유기적 구조로 대상을 형성하고 있는 것이다. 정지용이 초·중기시에 추구했던 은유적 재현이 불가능해진 현실적 압박은 새로운 시간·공간의 형상화를 요구하고 있다. 이에 따라 현실 시간의 질서가 無化된 무시간성의 세계를 자연으로 제시하고자 할 때 그 자연은 통합적 공간에 위치한 부분들에 의해 재현되고 있는 것이다. 위의 시는 무시간성의 세계를 구성하는 요소들이 통합성의 원리에 따라 배열된, 제유적 시간에 놓인 비현실계를 보여주고 있다. 이는 다음 시를 통해서도 확인할 수 있다.

畵具를 메고 山을 疊疊 들어간 후 / 이내 蹤迹이 杳然하다 / 丹楓

---

present)에 해당된다."(이숭원, 「「白鹿潭」에 담긴 芝溶의 美學」, pp.322~323.)

227) 구모룡, 「시학의 주요 개념에 대한 재고찰」, 『한국문학논총』 제29집, 2001. 12., p.219.

이 이울고 / 峯마다 찡그리고 눈이 날고 嶺우에 賣店은 덧문 속문
이 닫히고 / 三冬내-열리지 않았다 / 해를 넘어 봄이 짙도록 /
눈이 처마와 키가 같았다 / 大幅 캔바스 우에는 木花송이 같은 한
떨기 지난해 흰 구름이 새로 미끄러지고 / 瀑布소리 차츰 불고 푸
른 하늘 되돌아서 / 오건만 구두와 안ㅅ신이 나란히 노힌채 戀愛가
비린내를 풍기기 시작했다 / 그날밤 집집 들창마다 夕刊에 비린내
가 끼치였다 / 博多 胎生 수수한 寡婦 흰얼골 이사 / 准陽 高城사
람들 거리에도 익었건만 / 賣店 바깥 主人 된 畵家는 이름조차 없
고 松花가루 노랗고 / 뻑 뻑국 고비 고사리 고부라지고 / 호랑나븨
쌍을 지여 훨 훨 靑山을 넘고.

-〈호랑나븨〉 전문

위 시 역시 제유적 인식에 의해 재현된 세계가 시간이 멈춰선
채 無化되고 있다. 위 시의 서사적 시간은 초겨울에서 봄까지이다.
화가와 과부의 시간은 이 시간에서 멈추어 있다. 그들의 시간은
현실 세계와는 괴리된 시간대에 속하며, '호랑나븨'로 환생한 듯,
영원히 한 순간의 시간 속에 살고 있다. 현실의 시간과는 다른 방
식으로 존재하는 그들의 시간은 일상적이고 계기적인 시간 개념이
無化된 채 한 폭의 그림처럼 멈춰있다. 이러한 무시간성은 직접적
제시가 아닌 제유적 지시로 인해 독자를 환기시킨다. 즉, 제유를
통해 시간이나 서사적 상황을 느낄 수 있도록 장치되어 있다. 우
선 구절에 나타난 제유를 살펴보기로 한다. '山을 疊疊 들어간 후'
는 화가가 첩첩 산 중 깊숙이 들어갔다는 의미인데, '疊疊'이라는

부사어는 '깊은 산 속'을 이루는 일부분의 속성을 지칭한다. 또한 '丹楓이 이울고 峯마다 찡그리고 눈이 날고'라는 표현은 초겨울을 지시하고 있다. 이는 계절의 특징적 일부를 통해 계절을 지시하는 제유이다. '三冬내'는 겨울의 삼 개월을 의미하므로 겨울을 나타내는 표현이다. 이렇게 자연의 특징적 일부를 통해 계절을 나타내는 표현이 주로 쓰이고 있는데, '瀑布소리 차츰 불고 푸른 하눌 되돌아서 오건만'이라는 구절이 봄을 지시하는 경우도 마찬가지다. 계절을 간접적으로 드러내는 방법은 독자가 갖고 있는 계절감각을 환기시키며 시의 계절적 정서를 더욱 부각시키는 기능을 한다. '구두와 안ㅅ신이 나란히 노힌채 戀愛가 비린내를 풍기기 시작했다'는 구절 역시 제유이다. '구두와 안ㅅ신'은 화가와 매점 주인 여자를 지칭하기 위해 특정 부분으로 드러낸 것이다. '비린내'는 情死를 지시하기 위해 특정 감각 중 후각을 사용한 것이다. 산에서 일어난 사건을 이루고 있는 미세한 부분들을 제유로 제시할 때 얻을 수 있는 효과는 독자를 강하게 환기시키고 자극하는 데에 있다. 독자는 제시된 부분들을 통합하여 상황의 전체적 윤곽을 눈앞에서 보는 것과 같이 재현해 낼 수 있는 것이다. '靑山'은 이상향을 지시하는 은유로 볼 수 있다. 그러나 위 시의 전체적 시·공간을 구성하는 일부로 '靑山'을 볼 때 그것은 제유로 작용하기도 한다. 그런데 위 시의 핵심적인 부분은 '호랑나븨'이다. 두 주인공은 '호랑나븨'로 환생한 것이다. '靑山'을 비롯하여 위 시의 시·공간을 구성하는 일부로써, 그리고 두 주인공의 사랑이 죽어서도 이루어졌음을 보여주는 일부의 예시로써 '호랑나븨'는 제유적 인식에 의해 파악된 대상이다. 사실 두 주인공과 '호랑나븨', 그리고 '靑山' 사이에는 명확한 인과적 관련성이 없다. 유사성이나 동질성도 보이지 않는다. 본질적으로 이들의 존재 범주는 동떨어져 있다. 여기선 예로부터 죽은 사람이 나비가 된다는 속설이나 현실과 꿈의 경계 없음을 설파한 장자의 '호접몽'에 나오는 나비를 떠올릴 수 있을 뿐이다. 이러한 설화적, 莊子的 배경을 담지한 나비와, 관습적 상징에 기대고 있는 '靑山', 깊은 산골, 한겨울의 연애담을 배경으로 한 과부, 화가와의 관계는 제유적 인식의 통합성에 의해 유기적으로 재구성된다. 그리고 이들 각각이 모여 전체 시·공간을 재현하게 되는 것이다. 위 시에서 과부와 화가가 호랑나비로 환생했다는 과정에 대한 논리적 근거는 찾아볼 수 없는 것이다. 이렇듯 겨울 내내 함께 지낸 사랑의 시간이 죽음으로 일단락되고 다시 호랑나비로 바뀌어 사랑을 이어나간다는 상황이 제유적 인식에 의해 파악되고 있다.

또한 제유적 인식은 시간대가 멈춘 시간, 현실의 시간과는 관계없는 시간을 파악하는 인식 방식으로 작용한다. '캔바스', '지난해 흰 구름', '瀑布소리', '구두와 안스신', '비린내', '호랑나븨', '靑山' 등은 모두 비인과적 관계로 시간과 공간을 구성하는 요소들이고 이들에게 직선적으로 흐르는 물리적 시간은 결여되어 있다. 시에서는 '松花가루', '뻐국', '고사리' 등을 통해 봄이라는 시간을 알려주고 있지만 이 봄은 산 아래에서 흐르는 계절과는 성격이 다른 계절이다. 그것은 애틋한 사랑이 이루어진 순간 찾아온 영원한 지속의 시간성을 갖고 있다. 위 시의 제유적 인식은 무시간성을 구축하는 부분들의 속성이 전체로 통합되는 과정을 통해 시간이 無化된 상황을 재현하고 있다. 위 시는 "인간사·세속사가 개입하게 되면 자연과의 조화는 깨어지기 때문"228)에 현실과는 대조적인 산을 무시간성의 시간대에 위치시켜 놓은 것이다.

지금까지 제유적 인식에 의해 시간이 無化된 세계인 동양적 자연의 세계가 파악될 수 있었고 그것이 무시간성의 세계인 '자연'으로 재현되고 있음을 살펴보았다. 이제 제유적 인식과 무시간성의 세계, 즉 후기시의 동양적 자연에 보이는 동양 회화적 성격의 관계를 살펴보고 후기시의 시간의식이 갖는 특징을 알아보고자 한다. 이는 시간의 無化 의지에 의해 형성된 무시간적 세계의 재창조성을 밝히는 것이기도 하다. 또한 부분의 통합을 통해 전체를 지시하는 방식에 의해 재현되는 '무시간성의 자연'이 갖는 비인과적 성격과 제유적 인식의 한계를 살펴보기 위한 것이다.

후기시에서 보이는 시의 회화성은 창조적인 시간, 즉 무시간성의 세계에 대한 시간의식과 제유적 인식이 만나는 양상을 명백하게 드러낸다. 정지용이 "畵에 文을 겸한다는 것이 심히 자연스런"229) 것으로 여겼다면 "동양화론 畵論에서 시의 향방을 찾는"230) 것 역시 자연스런 태도였을 것이다. 실제로 정지용은 시를

---

228) 이숭원, 『20세기 한국시인론』, p.92.

229) 정지용, 「詩選後」, 『정지용 전집』 2, p.372.

230) 정지용, 「시의 옹호」, 위의 책, p.320.

회화에 빗대어 평하기도 했다.[231] 이렇듯 동양화론에 경도된 회화성은 정지용 후기시의 중요한 특징이다.[232] 이때 정지용이 변절과 친일을 강요당하던 일제의 압력 속에서 자신을 지키는 길은 山水에 자신을 숨기는 일이고 이로써 자연에 숨어 자신을 드러내지 않는 은일 정신이 후기시에 나타난다는 분석이 나올 수 있다.[233] 그런데 정지용이 제유적으로 인식한 자연은 "실제에 대한 〈복제〉를 넘어서서 한 폭의 그림으로 형상화"[234]한 적극적 창조의 세계이다. 현실 재현의 어려움을 인식한 정지용은 山水의 세계를 회화적으로 그려내어 현실에 없는 새로운 잉여가치를 발견해 내고 있는 것이다. 이렇게 볼 때 정지용의 후기시에 동양화 사상 중 유가사상의 하나인 은일 정신[235]이 드러나는 방식과 회화성의 의미를 자세히 분석할 밝힐 필요가 있다. 재현 가능성이 희박해진 억압적 현실에서 새 방향을 찾는 과정이라고 할 수 있는 후기시에서는 시간성 형상화와 시의 동양화적·회화적 특징이 제유적 인식과 결부되고 있다.[236]

---

231) 정지용, 「詩選後」, 위의 책, pp.364~371 참고.

232) 최동호, 앞의 논문 참고.

233) 위의 논문, 특히 pp.96~97.

234) 장경렬, 앞의 논문, p.335.

235) 김종태, 『東洋繪畫思想』, 일지사, 1984, p.11.

236) 동양화의 경우 다양한 시간과 공간을 구성하는 요소들을 한 화면에 겹쳐놓는 특징에 있어서는 제유의 특성과 유사하다고 할 수 있다. 대상을 구성하는 부분들의 통합을 통해 전체 대상을 재현하는 동양화의 기법은 구성 요소들만으로도 산과 하늘과 땅을 지시하는 특징

종종 다리 깟칠한
山새 걸음거리.

여울 지여
수척한 흰 물살.

갈갈히
손가락 펴고.

멎은 듯
새삼 돋는 비ㅅ낯

붉은 닢 닢
소란히 밟고 간다.

-〈비〉 부분

위 시의 시각적 감각은 곧 영상을 일으킨다. 그런데 그려진 영
상은 곧 허상이다.[237] 회화에 있어서도 대상을 화면에 옮긴다는
것은 어떠한 경우에도 실재적 사건일 수는 없다.[238] 위 시에서 비
가 내리고 그 빗물이 불어 물살을 일으킬 때까지의 시간은 한 공
간에 축적되어 있다. 시간이 축적되어 있다는 말은 시의 행간 속

을 보인다.(김용옥, 『石濤畫論』, 통나무, 1992 참고.)

237) Umberto Eco 외, 김석희 역, 『시간 박물관』, 푸른숲, 2000, p.204.

238) 김용옥, 앞의 책, p.116.

에 시간이 동시적으로 펼쳐져 있다는 것을 의미한다. 따라서 비가
내리기 시작한 시간대와 비가 계속 내리는 시간대가 '산새 걸음거
리' 위에 겹치고 있다. 이렇게 실재인 듯하지만 실재가 아닌 세계
의 시간에 대한 형상화는 하나의 화폭에 다양한 시·공간이나 사
계절을 함께 그려 넣는 동양화의 회화적 기법을 닮고 있다.[239] 여
기서 우리는 동양의 산수화가 자연을 있는 그대로 그리는 것이 아
니라 자연에 대한 주체적이고도 예술적인 창조를 통해 자아를 투
영하고, 경험적 통찰에 의한 세계의 본질과 道에 대한 인식을 바
탕으로 한다는 점에 주목해야 한다.[240] 따라서 정지용 시에 드러
난 은일 정신은 자연 속에 은거하고자 하는 정신이라기보다는 적
극적이고도 창조적인 인식 과정을 통해 山水로 지시되는 동양적
자연의 세계를 형상화하려는 의지의 소산으로 읽힌다. 즉 시적 형
상화를 통한 '자아의 투영 의지'가 곧 시대적 억압을 감당해 낼 수
있는 '은일의 과정'인 것이다.[241]

정지용의 은일이란 자연에서 물리적인 시간을 지우고 무시간성
의 세계로 들어가려는 의지이다. 위 시에 나오는 풍경은 현실과
유사하지만 우리가 익히 경험한 풍경에 대한 유사가 아니다. 이러
한 유사는 오히려 실재와 유사하지 않다는 것을 증명할 뿐이다.
유사란 사유 작용에서 비롯하는 것이다.[242] 위 시의 풍경을 형상

---

239) 위의 책, p.160.

240) 위의 책, p.195; 김종태, 앞의 책, p.51 참고.

241) 이때 앞서 언급한 性情(오세영, 앞의 논문.)은 은일의 과정에서 추
구하게 된 정신적 가치로 보인다.

화하고 지시하는 소재들은 현실에 존재하는 평범한 자연물이다. 그러나 이 소재들의 속성과 기능에 의해 그것들이 모여 이루고 있는 풍경은 오히려 비현실적인 무시간의 공간으로 재창조되었다. 풍경을 구성하고 있는 부분들은 시인의 시점에 따라 비인과적인 관계로 펼쳐져 있다. 이들에 의해 산의 풍경이 재현되고 있다고 느끼는 것은 환원적이고 통합적인 유추에 의해 파생된 생각이지 풍경을 이루는 부분들이 결코 현사실적인 산의 풍경을 표현하는 것은 아니다. '그늘', '바람', 걸어 다니는 '산새', '물살', '비', '붉은 낲'은 모두 자신의 역할을 분담하여 수행할 뿐이다. 이들이 갖고 있는 비인과적 관계의 틈은 물리적 시간이 멈추고 계기적 연관이 끊어진 무시간성의 공간이다. 이는 동양화의 기법인 사물을 통해 다양한 시·공간이 겹친 山水를 드러내는 방식이기도 하다. 이는 제유의 원리에 따라 이루어지고 있다.

　제유는 통합성의 원리에 따라 부분을 통해 전체를 지시하는 방식이기 때문에 부분이 갖고 있는 의미 체계가 전이되어 지시 대상의 의미 형성을 돕는 역할을 한다. 따라서 동양화적 특성으로 펼쳐진 위 시가 구체적으로 지시하는 것은 부분들이 갖고 있는 속성의 총체이다. 속성의 총체는 무시간적인, 여백과 틈이 열려 있는 청정한 동양적 자연의 세계로 재창조되고 있다. '종종 다리 깟칠한 /山새 걸음거리'는 비가 내리기 시작하는 상황을 일부 속성으로 지시하고 있다. 그 모습은 雨中 상황을 제유로 지시한다. '흰 물살'

---

242) Michel Foucault, 김현 역, 『이것은 파이프가 아니다』, 민음사, 1995, p.77.

역시 비가 계속 내리고 있는 시간을 표현하기 위한 제유적 지시이
다. 이러한 인식 과정 속에 갑자기 비는 '멎은듯/새삼 돋는'다. 이
시행에서 시간은 정지한 듯 묘사되고 있다. 이는 물리적 시간이
아닌 주관적 시간에서 이루어지는 현상이다. 또한 화자의 시선이
빗방울로 옮겼다가 붉은 잎으로 이동한다. 빗방울이 잎을 밟는다
는 것 역시 비가 내리는 상황을 제유로 제시한 것이다. 이렇듯 위
시의 모든 사물과 사건은 비가 내리기 시작해서 계속 이어지는 시
간의 상황을 지시하기 위해 동원되고 있다. 다양한 시간대에 걸쳐
비 내리는 상황을 화폭에 담은 듯 펼쳐 놓고 있다. 그리고 통합성
의 원리에 따라 시선이 이동하는 가운데에 무시간이 현전한다.[243]
위 시의 세계는 현실의 시간이 아닌 철저히 주관적이고 창조적인
자아의 시간 속에 놓여 있으며 현실 개념으로 파악되는 계기적 시
간은 개입하지 않는다.

1

絶頂에 가까울수록 뻑국채 꽃키가 점점 消耗된다. 한마루 오르면
허리가 슬어지고 다시 한마루 우에서 목아지가 없고 나종에는 얼골
만 갸웃 내다본다. 花紋처럼 版박힌다. 바람이 차기가 咸鏡道끝과 맞
서는 데서 뻑꾹채 키는 아조 없어지고도 八月한철엔 흩어진 星辰처
럼 爛漫하다. 산그림자 어둑어둑하면 그러지 않어도 뻑꾹채 꽃밭에
서 별들이 켜든다. 제자리에서 별이 옮긴다. 나는 여긔서 기진했다.

---

243) 이는 곧 현재적 상황을 부각시킨다. 이에 대해 정끝별은 "시간을
    회화적인 공간 속에서 파악케하는 순간의 현재성"이 있다고 말하고
    있다.(정끝별, 앞의 논문, p.42.)

2

嚴古蘭, 丸藥 같이 어여쁜 열매로 목을 축이고 살어 일어섰다.

3

白樺 옆에서 白樺가 髑髏가 되기까지 산다. 내가 죽어 白樺처럼 흴것이 숭없지 않다.

4

鬼神도 쓸쓸하여 살지 않는 한모롱이, 도체비꽃이 낮에도 혼자 무서워 파랗게 질린다.

5

바야흐로 海拔六千呎우에서 마소가 사람을 대수롭게 아니녀기고 산다. 말이 말끼리 소가 소끼리, 망아지가 어미소를 송아지가 어미말을 따르다가 이내 헤여진다.

6

첫새끼를 낳노라고 암소가 몹시 혼이 났다. 얼결에 山길 百里를 돌아 西歸浦로 달어났다. 물도 마르기 전에 어미를 여힌 송아지는 움매-움매-울었다. 말을 보고도 登山客을 보고도 마고 매달렸다. 우리 새끼들도 毛色이 다른 어미한틔 맡길것을 나는 울었다.

7

風蘭이 풍기는 香氣, 꾀꼬리 서로 부르는 소리, 濟州회파람새 회파람부는 소리, 돌에 물이 따로 굴으는 소리, 먼 데서 바다가 구길 때 솨-솨-솔소리, 물푸레 동백 떡갈나무 속에서 나는 길을 잘못

들었다가 다시 측넌출 긔여간 희돌바기 고부랑길로 나섰다. 문득 마
조친 아롱점말이 避하지 않는다.

8

고비 고사리 더덕순 도라지꽃 취 삭갓나물 대풀 石茸 별과 같은 방
울을 달은 高山植物을 색이며 醉하며 자며 한다. 白鹿潭 조찰한 물을
그리여 山脈우에서 짓는 行列이 구름보다 壯嚴하다. 소나기 놋낫 맞
으며 무지개에 말리우며 궁둥이에 꽃물 익여 붙인채로 살이 붓는다.

9

가재도 긔지 않는 白鹿潭 푸른 물에 하눌이 돈다. 不具에 가깝도
록 고단한 나의 다리를 돌아 소가 갔다. 좇겨온 실구름 一抹에도 白
鹿潭은 흐리운다. 나의 얼골에 한나잘 포긴 白鹿潭은 쓸쓸하다. 나
는 깨다 졸다 祈禱조차 잊었더니라.

                                                      -〈白鹿潭〉 전문

위 시에 대한 기존의 분석을 크게 세 가지로 나누어 보면 다음
과 같다. 우선 시간성으로 볼 때 위 시는 無化된 시간을 통해 무
시간성을 보인다는 것이다.244) 시의 형상화 측면에서 보면 동양화
의 기법을 사용하고 있다는 분석이 있다.245) 그리고 정신의 상승

<hr>

244) 김훈, 「鄭芝溶詩의 分析的 研究」, 서울대 박사논문, 1990, pp.159~168.
245) 권정우, 앞의 논문, pp.52~55. 시집 『白鹿潭』에 수록된 시들의 전체
     적 특성을 동양화의 회화적 기법과 관련지어 연구한 것으로는 최동
     호, 「鄭芝溶의 山水詩와 隱逸의 精神」과 소래섭, 「鄭芝溶의 詩에 나

적 도정을 통한 자아와 객체의 합일 경지, 순수와 무욕의 정신세계에 대한 추구를 보인다는 내용면에 대한 분석이 있다.[246] 한편 기존의 연구는 이러한 분석 결과를 대체로 함께 제시하거나 서로의 논거로 삼고 있다. 이러한 분석을 종합해 보면 위 시는 동양화의 회화적 특성을 활용하여 무시간성의 공간을 형성해 시간을 無化하려는 시간의식을 드러내고 있으며 이를 통해 자아와 객체가 합일되는 과정을 나타내고 있다는 결론이 나온다. 이를 토대로 볼 때 위 시는 회화적 공간으로 재창조된 '白鹿潭'이라는 자연을 통해 무시간성의 세계를 드러낸 것이다. 그리고 시간이 無化된 공간을 등정하며 회화적 구도로 바라본 한라산과 '白鹿潭'은 그 구성 요소들을 통합적으로 드러내어 형상화한 제유적 지시물인 것이다.

위 시에서 산을 등정하는 과정은 일련의 순서로 배열되어 있다. 즉 1연부터 9연까지의 장면은 다른 공간으로 계속해서 전진하는 전개 과정인 것이다. 이는 한 공간에 등정의 시간을 동시적으로 펼쳐 놓은 것으로 각 공간을 이루는 구성 요소들을 통해 '白鹿潭'을 지시하는 제유의 특성을 보인다. 동시에 이 등정은 현실 세계의 시간을 無化시키는 과정이기도 하다. 1연에서 '뻐꾹채의 꽃키'가 점점 '消耗'되어 '아조 없어지고' 결국 '별'이 되는 과정은 산 아

타난 自然認識研究」, 서울대 석사논문, 2001 등을 참고할 것.

246) 최동호, 「鄭芝溶의 〈長壽山〉과 〈白鹿潭〉」, 김은자 편, 앞의 책, pp.255~262; 이숭원, 『정지용 시의 심층적 탐구』, pp.199~203; 김종태, 「정지용 《백록담》의 공간의식」, pp.208~210; 소래섭, 앞의 논문, pp.66~68.

래에서의 시간이 사라지고 하늘에 '版박힌' 영원한 현재의 시간, 즉 무시간성으로 바뀌는 과정을 보여준다. 시간의 직선적 - 꽃으로 보면 수직적인 흐름은 정지하고 '제자리에서 별이 옮길 뿐인 고여 있는 시간성으로 바뀐 것이다. 그리하여 "시간의 계기성이 전혀 무의미해지고 모든 것이 공간으로 제시된다. 시간의 공간화가 이루어지고 있는 것이다."247) 하이데거에 의하면 "오직 탈자적 - 지평적 시간성의 근거 위에서만 현존재의 공간에로의 침입이 가능하다."248) 현실 세계의 물리적인 시간이 자아 내의 주관적 시간의식을 통해 초월될 수 있다면 그렇게 탈자화된 현존재와 공간은 초월적 지평 속에서 동일성을 이루며 공간화된 시간을 공유할 수 있는 것이다. 현실 세계의 유한한 시간성을 떠나 영원한 현재로 이어지고 있는 무시간성의 세계인 '여긔서' 화자는 '기진'한다. 그것은 현실 세계에 속한 유한한 존재의 일차적 죽음을 의미한다. 다음 2연에서 '丸藥' 같은 열매로 '살어'난다는 것은 무시간성의 공간에서 재생했다는 것을 의미한다. 재생을 이루어주는 '丸藥'은 도교적 관점에서 보면 '丹藥'에 해당하는 것으로 재생을 통해 得仙을 이루게 해주는 매개체이다.249) 이러한 통과제의를 거친 화자의 눈에 펼쳐진 것은 '別有天地 非人間'의 풍경이다. 그것은 곧 화자의 내면이 보고 싶어 하는 풍경이기도 하다. 그렇기 때문에 주체는 거의 지워지고 다시점에 의해 풍경이 포착되고 있는 것이다. 다시점에 의

---

247) 김훈, 앞의 논문, p.160.

248) M. Heidegger, 앞의 책, p.484.

249) 정재서, 『不死의 신화와 사상』, 민음사, 1994, pp.48~54.

해 다양한 공간에서 펼쳐지고 있는 풍경을 시간의 흐름이나 원근법에 구애 받지 않고 한 자리에 펼쳐놓는 방식은 동양화의 회화 방식과 유사하다.[250] 이때의 풍경은 화자가 재창조해 낸 제유적인 공간이다. 화자가 바라본 풍경을 이루는 각 연의 요소들은 제각각 자신들의 속성을 견지하면서 통합적으로는 비인과적인 시간 질서를 이루며 한라산과 '白鹿潭'이라는 자연을 형상화해낸다. 3연을 보면 알 수 있듯이 이 세계는 '鬼神'도 '도체비꽃'도 너무나 쓸쓸하여 살기 힘든 고독과 고요의 공간이다. 그곳엔 사람이 없고 단지 움직이는 것은 '말', '소', '새' 등의 짐승뿐이다. 취하고 자는 사이 소나기가 내리더니 곧 무지개가 뜨고 '꽃물' 이겨 붙은 '궁둥이'의 '살이 붓는다'. 고독과 무시간성의 세계에서 지워진 주체는 9연에서 자신의 '얼골'과 마주친다. 그러나 '실구름 一抹에도' 흐려지는 '白鹿潭'에 비친 '얼골'은 이미 현실 시간 속의 세속적 자아를 의미하지 않는다. 4연에서 느낀 산의 쓸쓸함처럼 '얼골'에 포개진 '白鹿潭'이 '쓸쓸하'듯 자아는 쓸쓸함 자체이다. 이로써 신을 향한 경건의 상징인 '祈禱'조차 잊어버린 자아는 인간 존재의 본질이라 할 수 있는 쓸쓸함과 고독에 잠기게 된 것이다. 원래 등정 과정과 산 자체가 쓸쓸한 것이었기 때문에 자아와 산은 쓸쓸하다는 측면에서 동일성을 이루게 된다. 각 연에 나오는 소재들, 즉 巖古蘭, 白樺, 도체비꽃, 말, 소, 風蘭, 새, 나무, 白鹿潭은 모두 인간계와는 동떨어진 시간대에 존재하며 이들의 통합은 각각이 갖고 있는 의미 체

---

250) 권정우, 앞의 논문, pp.52~55.

계를 벗어나 고독한 이미지의 자연을 형성한다. 제유적 인식으로 바라본 '白鹿潭'의 모든 구성 요소를 통해 무시간성의 세계가 인식되는 것이다.

시 〈長壽山 1〉과 〈長壽山 2〉에서 보이는 무시간성의 세계 역시 제유적 인식에 의해 재창조·재구성되어 주관적 풍경으로 제시되고 있다. 〈長壽山 1〉에 등장하는 '큰솔', '다람쥐', '뫼ㅅ새', '눈과 밤', '달', '흰', '웃절 중', '조찰히 늙은 사나희' 등은 산의 무시간성을 이루는 중요한 요소들이다. 또한 이 요소들은 '산'이라는 자연을 이루는 일부 구성 요소들이기도 하다. 이들은 '산'을 제유적으로 지시하고 있다. 각 요소들은 비인과적 관계로 제시되고 있는데 이는 시간의 분절이나 각 요소들이 차지하는 공간과 공간 사이의 벌어진 틈의 무시간적 특성을 형상화하고 있다. 이는 다각적 시점에 의한 제유적 인식으로 대상을 파악한 것이기 때문에 가능한 것이다.

풀도 떨지 않는 돌산이오 / 돌도 한덩이로 / 열두골을 고비고비 돌았세라 / 찬 하눌이 골마다 / 따로 씨우었고 / 어름이 굳이 얼어 / 드딤돌이 믿음즉 하이 / 꿩이 긔고 곰이 밟은 자욱에 / 나의 발도 노히노니 / 물소리 / 귀또리처럼 啷啷하놋다 / 피락 마락하는 해ㅅ살에 / 눈우에 눈이 가리어 앉다 흰시울 알에 흰시울이 / 눌리워 숨쉬는다 / 온산중 나려앉는 휙진 시울들이 / 다치지 안히! / 나도 내더져 앉다 / 일즉이 진달레 꽃그림자에 붉었던 / 絶壁 보이한 자리 우에!

-〈長壽山 2〉 전문

위 시에서 '돌', '찬 하눌', '어름', '꿩', '곰', '나', '눈', '진달레', '絶壁' 등은 '長壽山'을 구성하는 요소들이면서 '長壽山'을 지시하는 부분들이다. 말하자면 시 〈長壽山 2〉에는 '長壽山'은 없고 '長壽山'을 연상시키는 제유적 지시물들만이 있을 뿐이다. 이러한 방식은 산수를 구성하는 구성 요소들의 배치로 산수의 전체 윤곽을 드러내는 동양화의 화면 구성 방식251)과 유사한 것이다. 시간에 있어서도 역시 '꿩이 긔고 곰이 밟은 자옥에 나의 발도 노히'는 다양한 시간대를 동시적 시간대에 겹쳐놓아 전체적 시간을 無化시키고 있는데 이러한 무시간성은 동양화의 시간성과 유사하다. 정지용이 후기시에서 보여주는 시간의식은 시간의 無化 의지에 의한 새로운 세계로의 지향에 있다고 할 수 있다. 그리고 그 세계는 제유적 인식에 의해 파악되었던 것이다.

---

251) 전통적 산수화의 경우 하늘이나 산 등은 실재를 재현했다기보다는 실재를 지각할 수 있는 방식으로 그려지고 있다. 산수화의 平遠法, 空氣遠近法 등은 후기시에서 보이는 대표적인 방식으로 논의되고 있다. 권정우는 앞의 논문에서 空氣遠近法과의 관련성을 논의했고 차승기는 平遠法과의 관계를 논의했다.(차승기, 「1930년대 후반 전통론 연구 -시간-공간의식을 중심으로-」, 연세대 박사논문, 2002.) 그러나 중요한 것은 어떤 특정한 방법이 아니라 정지용의 후기시에 나타나는 회화성이 동양화적 화면 구성 방식과 유사하다는 점에 있다는 것이다. 화면 구성 방식과 시적 구성 방식에 대해선 다음 글을 참고 할 수 있다. "우리가 그리는 것은 바위나 물이나 산세를 나타내는 윤곽일 뿐이지 땅 그 자체를 그릴 수는 없다. 땅은 어느 곳에도 없는 것이다. 다시 말해서 화면에 있어서는 하늘도 땅도 사람도 없는 것이며 또 동시에 그것이 다 융합되어야만 비로소 화면이 구성되는 것이다."(김용옥, 앞의 책, p.114.)

'꽃 피기전 철아닌 눈에/핫옷 벗고 도로 칩고 싶'(〈春雪〉)은 초봄의 시간은 겨울의 시간으로 역행하고, '슬픔도 꿈도 없이 長壽山 속 겨울 한밤내'(〈長壽山 1〉)의 시간에 머무르고 싶은 화자의 의지는 현실의 시간을 無化시키는 시간의 창조적 재구성을 이끈다. 이러한 재구성의 의의는 자아와 동일성을 이루려는 주관적 시간의식의 의지라는 점에 있다. 정지용이 현실 시간을 부정하고 새롭게 추구한 시간의식을 통해 이루어낸 세계는 주관적으로 인식한 자연이자 자연의 구성 요소이기도 한 '山水'를 통해 제시됨으로써 결과적으로 볼 때 현실 초월적인 면모를 보인다. 억압적인 당대 현실에서 정지용은 과거·현재 혹은 영원성의 시간 재현에 대한 실어증을 앓을 수밖에 없었을 것이다. 따라서 유사성으로 이루어진 초·중기 시의 은유적 인식에서 시작된 정지용의 시는 대상을 구성하는 부분들의 상징적 의미를 해체하고 재구성하는 제유적 인식으로 바뀌어 '위협받고 은폐된' 자아의 현실을 표현하기에 이른 것이다.

정지용이 후기시에서 추구한 무시간성의 세계는 미리 그러한 대상을 상정해 놓고 그 대상을 구성하고 있다고 믿는 부분들을 제시한다. 그리하여 부분들이 갖는 개별적 의미를 지시 대상으로 환원시키는 방식을 취한다. 즉, 부분과 대상과의 등가성을 전제로 재구성되고 재조직된 부분들의 통합을 통해 재현되는 양상을 보인다.252) 그러나 대상의 속성을 부분이 등가적으로 갖고 있다고 할

252) 비유적 의미로 제유는 부분으로 전체를 나타내는 것으로 통합적인 특성을 지닌다.(김욱동, 앞의 책, p.245.) 그러나 부분의 통합이 전체를 그대로 지시한다고 볼 수는 없다. 그것은 내포하고 있는 부분

수는 있지만 부분들의 속성이 그대로 대상의 속성과 등가를 이루는 것은 아니다. 재현 가능성에 대한 신뢰가 높을수록 부분들이 갖는 본연의 상징적 의미체계는 의도적으로 왜곡될 수 있다. 여기에 후기시에 나타난 제유적 인식의 한계가 있다.

현실 세계와는 다른 무시간성의 공간으로 제시된 동양적 자연은 은유적 인식에 의해 파악된 초·중기시의 세계와는 다른 재현의 양상을 보인다. 은유적 인식은 대상을 다른 대상으로 표현하는 과정에서 또 다른 의미의 확대와 파생을 유발하게 된다. 따라서 재현 대상이 갖고 있는 의미 체계가 다른 의미 체계로 전이되는 특성을 보인다. 은유적 인식 역시 재현 가능성에 대한 신뢰를 바탕으로 하지만 재창조적인 것으로 승화시키려는 의도를 내재하고 있다. 제유적 인식 역시 등가성, 통합성 등의 원리에 따라 대상을 재현하는 것이 가능하다고 믿는 전적인 신뢰를 바탕으로 형성된 인식 방식이다. 그러나 정지용이 드러내고자 한 무시간성의 세계는 동양적 자연의 세계를 재현하고 있지만 결과적으로는 비재현성을 드러낼 뿐인 재구성되고 재창조된 세계였다. 제유적 인식은 은유적 인식처럼 대상을 다른 무엇으로 바꾸어 지시하고자 하는 방식이 아닌 대상이 다른 무엇으로 지시되는 게 가능하다고 믿는 방식이다. 그러므로 제유적 인식에 있어서는 대상에 대한 의도적 상정

들의 속성이 각각의 특징적 성격을 비인과적으로 보유하고 있기 때문이다. 따라서 제유를 통한 재현은 의도의 확대를 통해 이상적 대상을 지시할 수 있다고 믿는 신뢰를 전제로 한다. 이때 재현된 대상, 즉 부분의 전체는 부분들을 관찰하는 시인의 주관적 의식이 개입된 이상적 존재로 보아야 한다.

이 전제되거나 대상을 구성하는 부분들의 개별적 의미 체계에 대한 왜곡이 뒤따를 수 있다. 정지용의 후기시에서는 자연을 구성하는 요소들의 의미망이 해체된 채 작용되고 있다. 다시 말해 본래의 의미 체계보다 전체 대상이 갖고 있는 일부 속성을 부각시킨다. 무시간성의 동양적 세계를 이루게 하는 통합성의 원리가 강요되고 있는 것이다. 이 경우는 앞서 지적했듯이 재현 가능성이 낮아지게 된다. 부분들이 수행하는 제유적 의미의 전이 과정은 그 부분들이 재현 대상을 그대로 지시한다고 믿는 맹목적인 의미 부여 행위에 의해 은유에서처럼 다양한 의미의 생성 효과를 나타내지 못한 채 고정적이고 획일적인 재현의 양상을 드러낸다. 정지용의 후기시에 있어서 부분에 대한 맹목적이 의미 부여와 재현 가능성에 대한 전적인 신뢰가 작용하고 있는 무시간성의 세계는 결국 동어반복적인 형태로 제시될 수밖에 없게 된다. 맹목성과 고착성 또한 정지용이 타개하고자 했던 '맨너리스트'의 면모인 것이다.[253] 이러한 제유적 인식의 한계는 무시간성의 자연이 갖는 재현적 성격을 일괄적인 특수 형태의 재현으로만 표출되는 폐쇄성으로 몰아갔다고 보인다. 이는 최초의 재현에 대한 의지에 비춰볼 때 오히려 비재현적 양상을 보인다고 할 수 있다. 정지용이 후기시에서 시도한 재현은 은유적 인식의 한계를 극복하기 위한 시도였지만 의도하지 못했던 난관에 부딪친 것이다. 후기시에서 적극적으로 추구한 제유적 인식과 동양적 자연 세계의 지향은 은유적 인식에서처럼 재현 의지

---

253) 정지용, 「시의 옹호」, 『정지용 전집』 2, p.321.

에 의해 출발되었지만 그 전개 과정은 재현 의지에 대한 적극적인 실패의 과정으로 보아야 한다.

무시간성의 세계에 대한 제유적 인식의 의미는 시간을 재창조하려는 의지에 있다. 초·중기시에서 보았듯 은유를 통한 지속적 시간의 재현 가능성은 억압적 현실 속에서 좌절되었다. 정지용은 그러한 현실 속에서도 시를 통해 자신의 세계를 펼치고자 했다. 과거 재현을 꿈꾸려는 이는 "그의 과거의 모든 것을 그의 감은 눈동자 속에 재현한다. 그러나 현실의 상황에 적응하려는 이는 추억의 기억을 감추고 자동적으로 바깥의 자극에 응답한다."254) 정지용의 경우는 山水의 자연으로 나아갔다. 그것은 자아실현의 일환이며 시간의 無化 의지가 이루어낸 제유적 형상화의 세계이다. 그러나 그 세계는 한계에 직면하였다. 정지용의 제유적 인식은 좀 더 적극적인 단계로 나아가지 못하고 고착화되고 말았다. 후기시의 말기에 이르러 정지용은 더 이상 자신의 세계를 추구할 수 없었음을 인식할 수밖에 없었을 것이다. 현실에 비춰 볼 때 통합성의 원리에 따라 세계를 인식해 나갈수록 그것은 폐쇄적인 세계만을 드러낼 뿐이었다. 詩的으로도 시간의 無化에 대한 추구는 현실의 시간 속에 더욱 고립되어 실존적 자아의 현실을 그려내기에는 한계가 있었을 것이다. 정지용의 제유적 인식은 그렇게 철저하지는 못했다. 제유적 인식은 의도하지 않았지만 비재현성을 드러냈을 뿐만 아니라 은유적 인식을 통해 보여주었던 다양한 시적 모색과 전개가 이루

---

254) 김형효, 「哲學的 時間論」, 『文學思想』, 1976. 1., p.357.

어지지 못했다. 이는 제유적 인식으로 형상화된 시에서도 은유가 함께 쓰이거나, 후기시에 속하는 〈小曲〉, 〈春雪〉, 〈붉은 손〉, 〈船醉 2〉, 〈별 2〉와 같은 시에서 은유를 사용하고 있는 것을 통해 확인할 수 있다. 현실적 시간에서 제유의 극한까지 나아가기에는 아직은 역부족인 듯 정지용은 재현 가능성이 살아있다고 믿어지는 은유적 인식에 의한 시간의식에서 멀리 나아가지 못하고 있다.

V. 정지용 시에 나타난 시간의식의 문학사적 의의

1. 시간의식의 변모 과정이 갖는 의의

정지용의 시를 포함한 1930년대 전후의 시에 대한 평가는 주로 모더니즘 시로서의 의의를 밝히는 데에 초점이 모아졌다. 예를 들면 정지용의 시 〈바다 9〉는

> 1930년대 한국詩의 질적 전환에 획기적인 작품으로도 평가되는 이 작품은 말의 리듬과 이미지의 청신함, 시각적 이미지, 명랑한 感性들을 보인 것으로 평가된다. 종래의 詩가 사상이나 정서를 아무런 절제 없이 늘어놓았던 사실과 비교하면 이 작품의 참신함이 인정될 수 있는 것이다.[255]

라고 평가되고 있다. 이처럼 시의 참신성이라는 평가는 '종래의 詩'와의 비교를 통해 나온 것이다. 그렇기 때문에 정지용 시의 특징이라고 할 수 있는 말의 리듬과 이미지의 청신함, 시각적 이미지 등은 이전의 시와 변별되는 특징으로서 의미가 있는 것이다. 그러나 이 특징을 비롯한 정지용 시의 제반 특징은 오히려 정지용의

---

255) 김윤식, 『한국현대시론비판』, 경일인쇄, 1975, p.247.

시가 1930년대 초반 이후에 문학사적 흐름과 더불어 어떠한 양상으로 작용해 나갔는지를 살펴보는 데 있어서 기점으로 삼아야 할 것들이다.

물론 1930년대 전후의 시와 그 이전의 시에 대한 비교는 선행되어야 하며 모더니즘 시 운동과 《시문학》파의 순수 예술의 지향이 이전 시와 어떤 면에서 변별성을 지니는지에 대한 평가 역시 중요한 것이다. 그런데 1930년대의 詩史를 다룬 어느 글에서 말했듯이 정지용을 포함한 《시문학》파에 있어서 시는 곧 언어의 탐구였고 "이들에게 있어서 시란 언어의 발견이요 창조이며, 언어를 떠난 곳에서 시가 존립할 이유가 없었던 것이다. 따라서 그들의 시어는 재치와 다양성, 빛나는 영롱성, 현란한 색채 효과를 획득하게 되었다."[256] 그렇다면 1930년대 초반의 언어 자각과 그에 따른 시적 추구의 변화 양상을 문학사적 의의의 관심 대상으로 보아야 할 것이다. 다시 말해 1930년대 초반에 '획득'한 시의 새로운 양상이 이후 시의 양상에 어떠한 영향을 주었고 어떤 의의가 있는지를 밝히기 위해 그 획득의 기점으로 거꾸로 되짚어갈 필요가 있는 것이다. 이로써 모더니즘의 영향을 받기 이전의 시와는 거리를 형성하며 독창적인 자각과 의식이 시의 本域을 지키는 데는 물론, 새로운 시야를 열게 하는 데도 커다란 역할을 했다[257]는 1930년대의 시문학사에 대한 평가가 증명될 수 있을 것이다.

---

256) 조병춘, 『한국현대시사』, 집문당, 1980, p.187.

257) 정한모 · 김용직, 『韓國現代詩要覽』, 박영사, 1974, pp.13~14.

정지용의 후기시 양상에서 거꾸로 되짚어 본다면 그의 모더니즘 경향을 포함한 초기 단계는 대체로 수정되거나 변화되어야 할 기점이 된다. 후기시까지 감각화와 회화성 같은 시의 시각성이 유지되고 있는 것은 사실이나 수사학적 인식에 의한 세계인식과 시간의식은 부단히 변화되었고 어느 면에서는 1930년대 초반의 시적 경향과는 확연히 달라진 양상도 보인다.

그러나 이와 같은 변화가 초기시의 특징, 즉 언어의 자각과 그에 따른 시각적 감각의 획득이 있었기에 가능했다는 사실 또한 부인할 수 없다. 왜냐하면 이러한 특징은 세계에 대한 시적 인식의 형성, 특히 시간의식의 형성과 관련이 있기 때문이다.

정지용 시가 초기시에서 보여준 언어에 대한 자각, 색채 감각, 세계에 대한 인식, 시간의식은 이렇듯 후기시의 관점에서 되짚어볼 때 지속되어야 할 긍정성과 변화되고 극복되어야 할 부정성을 동시에 갖는 양가적 특성을 보인다. 이러한 현상이 후기시에 이르러 어떻게 조화를 이루며 수용되고 있는지를 밝히는 데에서 '종래의 詩'와의 단절을 통한 의의 부여가 아닌 변증법적이고 발전론적인 문학사적 의의가 밝혀질 수 있을 것이다.

우선 초기시의 정지용 시의 언어에 대한 자각은 단순히 색채 감각이나 참신한 시어 발견에만 초점을 맞추어서는 안 된다. 언어에 대한 자각은 세계에 대한 새로운 인식과 더불어 형성되는 것이다.

표현에서부터 비로소 소수의 시인이 선민적 공인을 얻게 되는 것은 불가피의 사실이니 다만 〈근신〉만으로서 성자가 될 수 있을는지는 모르나 〈표현〉이 없이는 시인이랄 수가 없게 된다. 시는 실제적으로 표현에 제한되고 마는 것이니 표현 없이는 시는 발화 이전의 수목의 생리로 그치고 말음과 같다. 그러므로 〈근신〉은 일종의 Action으로서 도덕과 윤리에 通路되는 것이요 표현은 Making에 붙이어 예술과 구성에 마치는 것이니 Poem의 어원이 Making과 同義였다는 것은 자연한 일이 아닐 수 없다.

……(중략)……그러므로 시의 정신적 심도는 필연으로 언어의 정령을 잡지 않고서는 표현 제작에 오를 수 없다. 다만 시의 심도가 자연 인간생활 사상에 뿌리를 깊이 서림을 따라서 다시 시에 긴밀히 혈육화되지 않은 언어는 결국 시를 사산시킨다.[258]

안으로 熱하고 겉으로 서늘옵기란 일종의 생리를 압복시키는 노릇이기에 심히 어렵다. 그러나 시의 威儀는 겉으로 서늘옵기를 바라서 마지 않는다.

……(중략)……근대시가 안으로 열하고 겉으로 서늘옵기는 실상 威儀 문제에 그칠 뿐이 아니리라.[259]

인용한 글에서 정지용은 표현의 중요성을 강조하고 있다. 정지용은 발화 이전의 상태를 언행을 삼가고 조심한다는 의미의 '〈근신〉(謹愼)'으로, 발화 이후를 '표현된 시'로 말하고 있다. 이는 시를 랑그와 빠롤의 담론적 관계로 보고 있는 것이다. 시가 언어로 표현되었을 때에야 비로소 의미가 구성되고 전달이 된다는 생각은

---

258) 정지용, 「詩와 言語」, 『정지용 전집』 2, pp.331~332.

259) 정지용, 「詩의 威儀」, 위의 책, pp.327~329.(강조는 원문의 표기임.)

시는 의도를 가지고 제작하는 것이라는 이론으로 발전한다. 말하자면 시는 언어로 제작된 것이다. 영감을 중요시하고 천재의 능력에 기대고자 했던 낭만주의의 특징260)을 떠올린다면 정지용의 시적 언어라는 것은 객관적이고 냉철한 시어 선택을 요구하는 형식적 틀을 의미한다고 볼 수 있다. 시에 있어서 시어를 선택한다는 것은 세계 혹은 시적 대상에 알맞은 적확한 언어를 찾는 행위이며, 그러기 위해선 우선적으로 세계 혹은 대상에 대한 인식 행위가 이루어져야 할 것이다. 그렇기 때문에 정지용은 시의 언어가 '인간생활 사상에 뿌리를' 내리고 시와 육화되어야 한다고 말한다. 시어는 인간 생활과 사상 등의 세계에 대한 전반적 인식에 적확하게 착근되어야 한다는 것이다. 세계에 대한 인식을 통해 그것을 재현할 때에는 감정이 절제되고 제작된 시어로써 최대한 정화시키고 승화시킨 객관적 양상으로, 즉 '서늘'하게 표현되어야 하는 것이다. 결과적으로 볼 때 정지용 시의 초기시에 나타나는 은유적 인식은 이러한 언어관을 그대로 드러내고 있는 것이다. 은유적 인식은 은유의 특성상 인식 대상에 대한 개념을 객관적으로, 그리고 감정을 드러내지 않고 대상에 대한 제작의 기능을 수행하는 시적 언어를 이루게 하기 때문이다. 정지용 시에서 보이는 이미지, 시각적 감각 등이 은유적 인식을 통해 이루어지고 있다는 것은 앞서 밝힌 바 있다. 마찬가지로 정지용 시의 시간의식 또한 이러한 언어에 대한 자각과 깊은 관련이 있는데 은유적 인식과 더불어 시간에 대한 인

---

260) 오세영, 『문학연구방법론』, pp.190~192.

식은 '서늘한' 시적 언어로 표현될 수밖에 없는 것이기 때문이다. 특히 시간의식은 시에 있어서 서늘해야 한다거나 제작되어야 한다는 시적 언어의 장치, 즉 은유 등의 수사학적 장치를 필요로 한다.

여기서 언어에 대한 자각이 어떤 양상으로 형상화되는지를 알아보기 위해 시간의식과 수사학적 인식과의 관계를 좀 더 자세히 살펴볼 필요가 있다.

세계를 인식하는 데 있어서 본질적인 인식 행위는 시간에 대한 인식과 그로 인한 시간의식의 형성일 것이다. 왜냐하면 세계에 대한 경험과 사유는 존재의 기억과 유한성의 한계를 이끌며 과거·현재·미래라는 시간적 지표를 의식하게 하기 때문이다. 경험된 시간은 일정한 계기적 질서를 가지면서 동시에 주관적이고 상대적인 것으로 파악되기도 한다. "우리가 개인적인 경험의 영역 내에 머물러 있는 한, 恒星 시계나 달력에 의해 설정된 객관적인 시간 측정에는 자의적이고 비현실적인 성질이 존재한다."261) 그러므로 시간적 질서를 구축하고 있다고 여겨지는 세계에 대한 인식과 형상화는 특히 시에 있어서 주관적이고 상대적인 재구성의 과정을 거치게 되는 것이다. 시인의 개인적 경험과 인식의 방식 차이에 따라 주관적으로 파악된 세계의 시간은 파편화되어 있거나 재구성되어야 할 것으로 여겨진다. 기억이나 미래에 대한 예지, 혹은 현재에 대한 인상적 경험은 주관적 시간의식에 의해 계기적 질서의 물리적 시간과 차이를 형성하며 객관적인 시간성을 벗어난다. 이

---

261) Hans Meyerhoff, 앞의 책, p.13.

렇게 주관적으로 인식된 시간은 다양한 시적 장치와 방식을 통해 드러낼 수밖에 없다. 수사학적 방식은 시적 형상화의 수용 가능성과 공감대 형성, 그리고 무엇보다 자신의 세계에 대한 언어적 기표화를 위해 중요한 인식 방식의 한 가지이다. 은유와 제유의 수사학적 세계인식은 주관적 시간의식을 재현하는 데 있어서 중요한 역할을 한다. 수사학적 인식은 세계에 대한 개념을 드러내거나 주관적이고 비논리적인 경험의 시간에 대해 개연성과 일정한 질서를 부여해준다. 이에 대해서는 메이어홉의 다음 글을 참고할 수 있다.

> 이러한 현상(기억 속의 시간의 질서 혹은 무질서-인용자)을 나타내는 문학적인 표기가 "이미지들의 논리"이다. 이것은 자유 연상법과 내면적인 독백 이면에 있는 "논리"이다.
> 이미지의 논리는 문학에서는, 특히 시에서는 친숙한 장치이다. "논리"라는 용어는 물론 틀린 명칭이다. 왜냐하면 이러한 논리는 그 인과적 관계들이 일상적인 논리에서의-상식의 논리나 혹은 외부 세계에서의 객관적 계열들과 관계들을 규정하는 귀납적 인과적 추리의 논리라는 뜻으로 사용되는-그것들과는 전혀 다르다는-즉 "비논리적"이라는-사실에 의해서 구분되기 때문이다. 대신 이미지나 연상의 논리는, 경험과 기억의 내면적 세계 내에서의 사건들의 시간 계열들과 **질서**에 관한 한, 우리가 과학과 상식에 의해 익숙해진, 사건들의 엄밀한 의미에서의 "논리적인" 질서와 발전을 위배하는 **무질서**의 상징을 사용해야 한다는 것을 보여주려는 시도이다. 우리가 그렇게 해야 하는 까닭은 경험과 기억의 내적 세계가 외부 세계에서의 객관적인 인과적 관계보다는 **유의미한 연상**에 의해 인과

적으로 규정된 구조를 드러내는 데 있다. 이처럼 특별한 구조를 해석하기 위해서는 그러므로 시간의 상이한 양태들—과거, 현재, 그리고 미래—이 계기적으로, 점진적으로 그리고 균일적으로 질서 지워지기보다는 늘상 뒤얽혀서 역동적으로 서로간에 연합되고 혼합되어 있는 상징이나 이미지가 요구된다.[262]

그렇기 때문에 시간에 대한 수사학적 인식과 장치는 시간의식을 드러내는 시에 있어서 중요하면서도 필수적인 방식인 것이다. 상징이나 이미지 등의 시적 언어는 곧 수사학적 인식을 통해 이루어지는 장치이고 이를 통해 시간의식이 표현될 수 있는 것이다.

정지용의 언어에 대한 자각은 결국 세계에 대한 수사학적 인식과 시간의식을 드러내는 데 있어서 중요한 역할을 한 것으로 평가될 수 있다. 언어적 자각으로 시각적 감각이나 색채의 현란함을 획득한 것에 의의가 국한될 수 없는 것이다. 초기시의 언어에 대한 자각은 정지용의 세계인식 형성과 표출에 결정적인 역할을 했다는 데에 더 큰 의의가 있다. 그런데 중요한 것은, 존재가 경험하는 시간의 총량에 따라 세계에 대한 인식 역시 변화할 수밖에 없다는 사실이다. 따라서 이에 적용될 수 있는 수사학적 인식의 방식도 변화되기 마련이다. 정지용의 시에서 보이는 시간의식이 초기시에서 후기시에 이르기까지 수사학적 인식의 변화에 따라 변모하고 있다는 점은 그가 근대 세계에 대한 인식 방식에 대해 성찰하고 반성된 부분에 대해 지속적으로 변화를 시도했다는 사실을

---

262) 위의 책, p.23~24.(강조는 원문의 표기임.)

보여준다.

초기시의 은유적 인식과는 다르게 중기시의 영원성의 시간 추구는 관념적인 은유와 상징을 통해 종교적 세계를 드러내고 있었다. 초기시에서 보여주었던 재현 대상의 감각적 표현은 구체성을 띠고 있었다. 사물에 대한 은유와 시각화는 구체성을 이루게 한다. 그러나 앞서 살펴보았듯이 중기시의 가톨릭 신앙시는 관념적인 수사학적 인식을 통해 은유와 상징이 이루어지고 있다. 따라서 신과 영원성의 시간을 시적 대상으로 삼고 있는 이 시기의 시에는 관념적인 언어가 쓰일 수밖에 없다. 이때의 관념적인 시어는 주로 은유와 상징의 수사학적 언어이다. 예를 들어 '다른 세상의 太陽', '사랑의 白金도가니'(〈臨終〉), '濃艶한 地獄불', '悔恨에 나의 骸骨을'(〈恩惠〉), '새로운 태양', '육신은 한낮 괴로움'(〈다른 한울〉), '悲哀! 오오 나의 新婦', '不死鳥 나의 눈물이여!'(〈不死鳥〉) 등의 은유, 상징은 이 시기의 관념성을 그대로 드러내고 있다.[263] 이러한 양상은 종교적 세계인식과 영원성에 대한 시간의식을 시로 형상화하는 과정에서 나타날 수밖에 없는 것으로 초기시의 양상과는 분명 다른 모습이다. 여기서 알 수 있는 것은 시간의식의 변화와 함께 수사학적 인식 역시 관념적·상징적으로 변화했고 이에 따라 시적 언어도 관

---

263) 문덕수는 정지용의 종교시를 觀念詩(platonic poetry)로 규정한다. 그는 〈또 하나 다른 太陽〉에 대한 분석을 통해 "이미지즘의 시라고도 할 수 없고, 그렇다고 形而上學派詩(Metaphysical poetry)라고도 할 수 없으며, 聖洗聖事를 받은 가톨릭적 幸福이라는 관념을 읊은 것이다. 이러한 관념, 곧 理論的 意味가 시적 이미지를 압도하고 있다."(문덕수, 앞의 책, p.103.)라는 견해를 밝히고 있다

념적으로 변화했다는 것이다. 이 점은 "1930년대 초까지 우리 시가 확보하지 못했던 관념이나 사상의 수용이라는 측면"[264]에서 새롭게 조명되어야 할 부분이기도 하다. 한편 초기시의 언어적 자각에 의한 획득이라는 기점을 놓고 볼 때 중기시의 관념적 시적 언어는 초기시의 감각적 구체성을 계승하지 않고 있다. 1930년대 모더니즘 시의 중요한 특징이 시적 언어에 대한 자각에 있다면 그것은 정지용 시에 있어서 인식의 변화에 따라 수용되거나 변화될 수 있는 성격인 유동성을 지닌다. 그렇기 때문에 서구, 혹은 일본의 모더니즘 수용과 영향 관계는 세계인식의 방식에 의해 지속적이고 주체적인 수정이 가해지고 있다는 측면에서 논의되어야 한다. 이러한 관점에 의해 다음 글과 같은 주장은 일부 수정될 수 있다.

> 1920년대까지의 시가 감정 과잉 또는 내용 편중의 결함이 있어 모더니즘으로의 전환이 정당했다는 것은 시문학파 옹호론과 같은 논법인데 설득력은 더 모자랐다. 시어를 존중하고 표현을 가다듬는 데 힘써야 시가 시답게 된다는 주장으로 모더니즘의 결함이 합리화될 수 없었다. 현실인식의 정당성은 문제 삼지 않으면서 감각을 키우고자 하니 언어가 말초화되었던 것이다.[265]

'모더니즘으로의 전환의 정당성'은 1920년대까지의 시와의 비교를 통해 논의되고 있는 것이다. 그렇기 때문에 '언어의 말초화'는

---

264) 이숭원, 『정지용 시의 심층적 탐구』, p.194.
265) 조동일, 『한국문학통사』 5, 지식산업사, 1989, p.398.

역사적 현실인식의 측면에서 부정적인 것으로 평가될 수밖에 없다. 그러나 정지용 시의 경우 언어의 말초화는 1930년대 초반 이후 수사학적 인식과 시간의식의 변화를 통해 다른 양상으로 변해간다. 변화에 대한 가치평가보다 중요한 것은 위 글에서 지적한 모더니즘의 한계는 정지용에게 있어서도 역시 수정되고 극복되어야 할 요소였다는 점이다. 정지용 시의 변모 과정을 통해 볼 때 초기 모더니즘 시에 대한 평가는 그것에 대한 부정성이 어떠한 방향으로 이루어지고 있는가라는 측면에서 이루어질 수 있다. 이에 따라 초기 모더니즘 시에 대해 취했다고 여겨지는 절대적 신봉이나 정당성에 대한 의구심 섞인 평가 태도를 벗어날 수 있다.

정지용 시의 후기시를 통해 보면 초기 모더니즘 시의 한 특징인 언어적 자각이 어떤 면에서 계승되고 수정되고 있는지를 더 자세히 알 수 있다. 다시 말해 초기시의 수사학적 인식과 그에 따른 시간의식의 재현은 시적 언어에 대한 자각을 통해 새로운 기점을 형성하고 있었으나 후기시에 이르러서는 그러한 양상이 크게 변화하고 있어 초기 모더니즘 시에서 지적되고 있는 부정적 측면이 어느 정도 극복되고 있다. 만일 서구 모더니즘의 특징과 문예사조적 태도가 어떻게 유지되고 전개되었는가라는 측면에서 정지용 시의 변모 과정을 분석한다면 그것은 실패했다는 결과로 나타날 것이다.

　鄭芝溶의 경우 知性의 節制는 淸敎徒的 또는 隱士的인 克己에까지 이르러 自然과의 一體를 이룬 非情的 世界, 곧 老子의 自然思想과 같은 世界를 追求한다.

……(중략)……논의는 다시 모더니즘의 基本態度 쪽으로 되돌아
가는 느낌이 들지만 鄭芝溶의 克己와 淸淨으로 인한 歷史와의 乖離,
다시 말하면 現實과 차단되 閉鎖性을 現實 속에서 어떻게 維持해
나가느냐 하는 것이다. 가톨릭을 포기한 鄭芝溶은 여기서 自己克服
을 試圖해 보지도 못한 채 挫折되고 만다.[266]

그러나 후기시의 무시간성의 세계에 대한 시간의 無化 의지와
제유적 인식은 초·중기시와는 다르게 이루어지고 있음을 보여준
다. 즉 후기시에서는 무시간성의 세계를 재창조하고 현실 초월적
세계를 드러내어 자기 극복을 시도하고 있는 것이다. 시적 언어의
측면에 있어서도 "초기 시의 화려하고 역동적인 이미지와는 달리,
후기 시에서 대상은 오히려 간략해지고 단순화되는 길을 통해 그
특징을 선명하면서도 풍부하게 드러내고 있다."[267] 초기시의 외래
어도 거의 사라지고 "고어를 활용한 의고체의 시어가 아주 많이
등장한다. 이러한 시어의 변화는 시인의 의식의 변화를 그대로 반
영한다."[268] 또한 제유에 의한 대상의 재구성과 지시는 시간의 無
化 양상을 드러내며 동시에 동양적 자연을 형상화하고 있다. 대상
에 대한 분절과 동양화적 기법을 통해 전통적인 동양적 자연을 담
고 있으면서도 그 세계에 대한 시간적 질서의 재창조와 세계에 대
한 부정성을 드러내어 주체와 세계와의 동일성을 이루고 있는 것

---

266) 문덕수, 앞의 책, p.325.
267) 김신정, 「'미적인 것'의 이중성과 정지용의 시」, 앞의 책, p.280.
268) 이숭원, 『정지용 시의 심층적 탐구』, p.196.

이다. 초기시에서 드러난 시적 언어인 은유의 특징과 시간의식 또한 변화되고 있는 후기시의 특징을 고려한다면 정지용의 '自己克服 試圖'가 이루어지고 있는 것이다.

한편 위의 인용에서도 지적되고 있는 정지용 시의 현실성과의 괴리와 역사의식의 부재 양상도 시간의식과 수사학적 인식의 변모라는 관점에서 재조명될 수 있다. 즉 초기시에서 후기시에 이르기까지의 변모는 현실 세계에 대한 부단한 반성과 성찰을 통해 이루어진 것이기 때문에 결코 이 과정이 현실과 괴리되어 진행되었다고 볼 수 없다. 초기시의 모더니즘적 특성을 고수하였다면 사정은 달라질 것이나 후기시의 제유적 양상은 서술적이거나 객관적인 대상 표현을 통해 이루고 있어 후기시로 갈수록 감각과 이미지에만 매달린 것이 아니라 불투명한 현실 세계의 시대적 전망 속에서 무시간성의 세계를 구축하고자 했다는 것을 알 수 있다. 구체적으로 말하자면 후기시에 속하는 시집 『白鹿潭』이 보여주는 "세계는 서로 이질적이고 극히 모순되는 것들이 한 시대 안에 공존하는 1930년대 후반의 현실에 뿌리를 두고 있으면서, 동시에 당대의 현실을 넘어서는 세계"[269]인 것이다. 특히 후기시의 무시간성의 세계에는 현실에 대한 부정성이 전제되었다는 점에서 1930년대 말의 근대 현실에 대한 인식이 담겨있다고 할 수 있다.

지금까지 통시적인 조명을 통해 평가돼 온 정지용 시의 문학사적 의의를 다른 관점에서 살펴보았다. 1930년대 전반에 걸친 시의

---

269) 김신정, 「'미적인 것'의 이중성과 정지용의 시」, p.282.

변모 과정을 중심으로 1930년대 초기의 언어에 대한 자각을 통해 획득된 것들이 정지용 시의 전개에 어떻게 변화되어 갔는지를 살펴본 결과는 크게 두 가지로 요약할 수 있다. 우선 초기의 언어에 대한 자각은 시간의식을 수사학적 인식을 통해 재현하는 데 있어서 중요한 역할을 했다. 여기에 초기 모더니즘 수용과 영향의 긍정성이 있다. 다음으로 이러한 초기시의 양상이 이후 시가 전개되는 과정에서 변화했다는 점에서 그것은 부정되어야 할 요소를 갖고 있었다는 것이 확인된다. 수사학적 인식의 변화와 시간의식의 변모 과정은 은유에서 제유로, 과거나 현실 시간 파악에서 시간의 無化로 바뀌면서 전개되었으며 시적 언어 역시 이미지나 감각에만 치우친 것이 아니라 분절된 세계의 회화적 양상을 드러내어 전반적으로 제유적이고 서술적인 표현으로 바뀌었다. 결과적으로 정지용의 시는 자기 긍정과 부정의 양상을 보이며 자기 극복을 해나가고 있는 것이다.

정지용 시에 나타난 시간의식의 변모에 대한 문학사적 의의는 초기시부터 후기시에 이르기까지 지속된 부단한 자기 성찰과 그로 인한 변화·발전이라는 데에 있다.

2. 주관적 시간의식의 의의

정지용 시의 주관적 시간의식은 1930년대 전후의 근대 세계에 대한 주체적 인식을 드러내고 있다는 점에서 근대적 시간의식으로 볼 수 있다.

시간의식은 당대의 근대성과 함께 형성된다. 바꿔 말하면 근대
성은 "모더니즘(modernism)을 이끌고 나아가는 중심축 혹은 '전진
의 눈'에 해당하며 그것은 언제나 시간(time)과 밀접한 관계를 유
지하고 있다."[270] 따라서 정지용 시에 드러난 과거와 현재의 재현,
영원성의 시간 추구, 시간의 無化 의지 등의 주관적 시간의식은
곧바로 1930년대 전후의 근대성을 반영한다. 또한 주관적 시간의
식은 1930년대 전후의 근대를 대하는 정지용의 세계인식을 보여주
는 것이기도 하다. 근대화의 과정에서 직접적 경험으로 획득되는
시간이란 언제나 전 단계의 시간보다 복잡다단한 양상으로 인식되
는데 그것은 근대적 경험의 총체가 역사와 사회적 변화 과정 속에
서 누적되면서 점차 삶의 필수적인 구성 요소로 자리 잡아 가기
때문이다. 동시에 이러한 근대화의 과정은 시간에 대한 성찰과 주
관적 인식을 통해서 보다 유리하게 창조적인 방향으로 나갈 수 있
는 것이다. 특히 식민지 현실을 살아가는 존재가 겪게 되는 불확
실성, 불안, 좌절, 현실 부정, 고향 회귀 본능, 영원성의 지향, 무시
간성의 추구 등은 시간에 대한 주관적인 인식을 통해 해소되거나
형성될 수 있는 것들이다. 정지용의 시에서 시간은 세계에 대한
주체적 자아의 재구성과 재창조 과정을 통해 주관적으로 인식된
것이다. 이렇듯 정지용 시의 주관적 시간의식은 문학적 재구성의
과정에서 근대인의 생활에 미치는 근대화의 충격으로 인해 위협받

---

270) 윤호병, 「현대성과 시간」, 『현대시』, 2003. 2, p.31.

고 은폐된 자아의 특정한 측면들을 드러내고 복원시킨다.[271]

근대적 의미의 시간의식이 근대적 가치관이 신봉하는 물리적 시간의식의 질서를 따르지 않고 주관적 시간의식으로 나아간 것은 근대성이 갖는 이중적 성격 때문이다. 사실 개항기에 전개된 한국의 근대성 수용의 필연성은 위기에 봉착한 당시 지배 체제의 존속을 위해 모색된 것이기 때문에, 개인 중심적 근대성의 측면보다는 기존 체제의 유지와 독립을 위해 집단적 통제 측면이 부각되었다.[272] 즉 근대성의 기획은 세계에 대한 합리적이고 과학적인 재편을 총체적으로 시도하는 특징을 갖는다. 그러나 근대성은 지속적인 시간의 경과에 맞춰 고착성을 버리고 새로움을 찾아 나서는 또 다른 특징도 갖고 있다. "근대성의 이중성은 한편으로 내용의 질적 전화에 따른 것이고 다른 한편 그것이 추구와 극복의 양면성을 지녔다는 데 있다."[273] 그렇기 때문에 시인의 재창조·재구성 과정에서 형성된 주관적 시간의식은 자아의 시간과 동일성을 이루고자 하는 이상적 시간의식으로서의 성격을 갖는다. 정지용의 시에 드러난 주관적 시간의식이 근대적 시간의식으로서의 성격을 갖는 이유가 여기에 있다. 헤겔은 "새로운 세계의 원리는 주체성의 자유이다. 즉 정신의 총체성 속에 주어져 있는 모든 측면들이 자신의 정당한

---

271) Hans Meyerhoff, 앞의 책, p.51.

272) 장성만, 「개항기의 한국 사회와 근대성의 형성」, 김성기 편, 앞의 책, p.292.

273) 구모룡, 「근대성과 미적 초극의 방안」, 『문학사상』, 2001. 6., pp.58~59.

권리를 획득하면서 발전해 나가는 것이다."274)라고 말하면서 주체
성의 원리가 근대 의식을 규정하는 자유를 부여한다고 보고 있
다.275) 정지용 시의 근대에 대한 주관적 시간의식과 주체적 세계인
식은 곧 근대 의식을 형성해 나가는 원리이며 근대성을 이루는 과
정에서 가장 본질적인 핵심으로 작용하고 있는 것이다.

　정지용의 주관적 시간의식이 갖고 있는 근대적 시간의식으로서
의 특성은 이전까지의 시가 보여준 시간의식과의 차이를 살펴보면
보다 분명하게 조명될 수 있다. 특히 근대시의 면모를 드러내고
있는 1920년대의 낭만주의 시, 카프시 등은 대체로 소극적 의미에
서의 주관적 시간의식을 갖고 있거나 물리적 시간의 질서를 따른

---

274) G. W. F. Hegel, *Suhrkamp-Werkausgabe*, 2권, p.20.(Jürgen
　　　Habermas, 서도식 역, 「근대의 시간 의식과 자기 확신 욕구」, 김성기
　　　편, 앞의 책, p.387에서 재인용.)

275) 근대성에 대한 다양한 논의에서 공통적 기저로 삼고 있는 것은 근
　　　대가 주체적인 자아에 대한 자각이 이루어지고 이성에 대한 중요성
　　　이 부각되면서 시작되었다는 점이다. 데카르트는 사유하는 것과 延
　　　長的인 것을 구분하면서 자기 존재의 확실성의 근거를 주체적 사유
　　　에서 찾고 있다. 근대성의 틀 속에서 주체-객체의 범주가 헤게모
　　　니를 장악하게 되었다고 할 때, 이때의 주체는 사유하는 성격이 부
　　　각된 주체인 것이다. 이에 따라 주체의 의식 혹은 정신은 의심할
　　　수 없는 세계인 반면 운동, 延長, 위치의 세계는 허구적인 세계가
　　　된다. 결국 근대에 이르러 神의 자리가 이성에 자리를 내주게 됨에
　　　따라 인간의 손으로 세계의 질서를 창출하게 되었고 확실성의 조
　　　건, 보편성의 구조에 대한 추구에 있어서는 이성에 의해 세계를 재
　　　편하는 합리적 개인의 개념이 강조되었다.(장성만, 앞의 논문,
　　　pp.271~272 참고.)

다고 할 수 있다.

1920년대 낭만주의 시는 주관적 시간의식이 어느 정도 표출되고 있다고 할 수 있다. 그러나 대체로 미래에 대한 동경이나 초월적 시간성을 드러내어 일반적 경향의 시간의식을 수용하고 있는 것으로 보인다. 한 예로 1920년대의 대표적 시인인 김소월의 시를 들 수 있는데, 이승훈은 김소월의 시 〈님에게〉, 〈먼後日〉, 〈님의 노래〉, 〈山有花〉 등 네 편에 대한 시간 분석을 통해 다음과 같은 결론을 내린다.

첫째 화자의 행위, 혹은 과정으로서의 시간이 과거·현재·미래를 통하여 어떤 구체적인 시간도 초월해서 지속되며,

둘째 그 지속적 과정이 완성되는 시간은 죽음의 시간

……(중략)……첫째 일상적 시간(D)→상상력의 시간(A→B→C)→일상적 시간(D´)의 구조를 나타내며

둘째 A→B→C는 고독, 격리, 좌절, 암담, 잠, 죽음의 시간이며

셋째 그러나 이러한 시간이 새로운 존재로의 변화에 계기가 되지 않고, 그대로 自足的인 시간으로 나타나며

넷째 따라서 D´에 대한 의식이 거의 없거나, 있다 해도 D의 반복, 혹은 反D의 모습을 나타낸다.[276]

말하자면 김소월의 시에 나타난 시간의식은 잠이나 죽음을 통한 일상적 시간 즉 물리적적 시간에 대한 초월 의지에 있으며 그것을

---

276) 이승훈, 앞의 책, pp.322~324.

일상적 시간에 다시 끌어들이고자 하는 시도는 보이지 않는다는 것이다. 그러므로 "일상적 시간이 역전되거나 심리적 긴장을 위한 유형으로 나타나지 않고, 대체로 일상적 시간의 커다란 방향을 따르면서, 다만 새로운 이야기들을 시작하기 위하여 일상적 시간이 혼란되는 양상을 취한다."277) 김소월 시에 나타난 시간의식은 현실 초월 의지를 '회임'하고 있지만 대체로 일상적 시간의 흐름을 따르기 때문에 물리적 시간의 질서 속에서 관념적인 미래나 현실 너머의 시간을 동경하는 양상을 보인다고 할 수 있다. 1920년대 낭만주의 시의 특징은 이처럼 철저한 현실인식과 주체적 시간의 창조에 있지 않고 서정시가 보일 수 있는 일반적인 시적 전개를 따르는 데에 있다.278) 이상화의 시 〈나의 寢室로〉의 경우 '침실'은 관능적 쾌락과 도취의 장소인 동시에 죽음의 장소로279) 현실 시간에서 동경하는 초월적 세계를 드러내는데 이는 당대의 일반적인 시적 전개와 일치하는 것이며 일반인의 의식 수준을 넘어선 초월성을 보이는 것은 아니다.280) 이러한 초월의식은 《백조》파의 병적 낭만주의가 드러낸 일시적 유행으로 1920년대의 한 경향인 것

---

277) 위의 책, p.325.

278) 일반적인 시적 전개란 서정시의 본질적인 측면을 고려할 때의 양상이며 1920년대 낭만주의 시의 대체적인 시간의식의 경향을 잠정적으로 평가한 것이다. 이에 대한 시인별 각론에 의해서는 다른 양상이 나올 수 있다는 점을 부인할 수 없다.

279) 김흥규, 『문학과 역사적 인간』, 창작과 비평사, 1980, p.241.

280) 전봉관, 「1920년대 한국 낭만주의 시의 미적 특성에 관한 연구-이상화, 김소월을 중심으로」, 서울대 석사논문, 1996, p.43.

이다.[281) 결국 1920년대 낭만주의 시의 시간의식은 대체로 현실 시간을 크게 벗어나지 못하는 한계를 보이며 따라서 주체적이고 창조적인 시간의식을 드러내고 있지 않다고 볼 수 있다.

한편 다음의 견해에 의하면 카프가 공식적으로 목적의식기로의 방향 전환을 표방했던 1927년 이후에 발표한 김창술, 김해강 등의 시들은 유물론적 진보사관에 입각한 물리적 시간관을 드러내고 있는 것을 알 수 있다.

이 시인들은 새롭게 받아들인 세계관을 자신의 것으로 체화시키지 못하여 시의 내용이 추상적이고 관념적인 경향을 드러낸다. 하지만 목적의식기의 프로시는, 막연하게 미래에 대한 희망이나 열정을 드러내는 흔히 신경향파시와는 달리, 프롤레타리아의 계급의식을 내용으로 확립된 문예이론에 의하여 정치적 내용을 중심으로 하여 작품행동으로 나아간 점을 지적할 수 있다.
……(중략)……(김창술의 시에서는-인용자) 현실을 파악하는 태도에 있어서도 그가 받아들인 마르크스주의의 세계관이 드러난다. 후기 신경향파시에서 현실을 어둠으로 그리고 미래에 대한 희망과 기대를 새벽으로 파악하던 비논리적인 현 인식이 비록 관념적이긴 하지만 목적의식기에 들어서면 논리적으로 극복·변화하고 있다.
……(중략)……「地型을 쓰는 무리」에서 보는 바와 같이 상승하는 프롤레타리아 계급의 궁극적인 승리, 이에 따른 부르주아 계급의 필연적인 멸망은 김창술 시 내용의 기본틀을 이루고 있다.[282)

---

281) 박호영, 「한국 낭만주의시의 특질」, 김은전·김용직 외, 앞의 책, p.206.

218

카프시는 역사와 현실에 대한 마르크스주의적 이데올로기 적용에 의해 순차적 시간의 질서를 따르고 있는 것이다. 카프시의 시간의식은 역사와 미래에 대한 전망을 전형성의 범주에서 드러내며 필연적으로 결정되어 있는 미래를 현실 시간의 진행 과정에 도식적으로 설정해 놓고 있다. 즉 "나아가는 우리의 길에 光明이 비최인다/푸로레타리아의 광명 이때는 점점 가차워온다"[283]라는 결정론적 미래에 대한 도래의 확신은 현실 부정과 미래 희망에 의한 직선적인 역사적 시간의식을 드러내고 있는 것이다. 또한 현실에 대한 인식과 직시라는 카프시의 리얼리즘적 성격에 의해 "현장적ー현재성과 현실성이 공존하는ー상황에서 가능한 내면 구조[284]를 선택하여 선전·선동을 감행하거나, 당시의 민중들과 적대적인 계층들의 허위의식을 적나라하게 폭로하여 민중의 감정을 순간적으로 고조시키는 적극적인 방식을 취한다."[285] 말하자면 현재 시간을 전면적이고 직접적으로 반영하고 있는 것이다. 이러한 카프시의 시간의식은 카프의 계급적 목적의식에 의한 공통적 의식이며 이데올로기에 종속된 시간성을 취하고 있다고 할 수 있다. 카프시

---

282) 김성윤, 「1920∼30년대 경향시의 전개양상」, 연세대 석사논문, 1988, pp.32∼34.

283) 김창술, 〈展開〉, 조선일보, 1927. 8. 12.

284) "현장성에 의존하여 상황에 대한 묘사나 인물의 형상화라는 측면을 과감하게 비약·생략시키는 방식을 취한다."(윤여탁, 「1920∼30년대 리얼리즘시의 현실인식과 형상화 방법에 대한 연구」, 서울대 박사논문, 1990, p.149, 주 20.)

285) 위의 논문, pp.148∼149.

에서 보이는 시간의식은 근대적 시간의식을 기반으로 하고 있는 것이지만 이는 정지용의 주관적 시간의식과는 차이가 있다. 정지용 시에서 살펴보았듯이 개별적 주체의 주관적·창조적 시간의식은 근대성의 핵심인 주체의 자유의지를 기반으로 하기 때문이다.

정지용 시의 주관적 시간의식은 물리적 시간을 순수 지속의 시간으로 파악한 데에서 비롯한다. 정지용의 내적 자아가 경험하고 있는 시간은 일상적으로 흐르고 있는 현실 세계의 시간과는 다른 양상으로 전개되고 있는 것이다. 그것은 자아가 추구하는 바와 동일성을 이루게 하려는 시간의식에 의해 재구성된 경험의 시간이고 따라서 1930년대 전후의 현실 속에서 내면적으로 지속되는 시간성인 것이다. 정지용이 인식하고 있는 당대의 현실 세계는 결코 물리적 시간으로만 전개되어서는 안 되는 시련과 고난의 시기이고 그것은 주관적 시간의식에 의해 초월되어야 할 대상이었던 것이다. 정지용이 형상화하고자 한 주관적 시간의 세계는 초월해야 할 현실 세계의 부정적인 자극으로부터 얻어진 것이다. 정지용이 경험한 외부적 자극과정에서 종합적 기억의 토대가 되는 시간의 흔적들을 모으는 일은 특히 감각적 지각기관인 시각으로 이루어지고 있는데[286] 이러한 시각적 재현은 시간에 대한 주관적 파악을 이끌어 낸다. 이렇게 시간을 재구성하고 재창조하는 주관적 시간의식을 통해 형성된 시간은 자아 속에서 지속되는 현실 세계의 시간에 대한 정지용의 인식 구조를 보여준다. 정지용의 주관적 시간의식

---

286) Walter Benjamin, 앞의 책, p.125 참고.

은 현실 세계의 시간에 대한 근대적 인식을 통해 이루어진 것이다. 정지용의 자아 내에서 동일성을 이루고 있는 1930년대 현실 세계의 시간은 근대를 살아가는 존재가 지나한 삶을 지속하고 헤쳐 나가고자 재편한 시간의식이며 존재방식인 것이다.

정지용 시의 시간의식에 대한 논의는 새로운 역사인식을 획득하려는 시도이며 근대의 인간의 삶의 조건에 대한 새로운 성찰을 시도하는 과정일 것이다.[287] 정지용의 주관적 시간의식을 근대적 시간의식으로 보는 것도 역시 이러한 과정의 일환이지만 더 나아가 정지용의 시가 당대에 대한 새로운 인식을 통해 새로운 시각으로 세계를 조망했다는 점에 주목해야 할 것이다. 이는 현재를 살아가는 우리가 어떠한 성격의 세계와 시간 속에서 삶을 영위하며 존재하고 있는가와 직접적으로 관련된다.

---

287) 이병천, 「세계사적 근대와 한국의 근대」, 김성기 편, 앞의 책, p.301 참고.

Ⅵ. 결 론

정지용 시에 나타난 시간의식은 1930년대 전후의 근대 세계에 대한 정지용의 인식을 보여준다. 1930년대를 전후로 한국시는 근대적 자아의 다양한 개성을 표출하면서 1920년대와는 다른 근대적 인식과 개성적 시간의식을 보인다. 본고는 정지용의 시가 근대 세계에 대한 주체적·창조적 인식을 통해 시간에 대한 새로운 인식을 드러냈다고 보고 시의 시간의식이 갖는 의미를 밝혀 보았다. 특히 시간을 단순히 직선적 흐름으로만 바라보지 않고 주관적으로 인식하고자 하는 시간의식이 시에서는 곧 세계를 형상화하는 방식으로 작용한다는 것에 주목하고자 했다.

본고는 다음과 같은 문제 제기와 연구 방법을 설정하였다.

우선 정지용의 시를 시간의식의 변모 양상에 따라 초기시, 중기시, 후기시로 구분하였다. 그리고 정지용의 시는 시간을 순수 지속으로 파악하는 주관적 시간의식을 드러낸다고 보았다. 이러한 시간의식이 세계를 형상화하는 방식으로 작용한다고 보고 각 시기에 따른 시간의식의 특징을 분석하여 정지용 시에 나타난 세계에 대한 인식의 변모 양상을 알아보고자 한 것이다. 정지용의 시는 시기에 따라 변모 과정을 거치며 시간의식도 변화하는 것을 알 수 있었는데 여기엔 시간에 대한 수사학적 인식의 변화가 動因으로 작용하고 있었다. 정지용 시의 특징들은 시간의식의 관점에서 보면 결국 유기적인 연관성을 드러낸다. 그간 밝혀진 정지용 시의 다양한 특징들은 시간의식의 형상화 과정에서 이루어진 방법적 장치로 볼 수 있다. 요컨대 정지용 시에 대한 다양한 논의들은 시간의식의 관점에서 통합적으로 이해되는 것이다. 특히 시각에 의한 감각적 형상화는 시간의식을 드러내기 위한 하나의 시적 방식이다. 시각적 감각을 통해 현실을 재현하고 있다면 시간의식은 재현 가능성에 기반하고 있는 것이다. 또한 정지용 시는 단지 현존하는 세계뿐만이 아니라 자아와 내적 동일성을 이루는 시간을 표출하는 방식에 있어서도 감각적 재현의 방식을 택하고 있다.

이러한 연구 방법에 따라 Ⅱ장에서는 시간의 감각적 재현, 무시간성, 시간의 無化 의지에 대한 시적 의미를 살펴보았다. 시에 있어서 시간의식은 일종의 인식 작용이다. 시간을 파악하는 인식 작용으로서의 시간의식은 정지용 시의 경우 주로 시각적 감각에 의한 시간의 재현 의지로 나타난다. 정지용 시의 시간의식에서 무시간성은 주로 후기시와 관련된다. 본고는 정지용 시에 나타난 무시간성을 정지용의 주관적 시간의식, 혹은 순수 지속의 시간의식에 의해 추구된 현실인식의 방식으로 보았다. 또한 본고는 '시간의 無化 의지에 의한 무시간성'에 더 관심을 두었다. 무시간성이 순수 현재로 나타나는 물리적 시간 질서의 제거 상태, 즉 '영원한 현재'라면 '시간의 無化 의지'는 물리적 시간 질서를 부정하고 지우려는 노력에 의해 새로운 시간성이 재창조된 세계를 형상화하려는 시간의식이라고 할 수 있다.

Ⅲ장에서는 정지용 시의 시간의식 표출 양상을 각 시기별로 살펴보았다. 초기시에서 정지용 시의 시간의식은 현재 시간을 현재 시간에 재현하려는 의지와 과거 시간을 현재 시간에 재현하려는 의지로 나타나고 있다. 특히 과거의 기억을 현재 시간에 재현할 경우 그 기억은 미리 설정된 시인의 의도와 전망에 의해 다른 기억들 가운데에서 선택적으로 선별되는 과정을 거치는 데에 있어 좀 더 선택의 폭이 좁아지고 있었다. 동시에 그 기억은 역시 재구성되고 재창조된다는 점을 알 수 있었다. 정지용의 시는 주체적 자아의 시간에 대한 인식작용을 통해 기억을 주로 시각적 감각으로 파악하고 형상화하려는 시간의식을 보이고 있다. 또한 현재 시간에 대한 부정성과 내면의식이 추구하는 세계에 대한 동경이 주로 시각적 감각과 은유를 통해 재현되고 있음을 확인했다. 이러한 재현 가능성에 기초한 시간의식은 근대 식민지 현실을 살아가는 정지용의 시간에 대한 순수 지속으로의 파악과 그에 따른 주체적 세계인식에서 비롯한 것이다.

중기시는 역시 재현 가능성에 대한 신뢰를 바탕으로 감각과 은유를 통해 내면과 세계를 형상화하고자 하는 시간의식을 드러낸다. 그러나 초기시의 시간의식과는 다르게 중기시, 특히 가톨릭 신앙시는 과거나 현재의 시간 재현에 중심을 두기보다는 영원성의 시간을 추구하며 신앙심으로 충만한 현재 시간의 자아를 재현하는 데에 초점이 모아져 있다. 즉 시적 방법에 있어서는 초기시의 감각화와 은유화를 유지하고 있지만 내용 면에서는 현재 시간에 대한 관점을 벗어나 영원성을 갈구하는 것으로 바뀌고 있다. 또한 중기시에서는 종교적 상징을 통해 시인의 의식을 형상화하고 있다는 것도 특기할 사항이다. 정지용이 지향한 영원성의 시간은 현실을 초월고자 하는 의지에서 비롯된 것이다. 영원성의 시간에 존재하는 신의 세계는 점차 상징을 통해 인식되었다. 고착성과 도식성이 강한 상징을 통해 더 많은 의미를 전달하려 했기 때문에 정지용의 가톨릭 신앙시는, 현재 시간을 끌어안는 영원성의 시간을 드러내고자 했던 상징화 과정의 끝에 이르러 더 이상 새롭게 나아갈 길을 찾지 못했다.

후기시에서는 새로운 인식을 통해 초기시나 중기시와는 다른 시간의식을 드러낸다. 현실 시간과는 다른 시간의식으로 존재하는 세계, 즉 현실의 시간에 대한 無化 의지에 의해 형성된 무시간성의 세계를 표출하고 있는 것이다. 이 역시 정지용의 주관적 시간의식에 의해 직관으로 파악된 것이다. 이 세계는 현재의 시간성이 無化되고 계기적 시간 질서에 구애받지 않는 다른 차원의 시간성을 보인다. 정지용이 지향한 무시간성의 세계는 현실 세계에 대한 이면적 관계로 존재하는 것이다. 현실 세계를 벗어나 재창조된 세계는 현실적으로는 한계를 지닌 세계이다. 그 세계를 지속적으로 추구하는 시간의식은 결과적으로는 더 이상 이어지지 못하고 있다.

Ⅳ장에서는 시간에 대한 수사학적 인식의 양상을 규명해 보았다. 본고는 은유적 인식과 제유적 인식을 통해 정지용 시의 시간의식이 형상화되거나 변모하게 되었다고 보았다. 본고에서 말하는 은

유적 인식의 개념은 시적 대상이나 더 나아가 세계를 은유로 지각하고 파악하고자 하는 인식의 한 방식이다. 또한 제유적 인식은 대상의 부분을 통해 대상을 드러내려는 의지로 인해 다른 방식으로 재현을 시도하는 인식 행위이다. 여기서는 상징에서 제유적 인식으로 나아가게 된 이유와 제유적 인식의 한계도 언급했다.

초기시에 있어서는 우선 과거의 시간에 대한 은유적 인식의 양상과 특징을 살펴보았다. 시에서 과거의 시간을 현재의 시간에 재현하고자 할 때 과거의 순간을 지속적 시간 속에 머물게 하여 과거 시간을 보다 선명하게 제시하고 있으며, 과거의 시간에 대한 은유적 인식을 통해 그것을 은유로써 현재 시간에 재현하고자 하는 시간의식이 내재되어 있음을 알 수 있었다. 또한 현재 시간을 드러내는 과정에서도 현재 시간을 은유적 인식으로 파악하여 주로 은유의 방식으로 재현하고자 했다. 이 시기에 현재 시간의 관점에서 은유적 인식을 통해 과거 시간을 재창조·재구성하는 경우는 그리 많지 않다. 이는 정지용이 현재 시간을, 또는 현재 자신의 자아와 감정을 더 중요한 것으로 인식하고 있기 때문으로 보인다. 이러한 현실인식은 주관적 시간의식과 은유적 인식을 통해 현재 시간을 깊이 있고 다각도로 드러내고자 한 그의 초기시를 통해 확인할 수 있다.

시간에 대한 은유적 인식은 정지용이 종교적 영원성의 시간을 추구하는 과정에서도 여전히 유효한 방식으로 사용된다. 특히 보이지 않는 세계, 영원성의 시간이 존재하는 신성한 영역을 형상화하기 위해서는 기존의 익숙한 자료영역을 통해, 그리고 자신의 바람까지 담은 보조관념을 통해 재현하는 방식, 즉 은유적 인식에 의한 방식이 계속해서 중요한 기능으로 작용했을 것으로 본다. 그러나 초기시와 비교해서 중기시의 은유적 인식은 변화된 양상을 보인다. 즉 관념적인 은유적 인식으로 바뀐 것이다. 영원성의 시간에 대한 지향은 관념적인 은유적 인식을 이끌었고 동시에 관념적인 은유적 인식은 영원성의 시간을 드러내는 데 있어서 그 시적 형상화에 가능성을 부여하고 있다. 그리고 관념적인 은유적 인식이 굳어져 점차 상징을 통해 영원성의 시간을 지향하는 시간의식을 드러내는 것도 이 시기의 중요한 특징이다. 영원성의 시간을 은유적으로 인식하기도 하지만 신앙시를 써갈수록 상징을 통해 신앙과 시간의식을 드러내고 있는 것이다. 중기시의 관념적인 은유적 인식은 도식화되거나 고착되기 쉽고 유사성에 의한 대응 관계가 단선적이다. 더구나 관념적인 상징을 통한 인식은 현실 세계를 드러내는 데 있어서 한계가 있는 것이다.

정지용의 후기시는 자연을 통해 무시간성의 세계를 나타내고 있는데 이때 기의라고 할 수 있는 실재의 자연을 자연의 구성 요소들로 대신 제시하는 제유적 인식이 작용하고 있는 것이다. 이는 중기시의 상징이 분화되는 과정을 겪으면서 대상을 구성하는 각 요소들의 상징체계에 주목한 결과다. 후기시에 나타나는 자연의 구성 요소들은 독립적인 개체로서 그 자체로도 자연을 이루거나 함께 어우러져 자연을 형성하는 자연의 일부인 것이다. 이러한 자연을 통해 지시된 무시간성의 세계 역시 현실 시간의 세계와는 차이가 있는 대상으로 존재하게 된다. 즉 정지용의 후기시는 제유적 인식에 의해 시간이 無化된 세계를 파악한 것이고 그것이 무시간성의 세계인 '자연'으로 재현된 것이다. 제유적 인식에 의한 시간 의식은 결과적으로 볼 때 현실에 대한 재현 의지를 희석시키는 것이었다. 후기시 시기에 보이는 회화성 역시 창조적인 무시간성의 세계에 대한 시간의식과 제유적 인식이 만나는 양상을 명백하게 드러낸다. 억압적 현실에서 새 방향을 찾는 과정이라고 할 수 있는 후기시에서는 시간성 형상화와 시의 동양화적·회화적 특징이 제유적 인식과 결부되고 있다. 그러나 제유적 인식이 갖고 있는 재현에 대한 신뢰와 대상에 대한 맹목적 신뢰는 후기시를 고착화·경직화 시키는 결과를 낳았다. 이는 무시간성의 세계에 대한 제유적 인식의 한계이자 재현에 대한 실패이다.

V장에서는 정지용 시에 나타난 시간의식의 변모 과정이 문학사적으로 어떠한 의의를 갖는지를 살펴보았다. 본고는 1930년대 초반에 '획득'한 시의 새로운 양상이 이후 시의 양상에 어떠한 영향을 주었고 어떤 의미가 있는지를 밝히기 위해 그 '획득'의 기점으로 거꾸로 되짚어 가는 방법론을 적용했다.

1930년대 전반에 걸친 시의 변모 과정을 중심으로 1930년대 초기의 언어에 대한 자각을 통해 획득된 것들이 정지용 시의 전개에 어떠한 기점으로 작용했는지를 살펴본 결과는 크게 두 가지로 요약할 수 있다. 우선 초기의 언어에 대한 자각은 시간을 수사학적 인식으로 재현하는 데 있어서 중요한 역할을 했다. 여기에 초기 모더니즘 수용과 영향의 긍정성이 있다. 다음으로 이러한 초기시의 양상이 이후 시가 전개되는 과정에서 변화했다는 점에서 그것은 부정되어야 할 요소를 갖고 있었다는 것이 확인된다. 수사학적 인식의 변화와 시간의식의 변모 과정은 은유에서 제유로, 과거나 현실 시간 파악에서 시간의 無化로 바뀌면서 전개되었으며 시적 언어 역시 이미지나 감각에만 치우친 것이 아니라 분절된 세계의 회화적 양상을 드러내어 전반적으로 서술적인 표현으로 바뀌었다. 결과적으로 정지용의 시는 자기 긍정과 부정의 양상을 보이며 자기극복을 해나가고 있는 것이다. 여기서 중요한 것은, 흔히 논의되는 모더니즘의 한계는 정지용에게 있어서도 역시 수정되고 극복되어야 할 요소였다는 것이다.

본고는 1930년대 전후 정지용의 시에 드러난 주관적 시간의식이 근대적 시간의식으로서의 조건에 충족할 수 있는 가능성을 1920년대 시의 시간의식과의 차이를 통해 알아보았다. 1920년대의 시에 드러난 시간의식은 대체로 현실 시간의 초월 의지와 물리적 시간 질서를 추수하는 데에 있다고 할 수 있다. 이는 정지용의 주관적 시간의식과는 차이를 보인다. 정지용 시의 주관적 시간의식은 당대에 대한 새로운 인식을 통해 새로운 시각으로 세계를 조망하고 형성하며 근대 현실을 극복해 나간 것이다. 이는 현재를 살아가는 우리가 어떠한 성격의 세계와 시간 속에서 삶을 영위하며 존재하고 있는가와 직접적으로 관련된다.

정지용 시의 시간의식은 주관적 시간의식이다. 본 연구는 정지용 시에 나타난 시간의식의 변모 과정과 특성을 그간의 정지용 시에 대한 다양한 논의와 관련하여 통합적으로 고찰해 보았다. 정지용 시의 시간의식과 그 변모 양상에 대한 관심은 앞으로 정지용 시의 연구에 있어 중요한 방향으로 설정되어야 한다고 보는데 특히 시간의식과 수사학적 인식의 관계는 앞으로 더 많은 연구가 이루어져야 할 부분이다. 이와 함께 정지용의 시 외에 1930년대 전후의 다른 시에서 보이는 시간의식을 함께 고찰하여 당대의 문학이 형성한 시간의식과 현실인식이 어떠한 양상으로 전개되었고 그것이 문학사적으로 후대에 어떠한 영향을 주었는지를 전체적으로 연구해야 할 것이다. 시간의식은 곧 세계와 존재, 그리고 전망에 대한 창조적 인식을 통해 이루어지는 것이기 때문이다.

참고 문헌

I. 기본 자료

『鄭芝溶 全集』 1, 민음사, 1988.

『정지용 전집』 2, 민음사, 2003.

이숭원 주해, 『원본 정지용 시집』, 깊은샘, 2003.

II. 국내 논저

1. 논 문

강현국, 「현대시에 나타난 『바다』 연구」 -정지용의 초기시를 중
    심으로-」, 『문학과 언어』 제4집, 1984. 7.

구모룡, 「한국문학비평과 유기론적 전통」, 『한국문학논총』 20집,
    한국문학회, 1997.

_____, 「신화 해체 시대의 서정」, 『신생』, 1999. 가을.

_____, 「포위된 시적 혁명: 시적 근대성 비판」, 최승호 외, 『21세
    기 문학의 유기론적 대안』 새미, 2000.

_____, 「근대성과 미적 초극의 방안」, 『문학사상』, 2001. 6.

_____, 「시학의 주요 개념에 대한 재고찰」, 『한국문학논총』 제29집, 2001. 12.

권오만, 「정지용 시의 은유 검토」, 김은전·이승원 편저, 『한국현대시인론』, 시와 시학사, 1995.

권정우, 「정지용 시 연구 -시점 분석을 중심으로-」, 서울대 석사논문, 1993.

권창규, 「정지용 시의 새로움-"美" 개념을 중심으로」, 연세대 석사논문, 2003.

금동철, 「1930년대 한국 모더니즘 시의 수사학적 연구」, 『우리말글』 제24집, 우리말글학회, 2002. 4.

김기림, 「모더니즘의 역사적 위치」, 인문평론, 1939. 10.

김명옥, 「정지용 시에 나타난 유토피아 의식과 이상향 추구」, 『한국어문교육』 제10집, 2001. 2.

김성윤, 「1920~30년대 경향시의 전개양상」, 연세대 석사논문, 1988.

김영실, 「문장파 문학의 고전 수용 양상 연구」, 서울대 박사논문, 1999.

김영철, 「시와 상징」, 『현대시』, 1999. 10.

김용직, 「鄭芝溶論-純粹와 技法」, 『한국 현대시 해석·비판』, 시와 시학사, 1993.

김용희, 「정지용 시에서 은유와 미적 현대성」, 『한국문학논총』 제35집, 2003. 12.

김인섭, 「정지용·박목월 신앙시의 대비적 고찰」, 『국어국문학』 124권, 1999. 5.

김종태, 「정지용 《백록담》의 공간의식」, 『한국현대문예비평연구』 제10집, 2002. 6.

_____, 「정지용 시의 문명 인식」, 『한국시학회』 제7집, 2002.

김형효, 「哲學的 時間論」, 『文學思想』, 1976. 1.

김환태, 「정지용론」, 김은자 편, 『정지용』, 새미, 1996.

김 훈, 「鄭芝溶詩의 分析的 硏究」, 서울대 박사논문, 1990.

박성창, 「시 언어와 창조적 은유」, 『불어불문학연구』 제35집, 1997.

박성창, 「수사학의 뜨거운 감자, 제유와 환유」, 『한국프랑스학논집』 36호, 한국프랑스학회, 2001.

박인기, 「한국현대시의 모더니즘 수용 연구」, 서울대 박사논문, 1987.

박혜영, 「라깡의 이론을 통해 본 주체형성에 있어서 언어의 역할과 은유, 환유의 기능」, 『불어불문학연구』 제26집, 한국불어불문학회, 1991. 6.

박호영, 「한국 낭만주의시의 특질」, 김은전·김용직 외, 『한국 현대시사의 쟁점』, 시와 시학사, 1991.

서준섭, 「1930년대 한국 모더니즘 문학 연구」, 서울대 박사논문, 1988.

장성만, 「개항기의 한국 사회와 근대성의 형성」, 김성기 편, 『모더니티란 무엇인가』, 민음사, 1994.

소래섭, 「鄭芝溶의 詩에 나타난 自然認識硏究」, 서울대 석사논문, 2001.

손종호, 「정지용 시의 기호체계와 카톨리시즘」, 『어문연구』 제29집, 1997. 12.

손진은, 「서정주 시의 시간성 연구」, 경북대 박사논문, 1995.

송   욱, 「鄭芝溶 즉 모더니즘의 自己否定」, 김은자 편, 『정지용』, 새미, 1996.

신덕룡, 「詩에 나타난 時間과 意味－李相和의 〈나의 寢室로〉를 중심으로」, 『현대문학』, 1981. 3.

신범순, 「정지용의 시와 기행산문에 대한 연구－혈통의 나무와 德 혹은 존재의 平靜을 향한 여행」, 『한국현대문학연구』 제9집, 2001. 6.

신   진, 「정지용 시의 상징성 연구」, 성균관대 박사논문, 1992.

엄성원, 「1930년대 한국 모더니즘 시에 나타난 시간의식 연구－김기림, 이상, 정지용의 시를 대상으로」, 서강대 석사논문, 1996.

오성호, 「〈鄕愁〉와 〈고향〉, 그리고 향토의 발견」, 『한국시학연구』 제7집, 2002. 11.

오세영, 「지용의 자연시와 성정(性情)의 탐구」, 『한국현대문학연구』 12집, 한국현대문학회, 2002. 12.

오탁번, 「지용시연구」, 고려대 석사논문, 1970.

윤서태, 「유대 묵시문학의 통과제의적 구조에 대한 해석학적 이해

　　－神話와 祭儀論을 中心으로－」, 서울대 석사논문, 1999.

윤여탁, 「1920~30년대 리얼리즘시의 현실인식과 형상화 방법에 대한 연구」, 서울대 박사논문, 1990.

윤평중, 「'근대성'의 철학적 성찰」, 『시와 반시』 제27호, 1999. 봄.

윤호병, 「현대성과 시간」, 『현대시』, 2003. 2.

이병진, 「부정성의 미학과 현대예술－아도르노의 현대예술론」, 『독일문학』 제80집, 한국독어독문학회, 2001.

이병천, 「세계사적 근대와 한국의 근대」, 김성기 편, 『모더니티란 무엇인가』, 민음사, 1994.

이성희, 「노장시학을 위한 시론」, 『시와 사상』, 1999. 여름호.

이수정, 「정지용 시에서 '시계'의 의미와 '감각'」, 『한국현대문학연구』 제12집, 2002. 12.

이숭원, 「「白鹿潭」에 담긴 芝溶의 美學」, 『어문연구』 제12집, 어문연구학회, 1983. 12.

＿＿＿, 「정지용 시 연구」, 서울대 석사논문, 1980.

이양하, 「바라든 지용詩集」, 김은자 편, 『정지용』, 새미, 1996.

장경렬, 「이미지즘의 원리와 〈詩畵一如〉의 시론－정지용과 에즈라 파운드, 그리고 이미지즘」, 『작가세계』, 1999. 겨울호.

장도준, 「정지용 시의 연구」, 연세대 박사논문, 1989.

전미정, 「이미지즘의 동양 시학적 가능성 고찰－언어관과 자연관을 중심으로」, 『우리말글』 제28집, 우리말글학회, 2003. 8.

전봉관, 「1920년대 한국 낭만주의 시의 미적 특성에 관한 연구-이상화 김소월을 중심으로」, 서울대 석사논문, 1996.

정과리, 「정신 분석에서의 은유와 환유」, 한국기호학회 엮음, 『은유와 환유』, 문학과 지성사, 1999.

정끝별, 「정지용 시의 상상력 연구 -시간과 공간을 중심으로-」, 이화여대 석사논문, 1989.

조경옥, 「시간에 관한 연구-베르그송의 시간관을 중심으로」, 고려대 석사논문, 1991.

조신권, 「文學에 있어서의 時間問題」, 『문학사상』, 1976. 1.

진수미, 「정지용 시의 은유 연구」, 서울시립대 석사논문, 1994.

진순애, 「한국 현대시의 모더니티 연구 -30년대와 50년대 시를 중심으로-」, 성균관대 박사논문, 1996.

차승기, 「1930년대 후반 전통론 연구 -시간-공간의식을 중심으로-」, 연세대 박사논문, 2002.

최동호, 「鄭芝溶의 〈長壽山〉과 〈白鹿潭〉」, 김은자 편, 『정지용』, 새미, 1996.

_____, 「鄭芝溶의 山水詩와 隱逸의 精神」, 『민족문화연구』 제19집, 고려대학교 민족문화연구소, 1986.

최승호, 「1930년대 후반기 시의 전통주의적 미의식 연구-문장파 자연시를 중심으로」, 서울대 박사논문, 1993.

최용호, 「라캉과 소쉬르: "실재적인 것"에 대한 물음」, 『언어와 언어학』 제28집, 한국외국어대학교 언어연구소, 2001.

최혜실, 「모더니즘의 의미와 한계」, 김은전·김용직 외, 『한국 현대시사의 쟁점』, 시와 시학사, 1991.

한계전, 「일제 강점기 시사의 전개」, 김은전·김용직 외, 『한국 현대시사의 쟁점』, 시와 시학사, 1991.

한재경, 「칼 바르트(Karl Barth)의 시간이해」, 한신대 석사논문, 1998.

한형구, 「일제말기 세대의 미의식에 관한 연구」, 서울대 박사논문, 1992.

황종연, 「모더니즘의 망령을 찾아서」, 김성기 편, 『모더니티란 무엇인가』, 민음사, 1994.

_____, 「한국문학의 근대와 반근대 - 1930년대 후반기 문학의 전통주의 연구」, 동국대 박사논문, 1992.

2. 단행본

금동철, 『한국 현대시의 수사학』, 국학자료원, 2001.

김경재, 『오늘의 어거스틴: 어거스틴 사상 연구』, 대한기독교서회, 1997.

김기림, 『김기림 전집』 2, 심설당, 1988.

김상환, 『해체론 시대의 철학』, 문학과 지성사, 1996.

김신정, 『정지용 문학의 현대성』, 소명, 2000.

김용옥, 『石濤畫論』, 통나무, 1992.

김우창, 『궁핍한 시대의 시인』, 민음사, 1977.

김욱동, 『은유와 환유』, 민음사, 1999.

김윤식, 『한국근대문예비평사연구』, 한얼문고, 1973.

_____, 『韓國近代文學思想史』, 한길사, 1984.

_____, 『韓國近代作家論攷』, 일지사, 1978.

_____, 『한국현대시론비판』, 경일인쇄, 1975.

김윤식 · 김현, 『韓國文學史』, 민음사, 1973.

김재근, 『이미지즘 연구』, 정음사, 1973.

김재용 외, 『한국근대민족문학사』, 한길사, 1993.

김종태, 『東洋繪畫思想』, 일지사, 1984.

김준오, 『詩論』, 문장, 1987.

_____, 『鄭芝溶研究』, 새문사, 1988.

김진성, 『베르그송 硏究』, 문학과 지성사, 1985.

김학동, 『정지용 연구』, 민음사, 1987.

김형효, 『베르그송의 철학』, 민음사, 1991.

김흥규, 『문학과 역사적 인간』, 창작과 비평사, 1980.

문덕수, 『한국 모더니즘 시 연구』, 시문학사, 1981.

박성창, 『수사학』, 문학과 지성사, 2000.

박인기,『韓國現代詩의 모더니즘 硏究』, 단대출판부, 1988.

박철희,『한국시사연구』, 일조각, 1980.

서준섭,『한국 모더니즘 문학 연구』, 일지사, 1988.

소광희,『시간의 철학적 성찰』, 문예출판사, 2001.

송현호,『한국현대문학론』, 관동출판사, 1993.

신범순,『한국 현대시의 퇴폐와 작은 주체』, 신구문화사, 1998.

심재휘,『한국 현대시와 시간』, 월인, 1998.

양왕용,『정지용 시 연구』, 삼지원, 1988.

_____,『한국근대시연구』, 삼영사, 1982.

오세영,『20세기 한국시 연구』, 새문사, 1989.

_____,『문학연구방법론』, 시와 시학사, 1993.

_____,『韓國浪漫主義詩硏究』, 일지사, 1980.

_____,『한국현대시 분석적 읽기』, 고려대학교 출판부, 1998.

유종호,『문학의 즐거움』, 민음사, 1995.

이기석·한백우 역해,『시경』, 홍신문화사, 1884.

이명찬,『1930년대 한국시의 근대성』, 소명출판, 2000.

이미순,『한국 현대시와 언어의 수사성』, 국학자료원, 1997.

_____,『한국문학과 모더니즘』, 한양출판사, 1994.

이숭원,『20세기 한국시인론』, 국학자료원, 1997.

_____, 『정지용 시의 심층적 탐구』, 태학사, 1999.

이승훈, 『文學과 時間』, 이우출판사, 1983.

이어령, 『詩 다시 읽기』, 문학사상사, 1995.

이진경, 『근대적 시·공간의 탄생』, 푸른숲, 1997.

정재서, 『不死의 신화와 사상』, 민음사, 1994.

정한모·김용직, 『韓國現代詩要覽』, 박영사, 1974.

조동일, 『한국문학통사』 5, 지식산업사, 1989.

조병춘, 『한국현대시사』, 집문당, 1980.

조창환, 『韓國現代詩의 韻律論的 硏究』, 一志社, 1986.

최승호 편, 『서정시의 본질과 근대성 비판』, 다운샘, 1999.

최승호, 『서정시의 이데올로기와 수사학』, 국학자료원, 2002.

한계전, 『한계전의 명시 읽기』, 문학동네, 2002.

Ⅲ. 국외 논저

柄谷行人, 박유하 역, 『일본근대문학의 기원』, 민음사, 1997.

Aristoteles, 천병희 역, 『詩學』, 문예출판사, 1976.

Augustinus, 김평옥 역, 『고백록』, 범우사, 2000.

Bachelard, G., 민희식 역, 「大地와 意志의 夢想」, 『世界思想全集』
　　　16, 삼성출판사, 1982.

Benjamin, W., 반성완 편역, 『발터 벤야민의 문예이론』, 민음사, 1983.

_____, 차봉희 역, 『現代社會와 藝術』, 민음사, 1980.

Benoist, L., 윤정선 역, 『징표, 상징, 신화』, 탐구당, 1988.

Berdjajev, 이신 역, 『노예냐 자유냐』, 인간, 1979.

Berman, M., *All that is Solid Melts into Air: The Experience of Modernity*, New York: Simon and Schuster 1982; London: Verso; Harmondsworth: penguin, 1988.

Collot, M., 정선아 역, 『현대시와 지평 구조』, 문학과 지성사, 2003.

Deleuze, G., 김재인 역, 『베르그송주의』, 문학과 지성사, 1996.

Derrida, J., 김보현 편역, 『해체』, 문예출판사, 1996.

Easthope, A., 박인기 역, 『시와 담론』, 지식산업사, 1994.

Eco, U. 외, 김석희 역, 『시간 박물관』, 푸른숲, 2000.

Eliade, M., 이재실 역, 「"중심"의 상징」, 『이미지와 상징: 주술적 -종교적 상징체계에 관한 시론』, 까치, 1998.

_____, 이재실, 『종교사개론』, 까치, 1993.

Foucault, M., 김현 역, 『이것은 파이프가 아니다』, 민음사, 1995.

Fraser, G. S., *The Modern Writer and His World*, Kenkyusha Tokyo, 1956.

Fridlender, G., 이항재 역, 『리얼리즘의 詩學』, 열린 책들, 1986.

Genette, G., 권택영 역, 『서사담론』, 교보문고, 1992.

_____, 김경란 역, 「줄어드는 수사학」, 김현 편, 『수사학』, 문학과 지성사, 1985.

Habermas, J., 서도식 역, 「근대의 시간 의식과 자기 확신 욕구」, 김성기 편, 『모더니티란 무엇인가』, 민음사, 1994.

Heidegger, M., 이기상 역, 『존재와 시간』, 까치, 1998.

Hessen, J., 이강조 역, 『인식론(수정판)』, 서광사, p.67.

Jakobson, R., 신문수 편역, 「언어의 두 양상과 실어증의 두 유형」, 『문학 속의 언어학』, 문학과 지성사, 1989.

Jonhnson, M., "Metaphor in the Philosophical Tradition", *Philosophical Perspectives on Metaphor*, Univ. of Minnesota Press, 1981.

Keller, R., "Aufsatze: Die Metaphorische und Metonymische ProzeB", 『독일어문화권연구』 6호, 서울대학교독일어문화권연구소, 1997.

Kemode, F., 조초희 역, 『종말의식과 인간적 시간』, 문학과 지성사, 1993.

Lacan, J., 권택영 엮음, 『욕망 이론』, 문예출판사, 1994.

Lakoff, G. & Johnson, M., *Metaphors We Live By*, Univ. of Chicago Press, 1980.

Langer, S. K., 이승훈 역, 『예술이란 무엇인가』, 고려원, 1982.

Meyerhoff, H., *Time in Literature*, University of California Press,

1955.

Milner, M., 이규현 역, 『프로이트와 문학의 이해』, 문학과 지성사, 1997.

Nietzsche, F., 이진우 역, 『비극적 사유의 탄생』, 문예출판사, 1997.

Picard, M., 조종권 역, 『文學 속의 時間』, 부산대학교출판부, 1998.

Reboul, O., 박인철 역, 『수사학』, 한길사, 1999.

Ricoeur, P., 김한식·이경래 역, 『시간과 이야기』 1, 문학과 지성사, 2000.

_____, 김한식·이경래 역, 『시간과 이야기』 2, 문학과 지성사, 2000.

_____, 양명수 역, 『악의 상징』, 문학과 지성사, 1994.

_____, *La métaphore vive*, Paris: Seuil, 1975.

Turner, M., *Death Is the Mother of Beauty: Mind, Metaphor, Criticism*, Univ. of Chicago Press, 1987.

Wheelwright, P. E., *Metaphor and Reality*, Indiana University Press, 1962.

Whitehead, A. N., 정연홍 역, 『상징작용』, 서광사, 1989.

• 저자 •

윤의섭　　• 약　력 •
尹毅燮
아주대학교 인문대학 국어국문학 학사
중앙대학교 문학예술대학원 예술학 석사
아주대학교 일반대학원 국어국문학 박사

1994 계간 『문학과 사회』에 시 발표로 등단
1999 문학인 창작 기금 시 부문 수혜 (대산문화재단)
아주대학교 인문과학 연구소 전임 연구원
서울디지털대학교 문예창작학과 초빙 교수

• 주요논저 •

『한국현대시인론』 (공저)
『한국문학과 풍속 2』 (공저)
『천국의 난민』 (시집)
『말괄량이 삐삐의 죽음』 (시집)
『붉은 달은 미친 듯이 궤도를 돈다』 (시집)
외 다수

시간의 수사학
- 정지용 시 연구

• 초판 인쇄	2006년 3월 30일
• 초판 발행	2006년 3월 30일
• 지 은 이	윤의섭
• 펴 낸 이	채종준
• 펴 낸 곳	한국학술정보㈜
	경기도 파주시 교하읍 문발리 526-2
	파주출판문화정보산업단지
	전화　031) 908-3181(대표) · 팩스　031) 908-3189
	홈페이지　http://www.kstudy.com
	e-mail(e-Book사업부)　ebook@kstudy.com
• 등　록	제일산-115호(2000. 6. 19)
• 가　격	16,000원

ISBN　89-534-4854-9　93810　(Paper Book)
　　　　89-534-4855-7　98810　(e-Book)